KB262407

TIME SLICE

타임슬라이스

미르영 퓨전 판타지 소설
FUSION FANTASTIC STORY

타임 슬라이스 3

미르영 퓨전 판타지 소설

초판 1쇄 찍은 날 § 2009년 12월 16일
초판 1쇄 펴낸 날 § 2009년 12월 24일

지은이 § 미르영
펴낸이 § 서경석

편집장 § 문혜영
편집책임 § 서지현
편집 § 주소영

펴낸곳 § 도서출판 청어람
등록번호 § 제1081-1-89호
등록일자 § 1999. 5. 31
어람번호 § 제1-1105호

주소 § 경기도 부천시 원미구 심곡2동 163-2 서경B/D 3F (우) 420-822
전화 § 032-656-4452 팩스 § 032-656-4453
http://www.chungeoram.com
E-mail § eoram99@chollian.net

ⓒ 미르영, 2009

ISBN 978-89-251-2027-0 04810
ISBN 978-89-251-1998-4 (세트)

전단초현(戰團初現) ③

TIME SLICE

타임 슬라이스

FUSION FANTASTIC STORY

미르영 퓨전 판타지 소설

도서출판 청어람

CONTENTS

CHAPTER 01
바람의 종적

TIME
SLICE 타임 슬라이스

세상은 전쟁으로 인해 발전했다고 해도 과언이 아니다.

지금 누리고 있는 문명의 이기들 중 많은 것들이 전투를 보다 효과적으로 수행하기 위해 만들어진 것들일 정도로 전쟁은 문명의 발전에 기여를 했다.

워마켓!

앞으로 있을 미래 전쟁의 키포인트가 될 집단들의 카르텔을 가리키는 이름이다. 훗날 전장을 지배하고 스스로가 전쟁의 원인이 된 자들의 모임이 바로 워마켓이다.

블랙솔저!

누구에게 소속되어 있는 것은 아니지만, 스스로의 힘으로 워마켓에서 활동하는 이들을 지칭한다. 일인군단, 또는 용병

전사라 불리는 이들이 바로 블랙솔저들이다.

전투에 능한 자들만이 블랙솔저라 불려지는 것은 아니다. 특수훈련을 받고 전장을 누비는 전사들뿐만 아니라, 전술에서부터 전략무기까지 취급하는 무기전문가, 그리고 직간접으로 전쟁을 통해 삶을 영위하는 자들을 모두 포함한 이름이 바로 블랙솔저라고 할 수 있다.

블랙솔저라 불리게 된 자들의 활동 무대가 바로 이 워마켓이다.

블랙솔저와 워마켓으로 인해 앞으로 있을 전쟁의 양상이 많이 바뀌게 된다.

지금까지 자원의 획득과 민족 간의 깊은 감정의 골로 인해 국가 간의 전쟁이 발생했다면, 앞으로 20여 년 후에는 글로벌 기업들의 헤게모니로 인해 전쟁이 벌어지게 되는데, 워마켓에서 활동하는 블랙솔저들이 그 첨병 역할을 하게 되는 것이다.

초창기 워마켓에서 활동하는 블랙솔저들은 개인주의 성향이 강했다. 암살과 같은 일에서부터, 제3국가에 무기를 조달하는 무기상인 등 비밀을 중요시하는 자들이 주로 활동했기 때문이었다.

하지만 홀로 활동하는 블랙솔저들이 워마켓을 장악한 것은 잠시뿐이었다.

시간이 지나 워마켓을 이루고 있는 블랙솔저들 가운데 집단을 형성한 자들이 속속 나타나게 되기 때문이다.

워마켓 내에서 집단을 형성한 자들은 그다지 힘이 없는 자들이었다. 살아남기 위해서, 그리고 서로의 능력을 합쳐 자신들의 이익을 극대화하고자 모이면서 자연스럽게 집단이 형성된 것이다.

그들이 처음으로 나타난 모습은 지엽적으로 발생하는 국지전에서 직접적인 전투 이외에 군수물자 수송이나 치안유지 등을 담당하는 용병기업의 형태였다.

이렇게 시작한 용병기업들은 점차 전쟁에서 담당하는 임무를 키워가며 무시하지 못할 세력을 형성하기 시작하고, 끝내는 국가 간 전쟁 수행 능력을 갖출 만큼 큰 집단으로 성장하게 된다.

어마어마한 자금이 동원되는 전쟁인만큼 그들은 엄청난 부를 쌓을 수 있었고, 이를 토대로 실력있는 블랙솔저와 무기전문가를 영입하여 스스로의 몸집을 키워 나간다.

수많은 블랙솔저들을 이끌고 최첨단 무기로 무장한 집단들이 워마켓 내에 서서히 나타나게 되는 것이다.

이렇게 성장한 집단들이 가진 무력은 가히 상상을 초월할 정도가 된다. 웬만한 소규모 국가는 이들의 무력을 따라잡을 수 없을 만큼 괴물이 되어버린 것이다.

훗날 이들은 자신들의 이익에 따라 나라와 나라 간의 전쟁을 일으키기도 하고, 이를 통해 축적한 막대한 부를 이용해 세계를 좌지우지하게 되는데, 지금이 바로 그런 집단들이 워마켓 내에 만들어지는 초기였던 것이다.

써니 다이.

초기의 워마켓을 좌지우지했던 여걸이자, 향후 미래를 지배할 군벌집단 중 하나인 제로나인의 모태가 된 모임을 만든 여인이 바로 그녀다.

블랙워크, 사령사(死靈社)와 함께 세계를 지배했던 군벌집단인 제로나인!

그녀가 바로 제로나인의 시조인 것이다.

써니 다이가 내 앞에 나타났다는 것은 나에게는 더할 나위 없이 좋은 기회였다.

그녀가 가진 재질과 능력을 얻을 수만 있다면 향후에 벌어질 최후의 전쟁에 있어 전세를 뒤집을 수 있는 비장의 패 하나를 가지게 되는 것이기 때문이다.

써니 다이는 제로나인의 초기 모임인 구인회를 만들었던 그녀답게 은신술이 제법이었다.

하지만 나에게는 되지도 않는 수작이다. 특별한 능력을 가지고 있기는 하지만 이번 기회를 이용해 써니 다이의 몸과 마음을 완벽하게 지배해야 할 것 같았다.

"안젤라! 또 한 번 싸워야 할 것 같은데 주변을 막아줄 수 있겠어?"

"결계를 칠까요?"

"그러는 것이 좋겠어. 시간이 늦기는 했지만 보는 눈이 있을 테니까 말이야."

"알았어요."

안젤라가 내 부탁대로 결계를 치기 시작했다. 스플렌더를 이용해 치는 결계라 같은 능력을 가진 다른 신검들이 아니면 깨지지 않는 것이었다.

"세상의 모든 정결한 것의 원천이여! 그 힘으로 의지의 범위가 다다르는 곳까지 세상으로부터 감추어라!"

안젤라가 스플렌더를 땅에 대고 주문을 외우자 녹색의 기운이 빠르게 사방으로 퍼져 나갔다.

호텔 주변을 전부 감싸는 결계가 순식간에 펼쳐졌다.

결계가 펼쳐지고 있음에도 써니 다이를 비롯해 추적해 온 자들이 움직이지 않고 있었다.

주변에 숨어 있는 자들은 지금 어떤 상황이 벌어지고 있는 것인지 알아차리지 못한 것 같다. 워마켓에 소속된 자들 중 거의 대부분이 아직은 이면 세계의 힘을 알지 못하기에 가능한 일이었다.

"끝났어요. 결계 안에서 빠져나갈 수 있는 자들은 아마 없을 거예요."

"수고했어, 안젤라. 혹시나 빠져나갈 수 있는 자가 있을지도 모르니 바깥을 지켜주겠어?"

"알았어요. 그 대신, 조심해야 돼요."

"그래! 걱정 마."

걱정스러운 표정으로 안젤라가 조심스럽게 결계를 빠져나갔다. 내가 움직이는 데 지장을 주지 않기 위해서였다.

"막(幕)! 천하휘(天下揮)!"

안젤라가 빠져나간 후, 스플렌더의 힘이 지키는 결계 주변에 다시 주법을 시전했다.

세계수로부터 얻은 힘을 사용한 탓에 스플렌더를 이용해 펼친 결계와 반발하지 않고 결계 안에 또 다른 결계를 만들어낼 수 있었다.

이제는 그 누구도 이 안을 들여다볼 수 없을 것이다.

"경고를 어기다니, 어지간히 말을 듣지 않는군."

숨어 있는 자들에게 내가 알고 있음을 알렸다.

안젤라에 이어 내 행동에서 수상함을 느꼈는지 하나둘 모습을 드러내기 시작했다.

써니 다이를 비롯해 총 아홉 명.

제로나인의 시조라고 할 수 있는 이들이 모습을 드러낸 것이다.

"허리케인류와 연관이 있는 것은 아닌 것 같고, 도대체 넌 누구지?"

써니 다이가 내 정체를 물었다. 싸늘한 어조에 신랄함이 묻어 있었다. 내가 자신을 속였다는 것에 대해 분노하고 있는 것 같았다.

"궁금하면 물으면 되지, 이렇게 졸졸 따라다니다니 예의가 없다고 해야 하나?"

"실력은 상당하다만, 수하들을 제압했다고 기고만장해 있다면 네놈은 실수한 것이다. 우리들은 그들과 격이 다른 존재들이니 말이다."

"후후후후!"

써니를 비롯해 그녀의 수하들이 실력을 감추고 있었다는 것은 이미 알고 있었다. 특히 써니의 수하들의 나이를 감안해 볼 때 상당한 능력을 소유하고 있었다.

이능력을 사용하지 않고 그만한 무력을 이루었다는 것이 놀라울 정도였다.

하지만 그뿐이다.

나 또한 앞에 있는 자들보다 더하면 더했지, 못하지 않은 최고의 훈련을 받았으니 말이다.

거기다 삼묘의 주법과 호령무까지 익혔다. 한마디로 상대가 되지 않는 것이다.

"말로 해서는 안 되겠군."

"그게 정상이지. 전사는 싸움으로 말하는 법이니까."

노골적으로 도발하는 모습이 조금은 귀엽다. 어지간히도 내 실력을 파악하고 싶은 모양이다.

스윽!

구인회의 시야에서 모습을 감추었다. 처음부터 압도적인 전력으로 저들을 눌러줄 생각이다.

하지만 어느 정도 실력인지 시험은 해봐야 할 것 같다.

파파팡!!

발길질에 공기가 파열하며 빠르게 흩어진다.

일부러 드러내기는 했지만 웬만한 사람이라면 느끼지 못하는데도 내가 움직이는 기척을 느낀 듯 써니 다이를 따르는 이들의 공격이 펼쳐졌다.

잠시 피하며 움직임을 살폈다. 반응 정도나 공격 내용으로 봐서는 합격점을 줄 수 있을 것 같다. 조금만 훈련시킨다면 쓸 만해 보였다.

잠깐이지만 써니를 비롯한 구인회의 구성원들을 살필 수 있었기에 이제는 제압해야 할 것 같았다.

제일 처음 나와 가장 가까운 곳에서 공격해 들어오는 발길질을 제치고 연이어 주먹을 꽂아 넣었다.

퍼퍼퍽!

중요한 얼굴 부분은 그냥 놔두고 몸만 팼다. 작살 맞은 연어마냥 파르르 떨다 고개를 떨어뜨리는 자를 무시하고 다음 상대를 맞았다.

퍼퍼퍽!

"끄으윽!"

다음 상대도 마찬가지였다.

사방에서 휘몰아치며 들어오는 공격이 장난이 아니었지만 투로를 앞질러 간 손놀림에 온몸을 얻어맞아 이내 바닥에 쓰려져 버렸다.

상대보다 한발 앞선 공격에 써니 다이를 비롯한 이들은 당황한 빛이 역력했다.

상대의 동작에서 움직일 투로를 미리 감지하고 본능적으로 공격하는 호령무의 선행로(先行路)를 알 리 없기 때문이다.

이미 써니 다이를 제외하고는 모두 쓰러졌다. 한 번에 한 명

씩 용서없이 뼈마디를 부러뜨렸다. 회복하려면 적어도 한 달
은 요양해야 할 상처였다.

"으으으!"

"크윽!!"

바닥에 쓰러져 있는 자들이 신음을 흘리고 있는 중이다.

인상이 구겨질 대로 구겨진 써니 다이가 앞으로 나섰다. 수
하들의 패배에 열이 받은 듯 콧잔등에 땀방울이 가득하다.

"대단한 실력이다. 하지만 넌 날을 잘못 택했다."

달이 휘영청 밝은데 날을 잘못 잡았다니 우습다. 어두운 밤
의 기운과 찬란한 달빛이 어우러지는 날인데 말이다.

이런 날은 흑요기와 백선기가 제법 잘 어우러진다. 밤의 기
운이 지배하는 터라 흑요기의 기운이 앞서기는 하지만 달의
정기를 끌어다 쓰는 백선기는 충분히 조화롭고도 남았다.

"히야!!"

써니 다이의 모습이 변하고 있다.

스스로 빛을 내는 존재라니 이상한 일이었다. 써니 다이에
게서 이능력을 느끼지 못했는데 말이다.

"달은 모든 기운의 시초, 태초의 어둠이 시작되는 곳! 그 안
에 문라이트가 잠을 깬다."

"그거!!"

기막히는 일이다.

이런 곳에서 안젤라와 같은 칠대신검의 주인이 나타나다니
말이다.

써니 다이는 분명 이종족이 아닌데 칠대신검의 하나인 문라이트를 가지고 있다니 정말 이상한 일이었다.

인간이 어떻게 칠대신검을 가지고 있는지 모르겠지만 문라이트가 나타났으니 조금은 조심해야 할 것 같다.

문라이트가 모습을 드러냈지만 결계는 흔들리지 않았다. 안젤라가 펼친 스플렌더의 힘만 작용했다면 깨졌겠지만 내가 펼친 주법이 주효했다.

문라이트 역시 스피릿아머가 분명했다. 은빛의 섬광과 함께 써니 다이는 어느새 은빛 갑옷을 입은 전사로 변해 있었던 것이다.

3미터가 넘어가는 동체를 가진 문라이트의 모습은 무척이나 여성스러웠다. 가슴을 강조한 실루엣과 늘씬한 키에 아름다운 각선미를 가졌다.

가슴이 큰 것을 강조하고, 짧은 키를 보완하려는 써니 다이의 의도가 엿보였다.

"크크크, 그렇게 강조하지 않아도 예쁜데……."

은빛으로 빛나는 문라이트의 모습에 은근히 붉은 기운이 감돈다. 한 번 던져 봤는데 내가 생각한 것이 사실인 모양이다.

"죽어라!!"

파파팟!

팟!

앙칼진 외침과 함께 빠른 속도로 쳐들어온다. 한 방 맞으면 어디 한군데 부러질 것 같아 일단 자리를 피했다.

보이지 않는 움직임이었지만 그보다 더한 이들과도 싸워온 나다. 감각만으로도 문라이트의 움직임을 캐치할 수 있으니 써니 다이는 헛된 힘만 쓰는 꼴이다.

써니 다이의 흥분이 내게는 좋은 기회였다.

문라이트의 수호검주라 하지만 안젤라와 같이 자신의 힘을 전부 쓸 수 없는 마당에 흥분까지 했으니 나를 쓰러뜨린다는 것은 요원할 것이다. 오히려 내게 허점만 드러내는 꼴이다.

그렇지만 어째서 흥분하는지는 모를 일이다. 비록 키는 그 다지 큰 편은 아니지만 눈에 확 뜨일 만큼 미인이었다. 육감적 인 몸매로 말하자면 안젤라는 그녀에 비해 좀 빈약한 편이라 고 할 수 있는데 말이다.

하지만 철없이 날뛰는 망아지처럼 무턱대고 공격을 해대는 써니 다이를 그대로 둘 수는 없는 노릇이었다.

철모르는 망아지는 매가 약이다. 길들여 쓰는 수밖에!

"차앗!!"

호령무를 펼쳤다.

이제는 영혼의 전사 모두를 부를 수 있는 경지이기는 하지 만 같은 계열의 전사들만 10명을 불렀다.

강체술(剛體術)을 가미한 권술(拳術)을 펼치기 위해서다. 피 부를 따라 온몸에 강철을 덧댄 듯 단단함이 전해온다.

긴밀해진 피부조직에 삼천기가 어우러지며 세상에서 그 무 엇보다 단단한 조직이 만들어진 것이다.

몸이 강철과 같이 단단해졌다고는 하나 그렇다고 속도가 준 것은 아니다.

파파팟!

순간적으로 행해지는 문라이트의 공격은 애를 쓰지 않아도 충분히 피할 수 있는 정도밖에는 되지 않는다.

일단 문라이트의 뒤로 돌아가며 주먹을 내질렀다.

텅!!

경쾌한 타격음이 들린 후 앙칼진 써니 다이의 목소리가 고막을 때렸다.

"너!! 이 자식!! 죽어!"

제길!!

어째 잘못 손을 내지른 것 같다.

문라이트가 미쳐 날뛰기 시작했다.

부딪치는 소리까지는 무척 좋았는데 하필이면 거기라니!

키 차이가 있어 등을 가격한다는 것이 그만 문라이트의 엉덩이 부분에 큼지막한 손자국을 남기고 만 것이다.

영혼의 전사들을 통해 펼치는 호령무는 호랑이의 춤이다.

기본적인 바탕이 체술일 수밖에 없다. 그러니 내가 불러낸 영혼들은 영혼의 전사들 중 최강자들!

전설의 칠대신검이라 불리는 스피릿아머에도 자국이 남은 것이다.

"나쁜 놈!! 거기 안 서! 너 죽고 나 죽자!!"

고래고래 소리를 지르며 달려든다. 전설이 전하는 수호검주라는 이름이 무색할 지경이다. 얼마나 열이 받았으면 품위의 상징이라는 문라이트가 저런 모습일까?

하긴, 나라도 열받을 것 같지만 말이다.

엉덩이를 타격하는 모습을 안젤라가 보지 못한 것이 천만다행이다.

으으으!

만약 봤다면 어떻게 됐을지 모르는 일이니 말이다.

이제 시간만 조금 끌면 될 것 같다.

힘의 제약이 걸린 스피릿아머이기에 문라이트라도 얼마 움직이지 못할 테니까 말이다.

"헉! 헉! 이 자식, 너 안 서!!"

엉덩이 한 대 때리고 계속 피하기만 했더니 따라다니다가 지친 모양이다. 숨을 헐떡이는 모습이 안쓰럽기까지 하다.

역시나, 제약이 걸린 스피릿아머를 풀로 가동한다는 것은 힘든 일인 것 같았다.

"그건 실수였다고, 키 차이를 봐라. 정상적으로 내뻗은 주먹인데 네 엉덩이가 그곳에 있었을 뿐이라고!"

"으드득! 이 자식아! 그걸 말이라고 하는 거냐? 어디서 숙녀 엉덩이를… 흑! 흑!"

변명을 해봤지만 소용이 없었다. 분한지 울기까지 한다. 정말이지 잘못 건드린 건 아닌지 모르겠다.

"그건 실수였다고!!"

"그런 소리가 어디 있어? 만졌으면 책임져야 할 것 아니야!!"

아!! 예감이 맞았다. 이걸 핑계로 아예 진드기처럼 달라붙을
모양이다.

이거, 이대로 도망을 가야 하나?

아무래도 그만두어야 할 것 같다.

더 이상 했다가는 무슨 말이 나올지 모르니 말이다.

그리고 예감이 이상해 병원으로 실려 보낸 자들에게 빨리
가봐야 할 것 같은 생각이 들었기 때문이기도 했다.

나도 어느 정도 예지 능력을 가지고 있는데, 불안한 생각이
갑자기 들었던 것이다.

"수호검주인 줄은 몰랐다."

"흑, 그게 어때서?"

"문라이트라면 드워프 족에게 보관되어 있는 것으로 알고
있는데, 너도 드워프인가?"

"……."

정곡을 찔렀는지 써니는 대답을 하지 못했다.

"그럼, 어떻게 문라이트를 가지고 있는 거지?"

대답이 없기에 써니 다이를 다그쳤다. 이종족을 수호하는
스피릿아머를 다른 종족이 가지고 있다면 커다란 문제가 될
수도 있기 때문이다.

"나 드워프 맞아."

"네가?"

이상한 말이었다. 안젤라에게 들은 바로는 드워프의 모습은
써니 다이와는 많이 달랐기 때문이다.

"맞아. 드워프에 대해 어떤 말을 들었는지 모르지만 세상이 생각하는 것처럼 드워프가 짜리 몽땅하고 못생긴 것은 아니다."

써니가 항변하듯 말했다.

"그런가?"

실물이 눈앞에 있어 뭐라고 말하지는 못하겠지만 믿어지지 않는 이야기다. 엘프가 거짓을 말하지 않는 까닭이다.

"그런데 어떻게 할 거지?"

"뭘 말인가?"

"흥! 숙녀 엉덩이를 쳤으면 그만한 책임은 질 각오가 되어 있는 것 아니었나?"

콧방귀를 뀌며 노려보는 모습이 아무래도 단단히 코가 꿰인 것 같다. 드워프가 한고집한다는데 이걸 어떻게 처리해야 할지 모르겠다.

"실수이기는 하지만 책임지라면 질 수도 있다."

안젤라에게 미안한 말이지만 써니 다이의 말을 들어주기로 했다. 그녀가 내게 진정으로 원하는 것은 남녀 관계가 아니라 도움인 것 같아서였다.

"정말인가요?"

갑자기 존대가 튀어나온다. 안젤라도 그러더니 상냥하게 존대하는 써니를 보니 어쩐지 겁이 난다.

"한 입으로 두말하지 않는다. 그런데 어떻게 책임지면 되는 것이지?"

“나중에 말할게요. 당신 때문에 조직이 박살났으니 수습부터 하고요.”

“알았다. 그러면 나중에 찾아가도록 하지.”

“기다릴게요. 그리고 약속, 꼭 지키기 바라요. 바쁘신 것 같은데 그만 가보세요. 이곳은 제가 수습할 테니까요.”

“고맙군.”

내 목소리에서 심상치 않은 기색을 읽었는지, 순순히 양보하는 것을 보니 눈치가 빠른 여자다. 드워프가 우직하다고 하더니 그런 것도 아닌 모양이다.

“해(解)!”

안젤라의 결계 안쪽에 펼쳐 놓았던 주법의 막을 거두었다.

“안젤라, 결계를 풀어!”

주법을 거두고 결계를 풀도록 소리를 치자 스플렌더의 힘이 사라지는 것이 느껴졌다.

“잘 끝났나요?”

결계를 거두고 다가온 안젤라가 걱정스러운 듯 물었다.

“대충은.”

안젤라에게 대답을 해주는 사이 써니 다이와 일행은 이미 사라지고 없었다.

부상을 입은 상태에서도 이 정도라면 나중에 잘 써먹을 수 있을 것 같았다.

‘응?’

그때 주변을 살펴보다 이상한 느낌이 들었다. 예감이 이상했는데, 내게 보내지던 기감이 갑자기 끊어져 버린 것이다.

사로잡은 자들에게 변고가 생긴 것이 분명했다.

이토록 간단히 암암리에 펼쳐 놓은 결계를 뚫고 사로잡은 자들을 처리할 정도라면 만만한 자들이 아닌 것 같았다.

일단 가봐야 할 것 같다.

"안젤라!"

"왜요?"

"안젤라가 주선한 병원으로 빨리 가봐야 할 것 같아."

"무슨 일 있는 것인가요?"

병원으로 가자는 소리에 안젤라가 정색을 하며 물었다.

"사로잡은 자들에게 문제가 생긴 것 같아."

"아까 그자들이 그런 건가요?"

안젤라는 써니 일행을 의심했다.

"아니, 그들과 같은 패는 아닌 것 같아. 아무래도 우리가 모르는 다른 자들이 나타난 것 같으니 빨리 가봐야겠어."

써니 다이를 향해 노여움을 드러내던 안젤라가 내 말에 고개를 돌렸다.

"다른 자들이라면……."

"정체를 모르겠어. 내가 펼친 결계를 뚫고 술법을 펼친 것을 보면 상당한 수준의 술법자가 따라붙은 것 같아."

"술자 가문의 누군가가 나타났다는 건가요?"

"그런 것 같아."

“그럼 빨리 가봐야겠군요.”

“아무래도!”

“그럼, 어서 가요.”

안젤라가 재촉을 했다.

술법으로 펼친 결계가 뚫렸다면 문제가 무척이나 심각할 것이라 생각했기 때문인 것 같았다.

안젤라가 핸드폰으로 연락을 하고 난 뒤 곧바로 병원으로 향했다. 어느새 대기시킨 것인지 검은색 람보르기니가 우리의 이동 수단이었다.

병원에 수습을 요청하면서 안젤라가 준비시킨 것이었다.

운전은 안젤라가 했다. 안젤라는 신호를 무시하고 빠르게 속도를 높였다.

병원에 도착해 폐쇄 병동으로 향했다. 병원으로 오는 동안 안젤라의 연락을 받은 몇몇 사람들이 우리를 기다리고 있었다.

“잡아들인 자들은?”

“응급실에 있습니다.”

냉철하고 카리스마 넘치는 안젤라의 목소리에 기다리는 자들이 공손히 대답을 했다.

“들어가자!”

“저분은?”

“괜찮다. 아리안이 인정한 사람이다.”

같이 따라온 나에 대해 의문의 눈길을 보내던 자들이 안젤라의 말에 단박에 누그러진다.

폐쇄 병동을 지나 응급실에 도착하니 잡아들인 자들이 침대에 누워 있었다.

"호흡을 비롯한 바이털사인이 아주 미약합니다. 뇌파도 잡히지 않는 것으로 볼 때 이미 뇌사 상태가 아닌가 싶습니다."

침대에 누워 있는 자들을 살피던 의사 중 하나가 안젤라가 들어오자 보고를 했다.

"오는 길에 이상은 없었습니까?"

"다리를 건너는 도중 일제히 발작을 일으켰습니다. 괜찮았는데 의식을 깨우는 과정에서 다시 발작이 일어났고, 현재까지 이런 상태입니다."

"으음······!"

안젤라가 고민하는 듯 신음을 내뱉었다.

"안젤라, 내가 한번 볼 수 있을까?"

"그래요, 두영 씨가 한번 봐요."

부드러운 안젤라의 대답에 다들 의아한 눈초리다. 스플렌더의 수호검주로서 냉철하게 일을 처리하던 평소와는 다른 모습 때문인 것 같았다.

나를 바라보는 눈초리가 따가운 가운데 쓰러진 자들을 살펴봤다.

'으음······!'

역시 예상대로였다.

"뭔가 알아낸 것이 있나요?"

"이자들에게 기생하고 있던 것들이 소멸했어. 그래서 숙주였던 이들이 뇌사 상태에 빠진 거고."

"그런 것은 못 느꼈는데, 정말 이들에게 기생하고 있던 존재가 있었단 말인가요?"

"기생하고 있다고는 하지만 좀 달라. 좀 더 정확히 말하면 동화되었다고 해야 하나."

"동화요?"

"그래, 이들의 영혼은 죽은 자의 영혼인 사령과 동화된 상태였어. 그런데 사령이 소멸되자 본래의 영혼이 타격을 입고 뇌사 상태에 빠진 거지. 의식을 깨우지 않았다면 그나마 괜찮았을 텐데 깨우는 바람에 사령이 소멸되며 벌어진 현상이야. 으음, 일제히 발작을 일으킨 장소가 다리 근처였다면 강 쪽에서 사령에게 술법을 걸었다는 건데, 이 정도 술법을 걸 수 있는 자라면 대단한 놈이야."

"그렇겠네요. 다리 쪽에는 CCTV가 설치되어 있으니 정체가 발각되지 않기 위해서라도 강 쪽에서 접근을 했을 가능성이 크겠군요."

"아마 그럴 거야. 다리를 건너오면서 살폈는데 사념의 흔적이 없었어. 고정된 위치에 흔적을 남기지 않기 위해서라도 강 쪽에서 술법을 걸었을 거야."

"그럼, 한번 파악을 해봐야겠네요."

설명을 들은 안젤라가 주변에 있는 의사들을 바라보며 말했
다.

"들었나?"

"들었습니다."

"배들의 출입 상황을 살피고, 그 시간대에 주변에서 수상한
자들을 본 목격자를 찾도록!"

"알겠습니다."

"안젤라!"

지시를 내리고 있는 안젤라를 불렀다.

"왜요?"

"술법을 건 자는 혼자야. 그만 한 사념을 발하면 주변에 있
는 자들이 피해를 입으니까 말이야."

"알았어요. 다들 들었죠? 빨리 찾도록 해요."

안젤라가 지시를 내리자 의사들 중 몇이 밖으로 나갔다.

"그런데 이 사람들은 어떻게 하지요? 어렵게 사로잡았는데
큰일이네요."

"걱정하지 마, 일은 오히려 더 쉬워졌으니 말이야."

"예?"

"사실 이들을 붙잡기는 했지만 어떻게 동화된 사령들을 제
거할지 걱정스러웠는데 아주 잘됐어. 누군지 모르지만 이들을
부린 자가 알아서 제거해 주었으니까 말이야."

"다행이네요. 그런데 그자가 이 사람들을 이용해 무엇을 하
려는 건가요?"

안젤라가 궁금한 것인지 물었다.

"놈이 이자들을 이용해 무엇을 하려고 하는지 모르지만 우리에겐 잘된 일이야. 이자들, 앞으로 써먹기 편할 것 같으니까 말이야."

사실 죽어도 싼 자들이다. 남의 생명을 가지고 노는 자들이니까 말이다.

사령에게 동화되었다고는 하지만 자신의 영혼이 그것을 원하지 않으면 얼마든지 막을 수 있는 일이다. 스스로의 의지가 얼마나 강하냐에 따라 달라지겠지만 말이다.

이자들은 스스로 사령에게 동화되기를 원했던 자들이다. 상대가 달라지기는 하겠지만 죽음을 찬미하는 자들이니 원하는 대로 해주기로 한 것이다.

이들을 잘 활용만 한다면 앞으로 벌어질 일들을 막을 수도 있기에 일단 구제하기로 했다.

사령에 동화된 것과 같이 만들어준다면 이들은 전과 다름없이 활동을 할 수 있을 것이다.

거기다 나에게 완전히 복종하는 존재로 변하기에 문제가 발생할 소지도 없었다.

"어떻게 한다는 거예요?"

이미 식물인간이나 마찬가지인 자들을 써먹는다는 말에 안젤라가 궁금한 모양이다.

"다행히 비슷한 술법을 내가 알아. 사령이 빠진 자리를 메우면 상태가 좋아질 거야."

삼묘족에 대해서는 아직 이야기를 해줄 단계가 아니기에 돌려서 말해주었다.

"술자들의 가문이 신비한 매직을 많이 알고 있다고 하더니 정말인가 봐요?"

"하하! 시간이 되면 안젤라에게도 가르쳐 줄게. 스플렌더의 힘을 이용한다면 안젤라도 몇 가지 술법은 가능할 것 같으니까 말이야."

"정말이요?"

"안젤라라면 충분히 익히고도 남을 거야. 그럼, 이제부터 누워 있는 사람들을 일으켜 세워 볼까. 안젤라, 다른 사람들은 모두 나가 있어 달라고 해줄래?"

"알았어요."

안젤라의 대답과 동시에 응급실에 있던 사람들이 고개를 숙여 인사를 한 후 바깥으로 나가기 시작했다.

"안젤라도 잘 봐둬. 이들에게 나와 안젤라를 인식의 대상으로 삼을 테니까."

사령과는 달리 영혼의 전사들을 불러내 동화시킬 생각이다.

나를 따르기도 하겠지만, 그보다는 스플렌더의 봉인이 해제될 때까지 안젤라의 방패가 되어줄 수 있을 것 같아서다.

안젤라도 심상치 않은 일이 일어나고 있다는 것은 느끼고 있었다. 스플렌더의 제약으로 인해 걱정이 들지 않을 수 없었는데, 자신을 위해 수고를 아끼지 않는 두영을 보며 감격스러운 마음이 들었다. 두영을 자신의 반려로 선택한 것이 정말 잘한 일로 보였다.

"봉(封)!"

동방에서 쓰는 말과 함께 두영이 손가락을 휘두르자 희끄무레한 은광이 CCTV카메라를 덮는 것이 보였다.

'녹화되는 것을 방지하려는 모양이구나.'

두영은 CCTV를 무력화시키고는 곧장 출입문으로 향했다. 주법을 시전하는 동안 다른 사람들로 인해 방해받지 않도록 입구를 막을 생각인 것이다.

두영이 문 주변의 테두리를 손가락으로 만지자 문틀에 은광이 퍼져 나가며 입구를 봉쇄했다.

창문은 없기에 입구를 막았으니 그 누구도 들어올 수 없을 방어의 결계가 완성되었다.

"안젤라, 잘 봐둬. 많은 도움이 될 거야."

"알았어요."

"천연(天然)의 기운이여! 나와라!"

고함과 함께 두영의 이마에서 백색의 기운이 나오기 시작했다. 무척이나 따뜻하고 부드러운 느낌이 나는 기운이었다.

두영의 정수리에서 빠져나온 기운이 실처럼 뻗어나가 누워 있는 자들의 이마에 가서 닿았다.

"영령(英靈)! 빙(憑)! 합(合)!"

전선을 따라 흐르는 전기처럼 두영의 말과 함께 이마로 연결된 백색의 실을 따라 푸른 기운들이 누워 있는 자들에게 전해지기 시작했다.

'영혼을 다루는 자들은 암흑의 법사들밖에 없다고 알고 있는데, 두영 씨도 영혼을 다루다니…….'

안젤라는 솔직히 무서운 생각이 들었다.

기운으로 만들어진 실을 따라 흐르는 푸른 기운에서 느껴지는 알 수 없는 힘 때문이었다.

비어 있는 사령을 대신해 저들의 영혼과 결합을 한다고 했으니, 아마도 영혼이리라 짐작되지만 그 힘을 안젤라로서도 측정하지 못하고 있었던 것이다.

강력하고 패도적인 것도 그렇고, 뭔가 알 수 없는 거대함이 그 안에 담겨 있는 까닭이다.

'무척 힘든 술법이구나.'

두영의 이마에서 땀이 흐르고 있었다.

밴프 국립공원에서나 호텔 근처에서 다른 자들을 상대할 때도 보지 못하던 모습이었다. 이번에 펼친 술법이 무척이나 어려운 것 같다는 생각이 들었다.

'이제 끝나가는 건가?'

막바지로 치닫고 있는지 푸른 기운이 점차 흐려지고 있었다. 전해지던 푸른 기운이 사라지고, 두영의 정수리와 누워 있는 자들의 이마에 연결된 백색의 기운도 점차 사라져 갔다.

"휴우! 의식을 연결시켜 다행이다."

안도의 한숨을 내뱉는 두영의 안색이 무척이나 창백했다. 과도한 기운을 쓴 탓인 것 같다.

"괜찮아요?"

"괜찮아, 안젤라. 하지만 안젤라를 각인시켜야 하니 아직 조금 더 해야 해. 저들의 영혼과 내가 보낸 전사들의 영혼이 합일되기 전에 끝내야 하니까, 이리 좀 와봐."

"알았어요."

두영이 요구한 대로 안젤라는 앞으로 가서 섰다. 누워 있는 자들을 모두 볼 수 있는 자리였다.

안젤라가 앞에 서자 두영은 자신의 손바닥을 안젤라의 등에 가져다 댔다.

"안젤라, 조금 고통스러울 거야. 타인의 영혼을 본다는 것이 쉽지는 않은 일이지만 안젤라라면 충분히 해낼 수 있을 거니까, 다른 잡념은 모두 지워 버려. 그리고 절대 입을 열어서는 안 돼."

"알았어요."

척추를 타고 뜨거운 기운이 흘러들어 갔다. 안젤라는 자신에게 흘러들어 온 두영의 기운으로 인해 머릿속이 뜨거워지는 것을 느낄 수 있었다.

'아!!'

두영의 기운은 뜨거우면서도 무척이나 시원했다. 불같은 시원함이 지나가고 난 뒤 세계수가 자신에게 힘을 주었던 때보다 더 상쾌함을 더해주는 것이 느껴졌다.

상쾌함이 훑고 난 자리에 뭔가 자리 잡기 시작했다. 세계수가 가진 힘의 근원보다 더 깊고 밝은 기운이었다.

'안젤라, 저들을 봐, 그리고 느껴봐!'

영혼을 울리는 목소리였다. 안젤라는 두영의 말대로 누워 있는 자들을 바라보았다.

지금까지 알 수 없었던 이질적인 기운이 느껴졌다. 하나는 피폐하고 암울하고, 하나는 웅장하고 장쾌했다.

안젤라는 자신도 모르게 느껴지는 느낌대로 그 기운들을 어루만지려고 했다.

안젤라의 영혼 속에 자리 잡은 기운이 그녀의 손을 따라 누워 있는 이들에게로 흘러갔다.

누워 있는 자들의 기운들이 서서히 일어나 안젤라가 보낸 기운을 맞이했다. 두영과 안젤라, 그리고 누워 있는 자들에게 뻗어 나온 세 가닥 기운이 하나로 동화되어 천천히 잠겨 갔다.

'참으로 기이한 느낌이다, 저들의 감각을 그대로 느낄 수 있다니. 아마도 두영 씨가 나를 위해 비전으로 전해오는 술법을 펼친 모양이다. 이런 술법까지 펼칠 수 있다니, 두영 씨의 가문이 어떤 곳인지 모르지만 정말이지 신비한 술자 가문이 아닐 수 없구나.'

두영의 능력에 경이로움을 느끼는 안젤라의 뇌리로 다정한 목소리가 흘러들었다.

'이제 됐어. 세계수의 기운을 이용해 피폐한 영혼을 많이 중

화시켜 놓았으니 이제 저들은 안젤라의 충직한 충복이 될 거야.'

'고마워요.'

'천천히 영혼의 세계에서 빠져나와. 지금은 조금 힘들겠지만 안젤라도 엘프의 명상을 할 줄 아니까 차츰 스스로의 힘으로 영혼의 세계를 볼 수 있을 거야.'

안젤라는 자신의 의식 속에서 뭔가가 빠져나가는 것을 느꼈다. 두영의 영혼이 빠져나가는 것이라 생각했다. 아쉬웠지만 흔적은 그대로 남아 있기에 그것으로 만족하기로 했다.

안젤라는 어느새 감겨져 있던 눈을 떴다. 누워 있는 자들을 보니 느껴지는 느낌이 달라져 있었다. 기분 나쁜 기운은 어느새 사라져 없어져 버렸고, 이제는 매우 친근한 느낌뿐이었다.

"아직 충격을 받은 상태라 조금만 지나면 안정이 될 거야. 그다음은 안젤라가 알아서 해. 저들은 안젤라를 위해 무엇이든지 할 거니까. 그리고 시간이 날 때마다 저들과 대련을 하도록 해. 안젤라의 실력을 향상시키는 데 많은 도움이 될 테니까 말이야."

"알았어요."

"좋아, 그럼 안젤라는 이곳에 있어줄래. 저들의 안정을 위해서는 안젤라가 이곳에 있는 것이 좋으니까 말이야."

"어디 갈 건가요?"

"난 좀 더 알아볼 것이 있어서 말이야."

"알아볼 것이요?"

“이자들을 사주한 자에 대한 정보를 얻을 수 있을 것 같아. 그래서 한번 알아보려고 해. 아무래도 벤프 국립공원에서 만났던 자가 이들을 이용해 자원봉사자들을 제거했던 것 같아서 말이야.”

“그렇다면 그렇게 해요. 두영 씨 실력이면 위험하지는 않을 테니까요.”

“후후후, 안젤라도 조심해. 그놈이 또 무슨 수를 쓸지 모르니까. 그럼 학교에서 보자고.”

두영이 미소를 지으며 응급실을 나섰다.

결계는 이미 해제했는지 밖에서 기다리는 사람들이 들어오고 있었다.

‘두영 씨 능력이라면 아마도 많은 것을 알아낼 것이다.’

두영이 뭔가를 알아낼 것이라 확신하고 있는 안젤라는 자신도 뭔가를 해야겠다는 생각에 응급실 안으로 들어온 사람들에게 지시를 내리기 시작했다.

“다들, 이자들을 그곳으로 옮겨놓도록. 조금 있으면 회복이 될 테지만 감시할 인원은 많지 않아도 될 것이다. 정신이 깨어나면 나에게 연락을 하도록 해라. 그리고 비상을 걸어 최대한 정보망을 가동하도록!”

“알겠습니다, 마스터!”

세상을 위해 자신을 희생하는 든든한 사람들이었다.

‘언젠가 보답할 생각이지만, 그때가 언제가 될지⋯⋯.’

언제나 자신을 따라주는 사람들을 보며 고마움과 함께 미안한 마음이 들었다.

　세상을 지키는 파수꾼이 되어준 이들에게 언젠가는 반드시 보답하리라 생각한 안젤라는 상황을 알아보기 위해 병원의 최상층으로 올라갔다.

＊　　　＊　　　＊

　안젤라를 두고 병원을 나서며 주변의 경계 태세를 보니 안심이 된다.

　드러나지 않은 채 엄밀히 호위하는 것을 보면 보기보다는 상당한 조직이 아닐 수 없다.

　엘프를 제외한 나머지 육대 종족과 이능력을 가진 존재들로부터 세상을 지키기 위해 그동안 축적해 온 힘이 느껴졌다.

　안젤라와의 인연 때문인지 다들 나에게 호의적인 기운을 보내온다. 따뜻하고 기분 좋은 느낌이다.

　아리안에서 도움을 받은 것도 있으니 힘이 될지는 모르지만 최대한 돕고 싶은 마음이다.

　"후후후, 그러면 일단 문제가 되는 놈부터 처리를 해야겠지. 듀크!"

　―부르셨습니까? 주군!

　"놈에 대한 단서는?"

　―제 가시거리를 벗어난 것 같습니다.

　"그래, 그러면 상당한 거리를 벗어났다는 이야기인데. 단서가 없으니 곤란하군.”

　―현재 상태로서는 그렇습니다.

　“추적할 방법은?”

　―아직은 없습니다.

　“그자는 어떤가?”

　―랜스를 말씀하시는 것이라면, 추적이 가능합니다.

　“그럼, 우선 그자부터 찾도록!”

　―계속 감시 중인 상태라 찾을 필요도 없습니다. 지금 뉴욕에 거점을 잡고 있는 중입니다.

　“뉴욕이라면 갔다가 오는데 얼마 걸리지 않겠군.”

　―그보다는 주군의 파장을 이용해 이리로 부르시는 것이 나을 것 같습니다.

　“어째서 그렇지?”

　―지금 이쪽으로 이동 중인 것 같아 드리는 말씀입니다.

　“그런가? 그럼, 마스터란 자가 이곳의 상황을 파악하기 위해 랜스를 보낸 모양이로군.”

　―확률상 그런 것 같습니다.

　듀크의 말대로 이리로 부르는 것이 훨씬 나을 것 같았다.

　“좋아, 그럼 이리로 부르는 것이 났겠군.”

　―그럼, 증폭 장치를 가동하겠습니다.

　랜스란 자를 직접 부르기는 거리가 그리 가까운 편이 아니다. 텔레파시를 이용해 부르려면 상당한 힘을 소모해야 하기에 듀크가 최적의 대안을 제시했다.

"좋아, 그편이 낫겠군. 우선 그 호텔로 가도록 하지."

─알겠습니다, 주군.

지시를 받았다면 호텔로 올 것이기에 일단 그리로 향했다. 호텔에서는 아직도 소란이 가라앉지 않은 듯 부산스러웠지만 놈들이 머물던 곳 근처에 방을 잡는 것은 그다지 어렵지 않았다. 간단한 암시로 지배인을 제압했기 때문이다.

방으로 들어와 듀크의 도움을 받아 텔레파시를 펼쳤다. 직접 펼치는 것보다 파장의 강도가 더 세고 섬세했다. 퍼져 나가는 파장을 따라 얼마 안 있어 이곳으로 오고 있는 랜스의 뇌파가 잡혔다.

'나다. 지금 보스턴으로 오는 길인가?

'그렇습니다.'

'곧장 호텔로 와서 나에게 들러라! 그리고 마스터에게서 연락이 온 건가?

'그렇습니다.'

'좋아, 자세한 것은 오면 듣도록 하지.'

랜스와의 연락을 끊었다.

"후우! 힘들군."

증폭기를 사용했는데도 불구하고 많이 지친다.

세계수의 열매로 몸의 많은 부분을 복구했지만 아직도 완전하지 않은 까닭이다.

삼천기를 아울러 몸을 다스려야 할 것 같다.

주변 경계는 메인타워인 듀크가 맡아줄 것이기에 바닥에 내려앉아 가부좌를 틀었다.

자연스럽게 백선기와 흑요기가 연이어 일어났다.

두 기운이 기운차게 혈맥을 따라 움직이고 이내 세포 곳곳에 힘을 전해준다.

어느 정도 회복된 후 찬황기를 일으켰다.

삼천기를 아우르는 주축이 되어야 할 찬황기는 백선기와 흑요기에 비해 아직도 요원하다.

두 기운에 비한다면 이제 갓 깨어난 병아리처럼 연약하기 그지없다.

전신 세포와 반응해야 제힘을 내는 것이 찬황기다. 세계수의 열매를 얻어 많이 성장하기는 했지만 아직도 몸이 불완전하다. 소울컨주리를 얻으며 가르시아를 활성화시킨 영향이 컸다.

한마디로 불안전의 극치라고 할 수 있는 몸 상태인 것이다. 언제나 제 역할을 할지 걱정이 아닐 수 없다.

이번 일을 끝내면 세포에 잠들어 있는 것들을 깨워 연결할 수 있는 방법에 대해 본격적으로 연구를 해야 할 것 같다.

'언젠가는 될 것이다. 언젠가는…….'

마음을 가라앉힌 후 찬황기를 지속적으로 운용했다. 정말이지 극악한 성취도다. 그래도 어쩔 수 없다. 꾸준히 계속하는 수밖에는 말이다.

찬황기를 운용하며 천천히 몸을 다스렸다. 몸이 불완전한 터라 열기가 많이 오르기에 다스리지 않으면 내상을 입을 수도 있기 때문이다.

점차 힘이 회복되고 있는 것이 느껴졌다. 어느 정도 몸이 회복되자 찬황기의 운용을 끝내고 가부좌를 푼 후 소파에 앉아 랜스를 기다렸다.

그렇게 얼마 있지 않아 랜스가 호텔 방으로 찾아왔다.

호텔로 들어서며 랜스는 이상하게 가슴이 떨렸다. 의지가 제압되었다고는 하지만 마스터에게서 느껴졌던 공포보다는 따뜻함이 먼저 느껴진 탓이었다.

마스터로 인해 새로운 세상을 접하게 됐지만, 새로운 영혼의 주인으로 인해 이런 느낌을 가지게 될 줄은 랜스도 몰랐기에 벌어진 현상이었다.

'새로운 주인으로 인해 어쩌면 구원을 받을지도 모른다.'

랜스는 이것이 자신에게 기회가 돼줄지도 모르겠다는 생각이 들었다. 이제는 괴물로 변해 버린 자신에게 있어 두영은 새로운 희망이었다.

"오랜만이야. 잘 있었나?"

"오, 오랜만에 뵙습니다."

자신을 반겨준다는 것이 무척이나 기쁜 나머지 랜스는 목소리마저 떨리고 있었다.

"자리에 앉아."

"예!"

은근한 목소리지만 영혼에서부터 경외감이 들었다. 어째서 이런 현상이 일어나는지 모르지만 기분은 나쁘지 않았다.

자신이 가진 힘의 근원은 마스터의 것이지만 눈앞의 두영은 자신의 존재를 가능케 하는 근원의 힘마저 생각하지 않게 만드는 힘을 지녔기 때문이었다.

랜스에게는 두영이 자신의 영원한 주인이라고 생각했던 마스터보다 더 위대한 이로 보였던 것이다.

"그래, 연락이 왔다고?"

자리에 앉자 두영이 마스터에 대해 물었다.

자신에게 힘을 준 이지만 이제는 남이나 마찬가지인 사람이기에 랜스는 자신이 지시받은 내용을 말하기로 했다.

"연락이 왔습니다. 워마켓에서 고용된 블랙솔저들에게 상금을 주라는 지시였습니다."

"상금?"

"5백만 달러를 이곳에서 기다리고 있는 자에게 지급하라는 지시였습니다."

"후후후, 대단한 금액이로군."

"이곳은 이미 정리가 된 것 같으니 주인님께서 쓰시는 것이 좋을 것 같습니다. 차에 있으니 말씀이 끝나시면 곧바로 가져오도록 하겠습니다."

"알았다. 잘 쓰도록 하지. 그래, 마스터의 진정한 정체에 대해 파악은 끝났나?"

"말씀하신 대로 파악하려 애썼지만 정확한 정체는 알 수가 없었습니다. 하지만 마스터가 지금 어디 있는지 알고는 있습니다."

"어디지?"

"실리콘밸리입니다."

일이 끝나면 곧바로 찾아가야 할 장소에 자신이 있다고 마스터는 알려왔었다. 그곳이 바로 실리콘밸리였다.

"후후후, 그래."

"실리콘밸리로 가면 제게 연락을 하겠다고 했습니다. 아마도 그곳이 근거지인 것 같으니 마스터와 만나게 되면 정확한 정체를 파악할 수 있을 것 같습니다."

"그러겠군."

고개를 끄덕이며 만족한 표정을 짓는 두영을 보며 랜스는 마음이 뿌듯했다. 앞으로 더욱 열심히 해야 할 것 같다는 생각이 들었다.

듀크가 어째서 놈에 대해 추적을 못했는지 이해가 갔다.

아직 내가 완전하지 않은 상태라 듀크 또한 제 기능을 완전히 발휘하기는 곤란한 상태다.

지금으로서는 원래의 기능 중 5퍼센트도 제대로 발휘되지 못하고 있는 것이다.

나야 정신적으로 연결이 되어 있으니 원거리에서도 연락이 가능하다. 랜스도 나와 정신적 교감이 있으니 파악이 가능한 상태다.

하지만 나와 연결되지 않은 자에 대해 뇌파의 파장만으로 원하는 상대를 찾는다는 것은 거의 불가능한 일이라고 할 수 있는 것이다.

"언제 마스터를 만나는 거지?"

"이곳의 일을 마치면 곧바로 실리콘밸리로 오라는 연락을 받았습니다."

"좋아! 넌 그곳으로 가서 놈을 만나 이곳의 일이 완전히 해결되었다고 알려라. 그리고 밴프 국립공원에 온 안젤라라는 여자를 찾아내기는 했지만, 완전히 다른 여자였다고 말하도록 하고, 진짜를 찾아 제거했다고 해라."

"알겠습니다. 그런데 연락은 어떻게 하시겠습니까?"

"내게 연락은 하지 마라. 이번 겨울에 내가 직접 갈 테니까. 그동안 너는 마스터가 하려고 하는 일이 무엇인지 확실히 알아놓도록 해라."

어차피 지금은 손을 봐줄 수가 없다. 섣불리 손대기에는 놈의 힘이 만만찮은 것 같으니 말이다.

다만 겨울 방학 기간이 되기 전까지 정체만 확실히 파악할 생각이다. 놈의 정체가 파악되면 그때부터는 독 안에 든 쥐이기 때문에 천천히 박살 낼 생각인 것이다.

"알겠습니다. 여기 차 키가 있습니다. 돈은 트렁크에 실려 있으니 꺼내 쓰시면 됩니다."

"알았다. 그만 가봐라."

랜스가 방을 나섰다. 호텔에서 공항까지는 택시를, 그리고 비행기를 이용해 실리콘밸리까지 갈 것이다.

“듀크! 언제쯤이면 제 기능을 발휘할 수 있지?”

—에너지 충전 속도로 볼 때 적어도 2개월 이상은 걸릴 것으로 보입니다.

“좋아, 그러면 에너지가 충전되는 대로 마스터란 놈의 상황을 파악하는 데 주력하도록 해. 지금 밖으로 나간 랜스의 파장을 이용한다면 쉽게 파악할 수 있을 거야.”

—염려하지 마십시오. 주군께서 움직이실 때를 대비해 만반의 준비를 갖추어놓겠습니다.

“그럼 이만 통신을 끊어.”

—보중하십시오, 주군.

이제 시간만 지나면 된다. 그전에 내 몸을 회복시키는 데 주력해야겠지만 말이다.

원래의 계획에서 어긋나게 됐지만 재미있는 삶이 될 것 같다.

CHAPTER 02
단서를 얻다

TIME
SLICE 타임 슬라이스

　　새로 시작된 학교 생활은 재미있었다.

　　한 가지만 빼면 말이다.

　　안젤라가 학교를 떠났다. 수련을 위해 아리안으로 돌아간 것이다. 학교에 알려지기로는 지도 교수의 연구 프로젝트를 공동 수행한다는 명목으로 아리안으로 수련을 떠난 것이다.

　　안젤라는 이미 졸업논문까지 마친 상태라 졸업에 큰 문제는 없었다.

　　안젤라가 아리안으로 돌아가 수련을 하려는 이유는 실력 향상을 위해서다.

　　새로운 스피릿아머가 나타난 이상, 앞으로 큰 문제가 생길 것이 분명하기에 대비하기 위한 목적도 있었다지만 아마도 나와 같이 있는 동안 자신의 실력이 그리 높지 않다는 사실에 큰 충격을 받은 모양이었다.

안젤라가 떠난 며칠은 맥없이 보냈지만 성준이로 인해 이내 활력을 되찾을 수 있었다.

공부도 공부지만 성준이를 지켜보는 재미가 만만치 않았던 것이다.

녀석은 한마디로 진짜 천재다. 그리고 알 수 없는 신비를 감춘 놈이기도 하다.

녀석이 천재라는 이유는 나와 같은 나이에 벌써 특허를 여러 개나 가지고 있다는 것으로 증명이 된다. 그것도 앞으로 돈을 엄청 벌어다 줄 특허로 말이다.

녀석은 자신이 낸 특허 대부분을 전부 스스로 개발해 냈다. 돕는 자들이 있는 것 같기는 하지만, 그들은 특허를 관리하기 위한 차원이지, 개발에는 별로 상관이 없어 보였다.

솔직히 녀석이 천재라는 것에는 그다지 관심이 없다. 녀석에게 진짜 관심을 가진 이유는 바로 녀석이 자면서 행하고 있는 호흡법 때문이다.

잠을 자면서 이루어지는 녀석의 호흡은 무척이나 특이했다. 자연의 기운을 모아 대부분 머리 쪽으로 가져가는 것이었던 것이다.

녀석이 천재적인 발명품들을 개발하는 것도 아마 그 때문이지 싶다.

자연의 기운을 인위적으로 다룰 수 있는 법은 대부분 동양에서 파생했다고 하는데, 녀석도 그런 것을 익힌 것이 분명해 보였다. 나로서는 관심을 가지지 않을 수 없는 부분이었다.

자연의 기운이 대부분 머리 쪽으로 모이는 것이 편향되어 보이지만 앞으로 내 목표를 위해서는 잘 관찰하고 싶었다.

그렇다고 녀석의 것을 훔쳐 배우려는 것은 아니다. 그저 자연의 기운이 어떻게 작용하는 것인지 상태를 관찰하는 것뿐이었다. 그렇게 성준이를 관찰하며 많은 것을 얻을 수 있었다. 호령무도 상당한 진척이 있었던 것이다.

그렇게 시간이 지나 이제 기말고사가 머지않았다. 잡다한 평가 절차가 끝나면 곧바로 서부로 떠날 예정이다. 어느 정도 준비가 끝났기에 놈에 대해 응징을 해볼 참이니 말이다.

성준이가 보기에 두영은 이상한 녀석이었다.

두영이 자신을 바라보고 있으면 모든 것을 꿰뚫어 보는 것 같아 마치 발가벗은 느낌을 지울 수가 없었다.

자신이 배운 것은 범인에게는 절대로 드러나지 않는 것인데 불구하고 두영이 자신의 비밀에 대해 알고 있을지도 모른다는 생각이 자꾸 들었던 것이다.

'그렇다면 녀석은 보통 사람이 아니라는 뜻인가? 그런 것은 아닌 것 같다. 천재이기는 하지만 녀석이 이능력을 가지고 있다면 내가 알아보지 못할 이유가 없다.'

자신이 익히고 있는 것은 이능력을 알아보는 특별한 능력을 지니게 하는 것이니 그럴 리 없다고 생각한 성준은 고개를 흔들었다.

"뭘 그렇게 생각을 하냐?"

오늘도 자신을 바라보다가 뭔가 골똘히 생각하는 것 같기에 성준이 두영을 불렀다.

"안젤라!"

자신의 생각과는 달리 두영의 입에서 엉뚱한 대답이 흘러나왔다.

"후후후, 보고 싶냐?"

"니가 나라면 보고 싶지 않겠냐?"

"하긴, 그런 여자라면 목숨을 걸어도 아깝지 않지. 나는 언제 그런 사랑을 해보려나."

순백의 기운을 간직한 여인의 사랑을 받다니 두영이 부럽기 그지없었다. 그런 여자의 사랑은 남자를 보다 넓은 곳으로 이끌 수도 있다는 것을 잘 아는 성준이었다.

"그건 그렇고, 이번에 출원한다는 것은 잘되고 있냐?"

"어쩐 일이냐, 내 일에 관심을 다 갖고?"

두영이 자신의 일에 관심을 가지고 있다는 생각에 성준이 반색했다.

"벌써 한 달 째 매달리고 있으니까 그렇지."

"후후, 거의 다 끝나간다. 마지막 공식만 완성하면 끝이다."

"크크, 그럼 이번에도 떼돈 버는 거냐?"

"글쎄, 그건 또 모르지. 특허를 낸다고 해서 그것이 다 사업성이 있는 것은 아니니까."

"그러냐? 나야 뭘 알아야지."

"그런데 이번에 낸 보고서 말이다. 꽤 훌륭하던데 언제 그걸 다 조사한 거냐?"

부럽다는 듯 입맛을 다시는 두영을 보며 성준은 두영이 써낸 보고서에 대해 생각이 미쳤다. 골든 마인드에서 내준 과제였는데, 슬쩍 훑어봤는데도 상당한 노력을 기울인 흔적이 보였던 것이다.

"조사는 뭘, 예전부터 관심이 있어서 모아놓은 자료가 좀 있었다. 그걸 정리한 것뿐이야."

"그게 아닌 것 같던걸. 회장님이 그 정도라면 학회에 논문으로 제출해도 될 거라고 하던데."

"그러냐?"

"그래, 아주 훌륭하다고 하더라. 생물자원의 의학적 활용 방안은 깊이 연구해 볼 가치가 있다고 하더라."

"뭐, 옛날부터 내려오는 민간요법은 주변에 있는 생물자원을 이용한 것들이 많아 그중 유용한 것들만 추린 건데 뭘."

"그래도……."

아니라고는 하지만 두영이 낸 보고서는 성준이 생각해도 놀라운 것이었다. 거의 200페이지가 넘는 방대한 보고서에는 유용성 높은 생물자원에 대한 지혜가 가득했던 것이다.

의학 쪽이나 약학 쪽에 지식이 없는 편이지만 민간에서 내려오는 효과라 할지라도 연구하다 보면 상당한 수준의 것들을 건질 수 있을 것 같아 보였기 때문이다.

"그런데 이번의 것은 뭐냐? 바쁜 것 같아서 묻지 않았지만 이제 거의 다 끝난 것 같은데 설명해 주지 않을래?"

사업성이 있을 것이라고 말해주려다가 자신의 일에 대해 묻자 그다지 비밀로 하지 않아도 될 일이었기에 성준이 대답을 해주었다.

"그래, 이제 거의 다 끝났으니까 이야기해 주마. 내가 이번에 연구한 것은 말이지. 사람의 신경회로를 차용한 것이라 새로운 개념의 컴퓨터 개발에 아주 유용한 거다."

"신경회로를 이용한다고?"

두영이 바짝 다가오며 묻는 것을 보니 관심이 가는 모양이라고 생각했다. 유전공학을 전공할 예정이라고 하니 그럴 만도 할 터였다.

"저번에 새로운 물질을 개발했다. 그런데 여러 가지 실험을 하면서 그것이 무기질이면서, 유기질 같은 성질을 가지고 있다는 것을 알아낼 수 있었다. 그중에 가장 주목할 만한 부분은 일정한 조건하에 있으면 사람의 신경 전달 체계와 비슷한 구조를 가진다는 것이었다."

"저, 정말이냐?"

성준으로서는 두영이 왜 저리 흥분하며 말을 더듬는지 모를 일이다. 성준이 생각하기에 두영은 언제나 여유롭던 사람이었던 것이다.

“뭘 그리 놀라냐! 그래, 그래서 이번에 그 물질을 이용해 신경 체계를 이용한 반도체를 개발하려고 한다. 기초 단계이기는 하지만 어느 정도 성과가 있어서 이번에 특허 출원을 하는 것이다.”

“하하하, 그렇다는 말이지.”

어째서인지 두영이 무척이나 기뻐하는 모습을 보였다. 영문을 모르는 성준의로서는 의아할 뿐이었다.

“축하한다, 네가 그런 것까지 개발하다니. 하지만 무척 아쉬운걸!”

“아쉽다니?”

“사실 내가 유전공학을 전공하려는 이유도 생체 컴퓨터를 한번 만들어보고 싶었기 때문인데, 네가 먼저 개발했으니 늦었나 싶어서 말이다.”

“그러냐?”

자신은 새로운 반도체 물질을 만들어내는 것이 목적이었지만 두영도 그쪽에 관심을 가지고 있다니 정말로 의외였다.

“그렇다, 인마!”

“그럼, 너도 연구에 한 번 끼어볼래? 너 정도면 충분할 것 같은데 말이야.”

“정말이냐?”

“그래! 내가 너에게 헛소리하겠냐?”

성준으로서는 진심으로 하는 말이었다.

학기 중간에 간간이 내는 두영의 레포트를 몇 번 본적이 있

기 때문이었다. 학부 학생이라고 생각하기에는 믿을 수 없는
레포트였다.

　학교에 입학하기 전 제출한 논문 하나 때문에 예정에 없는
면접까지 봤다고 하니 두영의 실력은 충분한 것이다. 어쩌면
자신에게 큰 도움이 될지도 모르는 일이었다.

　"나야 고맙지. 하지만 아직은 배울 게 많아서 말이야."

　"후후, 나도 당장 합류하라는 소리는 아니다. 어차피 지금은
초기 단계니까 말이야. 2학년 마치면 본격적으로 합류하도록
해라. 그때면 연구 준비가 어느 정도 끝날 테니까 말이야."

　"하하하, 그러면 나야 좋지."

　두영의 웃음에 자신의 가슴이 시원해지는 것을 느낀 성준이
웃음을 지었다. 성준으로서는 오랜만에 지어보는 웃음이었다.

　'이 녀석, 어쩐지 믿을 수 있는 친구다. 이렇게 친해진 것도
녀석의 밝은 모습 때문이 아닌가 싶구나.'

　"앞으로 잘해보자."

　잘해보자며 성준이 손을 내밀었다.

　짝!

　두영도 마주하며 손을 내밀며 하이파이브를 했다.

　"그래, 잘 부탁한다."

＊　　　＊　　　＊

　뜻하지 않게 단서를 얻었다.

　녀석이 연구하고 있는 것이 나에게 가장 필요한 것이라니 놀라운 일이다.

　좀 더 관심을 가질 걸 그랬나 하는 생각이 든다.

　어찌 되었든 녀석의 연구에 참여하게 해준다니 좋은 소식을 기대할 수도 있을 것 같다.

　"교수님들께서 기다리실 테니까 난 그만 가봐야겠다."

　"그래, 가봐라."

　연구물을 챙겨 실험실로 가려는 모양이다. 기다리고 있는 사람들이 교수님들인 것을 보면 이번 연구는 합동으로 진행하고 있는 모양이다.

　전자통신을 전공한 몇몇 교수들이 새로운 신호 전달 체계에 대한 연구를 이미 진행 중이라고 알고 있었는데, 아마도 성준이 녀석과 합동으로 진행하는 중인 것 같다.

　어떻게 끼어들 방법이 없나 고민하고 있었는데, 뜻하지 않은 단서와 함께 합류하게 되다니 아무리 생각해 봐도 천운이 아닐 수 없다.

　일이 이렇게 되면 빨리 서둘러서 마무리를 해야겠다.

　실리콘밸리에 있는 멀티온이라는 회사에서 연구하는 생체 기갑병기인 스피릿아머에 대한 자료도 최대한 빨리 얻어야 하니까 말이다.

　방학이 며칠 남지 않았으니 이제 슬슬 떠날 준비를 할 때가 된 것 같다.

　"그나저나 큰일이로군, 엄마가 오신다고 하니. 거기다가 메우 형도 나를 보러 같이 온다고 하니 어떻게 해서든지 실리콘밸리로 갈 방법을 마련해야 하는데…….”

걱정이 아닐 수 없다.

방학 기간을 이용해 마스터란 놈을 처리하려고 했는데, 어머니와 메우 형이 온다니 말이다.

메우 형은 내게 꼼짝 못하는 사람이니 그렇게 염려할 필요가 없지만 어머니는 아니다. 이 세상에 내가 이기지 못하는 유일한 사람이니 말이다.

방학 기간을 이용해 실리콘밸리로 간다면 난리를 치실 텐데 걱정이 아닐 수 없다. 뭔가 그럴싸한 핑계를 대야 할 텐데, 남은 기간 동안 고민을 좀 해봐야 할 것 같다.

*　　　*　　　*

창숙으로서는 정말이지 오랜만에 오는 미국이었다. 그동안 두영이 어떻게 하고 있을지 걱정이 아닐 수 없다. 동생이 잘 봐주기는 했겠지만 엄마의 손길만 할 리 없는 까닭이다.

오늘부터 방학이라 공항에 마중 나와 있을 두영이를 생각하며 설레는 마음으로 게이트를 나섰다.

“엄마!!”

“아!”

멀쑥하게 자란 아들이 보였다. 얼굴에 남아 있는 모습이 아니었다면 모르고 지나칠 뻔했을 정도로 아들은 무척이나 자라 있었다.

"이 녀석! 이제는 키가 엄마보다도 더 커졌네."

"하하, 비행기 타고 오시느라 힘들지 않으셨어요?"

"호호호, 힘들긴! 오랜만에 아들을 보러 오는 길인데. 그런데 이모는?"

"둘째 이모는 조금 바쁘셔서요. 이모부가 데려다 주셨어요."

"그러니? 그런데 이모부는 어디 가신 거니?"

"화장실 가셨는데 조금 있으면 오실 거예요."

"호호호, 그렇구나!"

창숙이 보기에 광열은 여전한 것 같았다.

동생인 미숙을 데려가겠다고 집에 왔을 때 동생을 훔쳐 갈 도둑놈이라는 생각에 창숙은 깐깐하게 굴었다.

그 탓에 긴장한 것인지 화장실을 몇 번이고 들락거렸었다.

지금도 비행기 도착을 알았을 텐데, 아마 긴장한 탓에 화장실로 직행한 모양이다.

여전히 자신을 보면 긴장이 되는 모양이었다.

'이제는 변할 때도 됐는데. 하지만 이렇게 시간이 지나도 변하지 않으니 제부는 좋은 사람이다.'

언제나 한결같은 제부를 생각하며 창숙은 작은 미소를 입가에 지었다.

"그런데, 엄마! 메우 형은?"

"시합이 있어서 다른 곳에 들렀다가 올 거야."

"시합?"

시합이 있다는 소리에 두영이 어떻게 된 일이냐는 듯 물었다.

"아, 이야기하지 않았구나. 이번에 라스베가스에서 시합이 있다고 하더라. 갑자기 잡혀서 미처 너에게 이야기해 주지 못했다."

"그렇구나."

"그나저나 이모부가 오는 모양이다."

멀리서 허겁지겁 다가오는 광열이 보였다. 이제는 중년의 나이에 명문대 교수이면서 자신만 보면 긴장을 하는 것인지 모를 일이지만, 동생인 미숙은 아마도 저런 모습을 좋아했을 것 같았다.

"오셨습니까? 처형!"

"오랜만이네요, 제부. 그간 잘 있었어요?"

"잘 있었습니다. 집사람은 오늘 세미나에서 발표가 있어서 못 나왔습니다."

"그래요. 홍, 이 계집애가! 모처럼 만에 언니가 왔는데 세미나라니, 틀림없이 일부러 잡은 것이 틀림없어!"

"아, 아닙니다. 처형! 학기 초부터 잡혀 있던 것이라……."

"됐어요, 제부. 어서 집으로 가요."

"알겠습니다, 처형. 짐 이리로 주십시오."

'휴우, 여전히 쩔쩔매는 구나. 이제는 신분의 차이는 잊어도 되건만! 이번 기회에 조용히 이야기를 해봐야겠다. 전의 신분

이 어찌 되었든 제부는 이제 우리 가족이니까.'

*　　　*　　　*

　우리 학교 학생들이 이모부의 이런 모습을 봤다면 기함할 것이다. 특히나 이모부가 지도하고 있는 학생들이라면 아마도 뒤집어졌을 것이 분명했다.
　학교에서 완고하고 깐깐하기로 유명한 이모부가 이렇게 저자세에 땀까지 뻘뻘 흘리는 모습이라니 말이다.
　아마도 뭔가 사연이 있는 것이 틀림없다.
　아무리 어머니가 이모의 언니라고는 해도 이 정도면 거의 경기 수준이니까 말이다.
　공항을 나와서 주차장으로 가 이모부의 차에 탔다. 주차장에서 빠져나오다가 앞차를 받을 뻔했다. 아직도 어머니가 무서우신가 보다. 역시, 어머니와 이모부 사이에는 내가 모르는 비밀이 있는 것 같다.
　비행기 도착 시간이 가까워 올수록 안절부절못하던 이모부의 모습과 어머니를 만난 이후의 모습은 이등병이 고약한 선임을 처음 만났을 때 보이는 표정이었으니 말이다.
　끼이익!
　차가 갑자기 멈춰 섰다.
　또다시 신호를 기다리고 있는 차를 받을 뻔했다.
　이거 이모부 댁으로 가는 동안 내내 마음을 졸일 수밖에 없을지도 모르겠다.

이모부가 거의 맛이 간 상태로 운전을 하기 때문이다.

"내리십시오."

긴장의 연속이었지만 다행스럽게도 이모부 댁까지는 무사히 왔다.

"교수 관사가 그리 나쁘지 않다고 하더니 아담하고 예쁘네요."

"새, 생활하기는 그다지 나쁘지 않습니다, 처형."

"미숙이는 언제 오지요, 제부?"

"이제 거의 끝날 시간이 됐으니까, 정리하고 오려면 한 두 시간 걸릴 겁니다."

"그래요. 일단 안에 들어가서 쉬면서 기다리도록 하지요."

"네, 처형."

집 안으로 들어갔다. 이모부는 여전히 쩔쩔매는 모습이다. 어머니가 좀 드세기는 하지만 이 정도까지 무서운 사람은 아닌데 정말이지 모를 일이다.

이모가 온 것은 이모부가 말씀하신 것보다 약간 늦은 시간이었다. 그동안 이모부는 어머니를 어찌 대접해야 할지 모르겠다면서 안절부절못했다.

어찌나 불쌍해 보이던지 내가 다 안타까울 지경이었다.

"어서 와요. 그건 이리 주고. 내가 가져다 놓을게."

음식 재료를 양손에 들고 집으로 들어오자 이모부는 바로 넘겨받더니 주방으로 향했다.

"제부는 아직도 저러니?"

주방으로 들어가는 이모부를 보며 엄마가 이모에게 물었다.

"언니, 그이에게 너무 뭐라고 하지 마."

이모가 발끈하며 대답을 했다. 이모가 어머니에게 핀잔을 주면서 내 눈치를 보는 것을 보니 뭔가 내가 알지 못하고 있는 것이 분명하다.

"알았다. 하지만 제부한테 이야기는 해줘라. 우린 가족이라고 말이야."

"알았어, 언니."

어머니도 이모부가 자신을 자연스럽게 대하기를 바라시는 것 같았다. 부드러운 어머니의 말에 이모가 수그러들었다.

"그럼, 오랜만에 음식이나 만들어볼까?"

"호호호, 나야 좋지. 그런데 피곤하지 않아?"

"우리 아들을 오랜만에 봤는데 맛있는 거 해줘야지."

"호호! 정말, 아들 사랑은 끔찍하다니까."

뭐가 그리 좋은지 이모는 어머니의 팔짱을 끼고 주방으로 향했다. 어머니와 이모가 들어가고 얼마 지나지 않아 이모부가 식은땀을 흘리며 주방에서 나왔다.

"두영아, 우리 서재로 갈까?"

"서재요?"

"성준이에게 이야기를 들었다. 2학년 마치고 우리 연구팀에 합류하고 싶다고?"

"이모부도 연구팀에 합류한 건가요?"

"그래, 내가 책임연구원이지. 네가 우리 팀에 합류했으면 좋겠다는 생각을 하기는 했지만, 성준이가 이야기할 줄은 몰랐다. 그런데 괜찮은 거니? 학업도 계속해야 되는데 말이야."

"그렇긴 해요. 하지만 하고 싶었던 것이라 연구팀에 합류했으면 하는데 괜찮겠지요, 이모부?"

"나는 환영한다. 네가 학업을 소홀히 하는 것도 아니고, 충분히 시간도 낼 수 있으니까 말이다. 그리고 너 정도면 우리 연구팀에 합류해도 충분히 제 몫을 할 테니까."

"제가 잘할 수 있을까요?"

"물론, 그렇지 않아도 말해주고 싶은 것이 있어서 조만간 널 부를 예정이었다. 며칠 후에 이야기하려고 했는데, 음식을 만들려면 시간이 걸릴 테니 이번 연구가 어떻게 진행되게 됐는지에 대해서 이야기를 해주마."

"알았어요, 이모부."

어머니를 피하려는 듯한 인상이 짙어 보였지만 연구에 대해서 이야기해 준다는 것도 사실이기에 급하게 서재로 향하는 이모부의 뒤를 따랐다.

서재로 가서 이번 연구에 대한 것들을 들을 수 있었다.

국방부의 의뢰를 받았다는 것과 어느 특정 분야가 아니라 여러 분야의 학자들이 모여 종합적으로 이루어지는 프로젝트라는 것 등 전반적인 사항에 대해 소소한 것까지 다 말씀해 주셨다.

"대단한 연구네요. 그런 엄청난 연구비까지 지원해 주다니 말이에요."

"그래, 2천만 불이 적은 돈은 아니지. 하지만 이번 연구가 펜타곤에서 의뢰한 것이라는 사실은 숨겨야 한다. 비밀리에 진행해 달라고 했거든."

"그래요? 혹시, 군사용 목적으로 사용하려는 것은 아닌가요?"

"그렇기는 하지만 살상용으로는 쓰이지 않을 것 같구나. 미사일 방어 체계(MD)를 위한 새로운 시스템에 적용시킬 계획이라고 하니 말이다.

"방어 목적이라면 이모부 신념에도 어긋나지 않는군요."

이모부는 전쟁 반대론자다. 특히 과학기술이 전쟁에 쓰이는 것을 극도로 싫어하시는 분이다.

"그렇지, 그래서 승낙을 했다. 그리고 이번 연구는 실리콘밸리에 있는 회사와 합동으로 진행하는 계획이다. 우리는 통제 시스템 체계를 구축하고 그쪽에서는 기기 분야를 맡는다고 하더구나."

"실리콘밸리요?"

이번 방학에 실리콘밸리로 갈 일이 있기에 이모부와 합동으로 연구를 수행한다는 회사가 궁금하지 않을 수 없었다.

"그래, 멀티온이라는 회사라고 하더구나. 아직 미팅은 하지 않았지만 하드시스템 분야에서는 뛰어난 회사라고 하더라. 조만간 연구원들끼리 미팅이 있을 예정이다."

멀티온이라는 이름이 이모부의 입에서 튀어나왔을 때 하마터면 헛바람을 들이킬 뻔했다.

내가 상대해야 할 마스터가 운영하는 회사와 이모부가 관계가 있다니 말이다.

이모부가 알고 있는 것과는 달리, 이번 연구가 어쩌면 스피릿아머와도 관련이 있을지도 모른다는 생각이 들었다. 인간의 신경 전달 체계를 차용해 만들어진 것이 바로 생체기갑병기였기 때문이다.

'어머니가 오시긴 했지만 아무래도 실리콘밸리에 반드시 가야 할 것 같구나.'

아무래도 자세히 알아봐야 할 것 같다. 마스터가 하는 일이 일개 개인이 벌인 일이 아닌 것 같다는 생각이 들기 때문이다.

그리고 펜타곤과 관련이 있다면 예상보다 심각한 문제였다. 미국이라는 거대한 나라에서 관여하고 있다면, 스피릿아머가 본격적으로 세상에 나타날지도 몰랐던 것이다.

"미팅이 언제죠?"

"20일 후다. 이쪽의 연구 계획서와 성준이의 계획을 정리해야 해서 말이다."

"그렇군요."

"너도 한번 같이 가보지 않을래?"

"제가요?"

"그래, 어차피 너도 합류할 계획이라면 미리 알아두는 것도 나쁘지 않을 것 같다."

"그것도 나쁘지는 않겠군요. 이모부 말씀대로 같이 만나보겠습니다."

"그래라."

우연치 않게도 고민이 해결됐다. 어머니도 이모부와 같이라면 말리지 않을실 것이기 때문이다.

어머니에 대한 문제가 해결되었기에 이모부의 말을 경청할 수 있었다.

이모부는 이번 계획에 대해 설명을 해주기 시작했다. 아마도 합류하기 전까지 나름대로 준비를 하라는 배려 같았다.

"여보, 식사 준비 끝났어요. 두영이도 어서 와라!"

이모부와 대화를 나누고 있는 사이에 식사 준비가 끝났다는 소리가 들려왔다.

"아, 알았어!"

이모의 목소리가 들려온 후 이모부는 풀어졌던 긴장이 다시 돌아온 모양이었다.

애써 감추려 했지만 누가 봐도 이모부가 긴장했다는 것을 느낄 정도였다.

아무래도 시간을 한번 내야 할 것 같다. 이모부가 어째서 어머니를 보면 이렇게 긴장을 하는지 말이다.

식사가 끝나고 난 뒤, 이모부는 이모가 내온 과일을 먹으며 가족들에게 연구 계획에 대해 이야기를 했다.

어머니와 마주 서면 긴장하던 이모부가 내 이야기를 할 때
만큼은 긴장을 하지 않았다. 아마도 일에 대한 자부심이 남다
른 탓일 가능성이 컸다.

이모부는 연구 내용에 대해 중요한 부분은 말하지 않았지만
내가 합류할 것이라는 것과 중요한 역할을 하게 될 것이라는
것을 어머니에게 이야기했다.

아직 어린 나이에 그것이 가능하냐고 어머니가 물었지만 내
장래를 위해 그러는 편이 좋다는 이야기로 설득을 했다.

다행스럽게도 어머니가 허락을 했다.

그렇지만 예상 밖으로 어머니도 따라붙는다는 조건이 붙어
버렸다.

메우 형의 시합이 실리콘밸리와 가까운 곳에서 벌어지기 때
문이었다. 실리콘밸리로 가기 전에 라스베가스에 들러 메우
형을 만나보자는 것이었다.

어머니가 따라붙는다는 것이 마음에 걸렸지만 나도 오랜만
에 메우 형을 보는 것이기에 그리 나쁘지는 않았다. 격투기를
한다고 했으니 메우 형의 실력을 알아보는 것도 괜찮기 때문
이다.

공항에서 비행기를 탄 것은 어머니가 도착하고 난 이틀 뒤
였다. 그동안 나는 내내 어머니의 뒤를 졸졸 따라다녀야 했다.

학교 생활에 대한 이야기를 들으시고는 나를 위해 쇼핑가를
휩쓰셨기 때문이다.

삼묘족의 일 때문에 아들에 대한 집착이 있는 편이시라 물건 하나하나를 고르는 데 너무 세심한 나머지 운동화 한 켤레를 사는데도 한 시간이 훨씬 넘게 걸렸다.

남자들이 어째서 여자들이 쇼핑하는 곳에 따라다니지 않으려는지 절절히 느낄 수 있는 이틀이었다.

그동안 어머니에게 성준이를 소개시켜 주었다. 물건을 산 뒤에 어머니가 내 기숙사 방을 치장해 주셨기에 성준이를 자연스럽게 소개시켜 드릴 수 있었다.

어린 나이에 대학교에 들어와 고생하고 있다고 생각했는지 어머니는 성준이를 아주 반갑게 대해주었다.

나와 같은 나이이고, 친한 탓도 있었지만 성준이가 평소와는 달리 어머니에게 살갑게 대했기 때문이기도 했다.

오죽하면 어머니가 성준이 같은 아들을 하나 낳아볼까 하는 생각을 스스럼없이 말씀하실 정도였으니, 성준이가 어머니를 어떻게 대했는지 두말하면 잔소리일 것이다.

덕분에 성준이도 어머니의 쇼핑에 끼어들 수밖에 없었다. 같은 방을 쓰는 아들 친구라서 그런지 내 것 이외에도 성준이 것도 사주셨기 때문이다.

그렇게 고난의 쇼핑 타임이 끝나고 난 뒤 비행기에 몸을 싣고는 곧장 라스베가스로 향했다.

이번 여행에는 성준이도 같이 끼었다. 이번 미팅에 성준이도 참여하기로 되어 있었던 것이다.

이모는 학교에 일이 있어 같이 가지 못했고 이모부와 나, 그리고 성준이가 어머니와 동행을 했다.

라스베가스 공항에서 내려 우리가 향한 곳은 벨라지오 호텔이다. 공항부터 리무진 서비스를 제공하는 이 호텔은 분수로도 유명한 곳이었다.

"하아! 환락의 도시라더니 정말 대단한 곳이다. 그치?"

리무진을 타고 가며 번쩍이는 네온사인과 곳곳에 야경을 자랑하는 특급호텔들을 보면서 성준이가 탄성을 내질렀다.

"그런 것 같다."

"그런데 말이다. 네가 형처럼 여기는 그 메우라는 사람 꽤 유명한가 보다. 이렇게 리무진을 보내올 정도면 말이야."

우리가 타고 있는 리무진은 메우 형이 나와 어머니를 위해 보내온 것이다.

"그런가 봐. 나도 잘 모르지만 우승도 몇 번 했다고 했으니까."

"호호호, 성준아! 두영이는 메우에 대해서 잘 모른단다. 메우가 알리기 싫어했으니까."

"그래요? 메우 형이 유명하기는 유명한가 봐요."

"아마, 유명한 정도가 아닐걸. 시합에서는 본명을 쓰지 않고 타이푼이라고 불리는데. 어때, 성준아! 들어본 적이 있는 이름 아니니?"

"저, 정말이에요?"

성준이 녀석이 놀라며 다시 묻는다.

"그래. 격투기계에서는 꽤나 유명한 이름인 것 같더라."

"유명한 정도가 아니에요. 21전 무패인 사람이에요. 거기다 상대는 모두 KO라 격투머신이라 불리는 사람이죠."

어머니의 대답에 성준이가 설명을 했다.

"메우 형이 그렇게 유명한 거냐?"

"너 TV도 안 보냐? 얼마나 유명한데. 아마 격투기계에선 신화로 불릴걸!"

성준이의 표정을 보니 장난이 아닌 것 같다.

방에서 같이 생활하는 동안 이렇게 흥분한 표정을 본 적이 없으니 말이다.

하긴, 그럴 만도 하다. 폭풍이라는 뜻을 가지는 파유족의 비기를 제대로 배운 이가 메우 형일 테니 말이다.

어느새 호텔에 다 온 것 같다. 인공호수에서 뿜어지는 물줄기가 보이지도 않을 만큼 높게 올라가는 분수들이 보이니 말이다.

호텔 로비에는 우리를 기다리는 안내인들이 나와 있었다. 메우 형의 지인인 때문인지 우리를 맞는 사람들의 모습이 아주 정중했다.

마중 나온 사람들의 안내를 받아 메우 형이 묵고 있는 방에 도착할 수 있었다. 체어맨 스위트라고 하룻밤 숙박비가 거의 1,000만원에 육박하는 최고의 방이었다.

"어서 오십시오. 박사님! 그리고 도련님도요."

방문을 열고 들어가자 메우 형이 정중하게 우리를 맞았다.

그런 모습에 메우 형 주변에 있던 사람들도 상당히 놀라는 눈치였다.

"오랜만이네, 메우 형!"

"정말 오랜만입니다, 도련님!"

"닭살 돋게 도련님은 무슨!"

"아닙니다. 할아버님께서 그렇게라도 불러야 한다고 말씀하셨습니다."

어째서 그러는지는 알지만 삼묘족과의 인연이 있기 전부터 형으로 불렀던 사람에게 도련님 소리를 듣자니 낯이 간지러웠다.

하지만 메우 형의 표정은 무척이나 완강하다.

"에휴, 알았어."

"그런데 이분들은?"

"이분은 이모부시고, 이쪽은 왕성준! 내 룸메이트야."

"그렇습니까, 다들 처음 뵙겠습니다. 메우라고 합니다."

방금 전까지 알아듣지도 못하는 태어로 대화를 나누다가 메우 형의 유창한 영어에 이모부와 성준이 놀라고 있었다.

"처음 뵙겠소."

"만나서 반갑습니다. 왕성준입니다."

이모부는 그저 담담한 어조로 메우 형의 인사를 받았지만 성준이는 달랐다. 이건 마치 광팬이 스타를 만나는 것 같은 표정이었다.

"하하하! 그래, 만나서 반갑다. 우리 도련님하고 같은 방을 쓴다니 잘 부탁한다.”

메우 형도 성준이 마음에 드는 듯 악수를 하며 등을 두들겨 주었다.

“그런데 이렇게 세워만 놓을 거야?”

문가에서 인사만 나누고 있었기에 메우 형에게 핀잔을 주었다.

“하하하, 제가 실수했군요. 이리로 오십시오.”

메우 형이 직접 우리를 안내했다. 메우 형이 우리를 데리고 간 곳은 회의를 겸할 수 있는 응접실이었다. 스위트룸이라 그런지 응접실도 상당한 크기였다.

하기야 수영장까지 딸린 큰 스위트룸이니 그 정도면 약소한 편이라 할 수 있었다.

“자리에 앉으십시오.”

메우 형의 권유에 다들 소파에 몸을 묻었다.

“오신다는 연락을 받고 무척 놀랐습니다. 시합이 끝나면 제가 찾아가려고 했는데 말입니다.”

“실리콘밸리에 갈 일이 생겨서 말이야. 가는 길에 메우 형이 하는 시합을 보자고 어머니가 말씀하셔서 이렇게 온 거야.”

“그렇습니까?”

“그래, 그런데 연습은 안 해도 되는 거야? 이번 시합이 챔피언 방어전이라며.”

“충분합니다. 그런데 오랜만에 봐서 그런지 많이 자라신 것 같군요. 아무튼 제 시합까지 와주시다니 정말 고맙습니다.”

“고맙기는, 메우 형도 우리와 가족이나 마찬가지인데 말이야.”

가족이라는 말에 메우 형도 기분이 좋은 모양이다.

따지고 든다면 나에겐 가족 이상의 존재이기도 한 메우 형이다. 그리고 못 보는 사이 상당히 강해진 느낌이었다.

“메우 형.”

“왜 그러십니까?”

“덩치도 더 커진 것 같고, 좀 더 강해진 것 같은데 수련이 힘들었나 봐.”

“말도 마십시오. 도련님을 모시려면 강해져야 한다고 어찌나 닦달을 하시던지, 할아버님의 수련이 꽤 고달프기는 했어도 견딜 만했습니다.”

“꽤나 강한 수련을 했나 보네. 얼마나 강해진 거야?”

“하하하, 강해진다는 것을 어찌 말로 표현할 수 있겠습니까. 어느 정도 성장한 것은 사실이지만 아직 멀었습니다. 앞으로도 계속 수련을 해야 할 겁니다.”

메우 형이 겸양의 말을 하기는 했지만 무척이나 강해진 것은 사실이다. 지금의 내 수준으로도 얼마나 강한지 추측할 수 없을 지경이니 말이다.

그리고 더욱 고무적인 것은 어린 시절 보이던 치기가 완전히 사라졌다는 것이다. 뭔가 장중하면서도 침착한 기운이 메우 형의 전신에 맴돌고 있었다.

“그나저나 식사들은 하셨는지 모르겠습니다.”

메우 형이 깜빡 잊었다는 듯 말을 꺼냈다.

"아직 안 했는데, 우리 메우가 맛있는 걸 준비한 모양이지?"

어머니가 배가 고프신지 기대하는 표정으로 메우 형에게 물었다.

비행기를 타고 오며 점심을 먹기는 했지만 그것으로는 충분한 요기가 되지 않았다.

지금은 저녁 무렵이라 배가 고픈지 다들 메우 형을 주목했다.

"당연하지요, 박사님. 좋은 식당을 예약해 놓았습니다. 특별히 부탁을 해놓았으니 근사한 저녁이 될 겁니다."

"그래, 잘됐네."

"그럼, 먼저 내려가십시오. 저는 도련님께 드릴 말씀이 있어서 말입니다. 저 사람들이 안내해 줄 겁니다."

메우 형이 보디가드처럼 보이는 사람들을 가리키며 말했다.

"알았다. 그럼, 우리 먼저 가서 기다리도록 하마."

삼묘족과 관련한 일임을 직감한 어머니는 메우 형의 부탁에 자리에서 일어났다.

"자, 다들 일어나요. 나도 오늘은 다이어트를 포기할 거니까, 다들 맛있게 먹으러 가자고요. 호호호!"

어머니의 재촉에 이모부와 성준이가 자리에서 일어났다. 보디가드로 보이는 이들이 세 사람을 안내하고 메우 형은 나를 이끌고 자신의 방으로 갔다.

"스승님은?"

"잘 계십니다. 안부 전하라고 하시더군요. 도련님 걱정을 많이 하십니다."

"그래? 후후후, 그 양반이 쓸데없는 걱정이 많은 편이기는 하지."

"도련님에 대해 매우 궁금해하십니다. 언제 시간을 봐서 채널을 열어달라고 하시더군요."

"알았어! 그건 그렇고, 스승님께 많이 배운 모양이야."

"많이는 배우지 못했습니다. 할아버님께 배운 것 중 부족한 부분을 다시 익히고, 이능력을 가진 자들을 상대하는 법을 배웠습니다."

"스승님께서도 걱정이 많으신 모양이로군. 폭풍의 전사에게 그런 것까지 가르치다니 말이야."

"저보다는 도련님 때문이시겠죠. 제대로 보좌를 하려면 반드시 익혀야 한다며 닦달이 이만저만이 아니셨습니다. 덕분에 많은 것을 배우기는 했지만요."

눈에 보지 않아도 선하다. 그 양반에게 있어 나는 모든 것이나 마찬가지니 말이다.

그나저나 메우 형이 고생이 많았을 것 같다. 스승님이 특별히 가르치셨다면 그 강도가 상당했을 것이기 때문이다.

폭풍의 부족이라는 파유족의 비기로는 이능력자를 상대하기 힘든 구석이 많다.

파유족의 비기가 호위를 주로 하는 것이어서 대부분 몸으로 때우는 격투술이나 무기술에 한정이 되어 있기 때문이다.

인간 본연의 능력을 극대화시켜 이능력자를 상대할 수 있게 만들었다면 메우 형은 한계를 초월하는 수련을 받았을 것이 틀림없었다.

메우 형의 성취가 궁금했기에 넌지시 한번 물어보기로 했다.

"형이 얼마나 강해졌는지 한번 보고 싶은데, 시합이 얼마 남지 않아서 안 되겠지?"

"오신다는 것을 알고 준비를 해뒀습니다. 스승님께서 그러시더군요. 고얀 녀석이 세월아 네월아 놀고 있는 것은 아닌지 말입니다. 만나면 저보고 시험을 해보라고 하시더군요."

"이그!! 그 양반이 그랬다는 말이지?"

"저는 어르신께서 하신 말씀을 그대로 전한 것밖에는 죄가 없습니다."

"누가, 뭐래? 그런데 어디다 준비를 해놓은 거지?"

"스승님께서 주신 것이 있습니다. 도련님께 드리는 것입니다만 그것만 있으면 충분히 저와 대련을 하실 수 있을 겁니다."

메우 형의 말에서 스승님께서 무엇을 주셨는지 짐작이 갔다. 이계 공간을 따로 구현할 수 있는 결계석을 완성하신 모양이다.

"결계석을 주신 모양이로군."

"그렇습니다. 공간에 이계의 공간을 구현하고 주인의 의지에 맞게 상황을 설정할 수 있다고 하시더군요."

"그래, 아주 잘됐네. 그럼 시작해 볼까?"

"좋습니다. 여기!"

메우 형이 목걸이를 목에서 빼내 나에게 주었다.

평범한 가죽끈으로 이어져 만든 것으로, 펜던트는 호박과 비슷한 노란색 보석이 금장식에 박혀 있는 것이었다.

"도련님만이 사용할 수 있는 물건이라고 하시더군요."

아까부터 관심있게 보고 있던 것이다.

삼묘의 법을 수호하는 이가 만든 물건답게 다른 이라면 아무런 기운도 느낄 수 없지만 나는 알 수 있었다. 노란빛을 뿌리는 보석 안에 삼천기의 기운이 머물고 있다는 것을 말이다.

목걸이를 받아 들고 목에 걸었다. 시원한 기운이 목걸이를 타고 퍼지기 시작한다.

이계 공간을 만드는 것 말고도 다른 것이 있는 모양이지만 오늘은 메우 형의 성취를 보는 것이 우선이니 다음에 살피기로 했다.

"개(開)! 구(構)! 창연계(蒼然界)!"

주법을 펼쳤다. 결계석을 이용해 이계 공간을 여는 주법이었다.

목걸이로 만들어진 결계석에서 노란빛이 흘러나오며 서서히 주변의 풍경이 바뀌었다.

나와 메우 형이 다른 공간으로 진입한 것이다. 이곳은 오직 나와 메우 형밖에는 없다.

난 메우 형의 성취를 알아보기 위해 이계 공간을 대자연의 기운이 충만한 창연계로 만들었다. 메우 형이 가장 큰 힘을 낼 수 있는 공간인 까닭이다.

거기다가 싸우기에는 최적화되어 있는 공간이다. 어떤 대결을 펼친다 하더라도 바깥 세상에는 피해가 없을 것이다.

녹음이 우거진 산하와 푸른 하늘이 맞닿아 있는 고지대에 대련장이 만들어져 있었다. 스승님이 무척이나 심혈을 기울여 결계석을 만든 것 같다. 풍성하기 그지없는 자연의 기운이 몰아치며 대련장을 휘감았다.

"좋군요. 결계석이 있다고는 하지만 아마 어르신도 이처럼 자유자재로 공간을 열지는 못할 겁니다."

메우 형도 만족한 듯 매우 기꺼운 표정이다. 자신의 실력을 한껏 내보일 수 있다고 생각한 모양이다.

나 또한 흥이 돋았다.

"좋아, 메우 형! 한번 신나게 놀아보자고."

"파유의 힘을 모두 이은 접니다. 그렇게 쉽게는 안 될 겁니다. 차앗!!"

기합 소리와 함께 일어나는 메우 형의 기세가 벌써부터 사납다. 폭풍의 부족답게 전신에서 이는 기운이 어느새 바람의 광폭함을 담았다.

"그게, 삼첩호령무야?"

"맞습니다. 영혼의 전사들이 엮어내는 바람의 춤이죠."

맞는 말이다. 메우 형을 중심으로 영혼의 전사들이 퍼지듯 가물거린다.

좌우로 다섯씩 모두 열!

그 뒤로 숨은 그림자 하나!

존재의 중심을 포함해 모두 열두 명의 메우 형이다.

그것뿐만이 아니다.

지금 나타난 그림자들은 모두 흑요기의 화신들, 백선기와 찬황기의 화신들은 아직 나타나지도 않았다.

모두가 삼천기의 기운을 중첩시킨 36명의 전사가 메우 형 안에 있는 것이다.

사각!

암연의 침묵처럼 고요하게 다가온 바람의 기운이 내 옷자락을 갈랐다.

한 치를 움직여 피하지 않았다면 살갗이 갈라졌을 의외의 공격이다. 기파는 물론 경로의 흔적도 남기지 않는 흑요기만의 특성이다.

촤르르르!!

첫 번째 탐색에서 옷자락이 잘리자 위험을 배제하려는 듯 메우 형이 일부러 소리를 흘린다. 경계심을 가지고 있었기에 이미 알고 있었던 것이라 그렇게 배려하지 않아도 되는데 말이다.

메우 형의 자신에게 맞게 만든 삼첩호령무를 상대하려면 똑같은 호령무뿐이다.

나 또한 호령무를 나만의 방식으로 펼쳤다. 진체와 가체가 하나로 된 삼원호령무다.

　메우 형이 영혼의 전사들을 분리해 이용한다면 난 삼천기로 이루어진 영혼의 전사들을 하나로 합쳐 이용한다.

　티티티팅!

　어둠으로 물든 바람의 칼날들이 사방으로 튕겨 나가고 난 뒤, 갑자기 메우 형의 모습이 하나만 보인다. 흑요기로 채워진 영혼의 전사들이 사방으로 비산한 것이다.

　각자 다르지만 마음이 하나된 합격이다. 각자 다른 자세로, 각자 다른 방위로 펼쳐진 암격과 같은 일수유의 공격은 호령무를 익히 아는 나로서도 위협적이었다.

　퍼퍽!!

　퍼퍼퍽!

　전신을 사용해 메우 형의 공격을 받아냈다. 암류가 섞인 공격이라 기막만으로 방어한다는 것이 쉽지 않았기에 전신에 흑요기를 두르고 받아낸 것이다.

　메우 형의 진체까시 모두 얼둘!

　전신으로 이어진 합격을 받는다는 것은 말처럼 쉽지가 않았다.

　특히 호령무를 이용한 실전을 거의 경험해 보지 않은 나로서는 무척이나 어려운 일이었다.

　메우 형의 공격은 집요하고도 줄기차게 이어졌다. 거의 30여 분이 넘는 시간 동안 공격은 하지도 못하고 흑요기로 가득 찬 영혼의 전사들이 뿜어내는 공격을 막아내야만 했다.

　메우 형의 공격에 대해 어느 정도 적응이 끝나자 반격을 할 수 있을 것 같았다.

아쉬운 마음이 들었다. 메우 형의 공세는 상당했지만 이런 정도로는 부족했다. 내가 빠른 시간에 적응할 정도라면 앞으로 상대해야 할 자들에게 잘 먹히지 않으리라는 판단이 든 것이다.

진정한 이능력자들의 힘은 지금 메우 형이 사용하고 있는 힘을 훨씬 상회하니 말이다.

이제 공격력을 보았으니 방어를 어느 정도 할 수 있는지 봐야 할 것 같다.

"천공(穿孔)! 파!(破)!"

삼원호령무는 백선기와 흑요기, 그리고 찬황기가 합쳐진 힘을 내뿜었다. 세 기운이 합쳐진 힘을 가장 강력하게 표출할 수 있는 것이 바로 천공파(穿孔波)란 기술이다.

송곳처럼 기운을 첨예화시켜 한꺼번에 뿜어내는 기술로, 수천 개의 송곳이 사방으로 뿜어져 나가기에 이처럼 연속적인 공격을 받거나 다수의 적이 밀려올 때 쓰면 제대로 된 효과를 볼 수 있는 것이다.

위이잉!

삼천기가 돌기 시작했다. 메우 형으로부터 밀려오는 폭풍의 암류를 밀어냈다.

거칠게 보이지만 일정한 법칙을 가지고 몰아치는 바람의 맥을 뻗어나간 기운이 가닥가닥 끊어버렸다.

쐐애액!!!

강침(剛針)과 같이 기운이 사방으로 비산했다.

콰콰쾅!!

굉렬한 폭발음과 함께 사방으로 몰려들던 암류들이 빠르게 뒤로 물러났다.

영혼의 전사들이 가슴과 머리를 손바닥으로 막고 서 있었다. 내가 뿜어낸 천공파를 막아낸 것이다.

그렇지만 아지랑이처럼 흐릿한 모습이다.

명확했던 전사들의 모습은 이미 너덜너덜한 상태였다. 천공파를 막아내느라 상당한 타격을 입은 것이다.

"크윽! 대단하군요, 도련님!"

"메우 형도 대단한걸! 흑요기의 전사들만으로 천공파를 막아내다니 말이야."

"삼첩의 호령무를 사용할 때 한 가지 기운만으로도 기파를 이용한 공격을 막아낼 수 있어야 한다며 어르신께 혹독한 가르침을 받았습니다. 아무리 도련님이라고는 하지만 삼천기를 모두 운용하지 않았다면 이런 상태까지는 안 갔을 겁니다."

"후후후, 그런 것 같았어. 삼천기가 중첩되어 압박해 온다면 나조차 감당하기 힘들었을 거야."

무엇이든지 뚫어버리는 천공이다. 그것을 막아냈다는 자체가 메우 형의 성취를 짐작하게 해주었다.

방어는 이 정도면 충분할 것 같았다. 중첩된 기운의 공격을 받아보지는 않았지만 흑요기만으로 나를 궁지로 몰아갈 정도라면 굳이 보지 않아도 능히 짐작할 수 있었다.

"그럼, 이만 하도록 하지요. 더 했다가는 시합을 못 치를 것 같으니까 말입니다. 저도 대외적인 체면이 있어서 말입니다."

"다친 거야?"

"조금 다쳤습니다. 반나절 정도는 충분히 요상을 해야 할 것 같습니다. 그렇지만 내일 시합은 충분하니까 걱정하지 마십시오."

말은 그렇게 했지만 신음 소리도 그렇고, 안색이 창백한 것이 내상을 입은 것처럼 보였다.

내상을 입었다고 해도, 일반적인 시합이라면 문제가 없을 것 같지만 걱정이 들지 않을 수 없었다.

"알았어. 하지만 조심해."

"알겠습니다. 이제 그만 가보도록 하지요. 박사님과 손님들이 많이 기다리시겠습니다."

"그러는 것이 좋겠어, 메우 형."

벌써 시간이 많이 지났다.

결계석을 이용해 시간의 흐름을 어느 정도 지연시키기는 했지만 시간이 많이 지나 있었다.

"해(解)!"

창연계를 풀어버렸다.

자연의 기운이 가득한 공간이 사라지고, 메우 형이 머무는 방이 나타났다. 싱그러운 자연의 기운 속에 있다가 텁텁한 도시의 기운에 파묻힌 탓인지 기분이 그다지 좋지는 않았다.

"이계 공간을 그렇게 빨리 해제하실 수 있다니, 어르신이 꽤

한 걱정을 하셨나 봅니다."

"스승님이?"

"도련님께서 삼묘의 법통을 계승했다고는 하지만 아직은 완전하지 않다고 어르신이 말씀하셨습니다."

"맞아, 아직은 완전한 상태가 아니지. 좀 더 수련을 해야 할 것 같아. 앞으로 메우 형이 많이 도와줘."

"알겠습니다. 그렇지 않아도 어르신께서 도련님의 수련을 도우라 말씀하셨습니다. 이제부터는 도련님을 수행해도 된다고 말입니다."

"정말이야?"

"그렇습니다."

"그렇지 않아도 일이 생겼는데 메우 형 정도의 실력이라면 내게도 많은 도움이 될 거야. 앞으로 잘해보자고!"

"알겠습니다, 도련님. 맡겨만 주십시오."

미소를 짓는 모습이 아주 듬직해 보였다. 심상치 않은 일에 휩쓸린 마당이라 메우 형의 도움은 나에게 가뭄 끝의 단비나 마찬가지였다.

CHAPTER 03
어딜 가나 떨거지들은 있다

TIME
SLICE 타임 슬라이스

　라스베가스는 향락의 도시다.

　인간의 말초신경을 자극하는 무수히 많은 향락의 파티가 밤낮으로 벌어지는 곳이다.

　도박과 공연, 그리고 각종 이벤트성 대회까지 사람들은 라스베가스가 제공하는 유혹에 젖어버려 자신이 해야 할 일을 잊는 일이 다반사다.

　격투기는 요즈음 급부상하고 있는 라스베가스의 볼거리 중 하나라고 한다.

　프로레슬링과는 달리 격투기는 쇼보다는 실전을 중시하는지라 현실적인 까닭에 인간의 폭력성에 목말라하는 이들이 매우 좋아하는 볼거리라고 할 수 있다.

오늘도 벨라지오 호텔 특설링에 마련된 격투기 시합장에는 많은 사람들이 몰려들었다.

비싼 티켓 가격에도 불구하고 시합장에는 관중들로 입추의 여지가 없었다.

사람들이 이렇게 많이 모인 것은 몇 년 동안 시합이 없었기도 했지만, 격투기계의 제왕이라고 일컬어지는 메우 형의 복귀전 때문인 것 같다.

무패의 전적에 시합 전부를 KO로 장식한 채 타이틀을 반납하고 칩거에 들어간 격투머신 타이푼!

현 챔피언으로 파괴자란 닉네임의 더스트!

이 두 사람이 벌이는 세기의 대결이 세간의 관심을 증폭시키지 않는다면 아마도 이상한 일일 것이다.

어머니와 성준이, 그리고 이모부와 함께 VIP석에서 시합을 관전했다.

메인 시합에 앞서 유망주와 중견 급들의 시합이 이어지고, 거친 사내들이 뿜어내는 투기로 인한 것인지 장내는 서서히 열기로 달아오르고 있는 중이었다.

이제 조금 있으면 마지막 시합이자, 메인 이벤트인 메우 형의 시합이 시작된다. 이번에 맞붙을 두 사람의 쇼맨십을 가미한 등장과 함께 링 아나운서의 소개가 이어지고, 링 위로 올라온 메우 형과 더스트가 사나운 눈초리로 마주 섰다.

땡!

심판의 주의사항이 끝나고 공이 울리며 시합이 시작됐다. 그동안 별러왔던 듯 더스트가 맹공을 가했다. 잽과 훅을 위주로 한 공격을 보니 끊어 치는 펀치가 제법 날카로웠다.

메우 형의 반격도 만만치 않았다. 두 사람은 탐색전도 없이 격돌하고 있었다.

"와! 와와!! 죽여!! 죽여라!"

"타이푼! 끝장내 버려!"

"더스트, 한물 간 격투머신을 박살 내버려라!"

관중들의 함성처럼 아주 격렬한 시합이었다. 관중들의 열기 섞인 호흡이 장내를 가득 메우고, 열렬한 외침으로 자존심을 건 사나이들의 승부를 즐기고 있었다.

나도 가슴이 뛴다. 이능력이 사용되지 않는 단순한 시합이기는 하지만 자신의 모든 체력과 기술을 걸고 상대를 제압하려는 투기에 나도 모르게 달아오르고 있었다.

성준이 녀석이 빠질 만도 하다.

"대단하지 않냐?"

"그러게!"

"역시, 타이푼이라는 이름에 맞게 폭풍처럼 몰아치는 걸 봐라! 상대가 눈 돌릴 틈도 없지 않냐!"

성준이의 말 대로였다.

치고 빠지며 상대를 농락하는 메우 형의 모습은 격투머신 타이푼이라는 별명답게 그야말로 폭풍이었다.

관중들의 시선을 의식해 상대의 타격을 간간이 허용하고는 있지만, 자세히 보면 근육으로 상대의 공세를 튕겨내는 것을 보니, 비틀거리는 모습은 완전히 쇼였다.

상대가 저런 메우 형의 진짜 모습을 안다면 아마도 허탈해할 것이 분명했다.

퍼퍽! 퍽!

더스트가 주먹을 휘두르며 들어오다가 메우 형에게 반격을 당했다. 안면에 정확히 꽂힌 원투 스트레이트에다가 중단을 가로지르는 미들킥이 더스트의 허리에 작렬했다.

고통스러워하며 허리를 꺾는 더스트를 보며 메우 형이 그대로 뒤로 물러났다.

"와아아아!!!"

관중들이 순간 의아한 표정을 보였지만 이내 환호로 바뀌었다. 얻어맞은 상대가 고통을 이기지 못하고 그대로 바닥에 드러누워 버린 것이다.

승부는 그렇게 싱겁게 끝났다. 시합이 시작되고 난 뒤, 채 1라운드를 끝내기도 전에 더스트가 KO된 것이다.

링을 돌면서 관중을 향해 손을 흔들어 세레머니를 보이던 메우 형이 나와 시선이 마주치자 살짝 윙크를 보낸다.

"캬아, 저 구릿빛 피부에 훈남을 능가하는 얼굴! 거기다가 저런 윙크라니, 정말 여러 여자들이 울고 가겠다."

옆에 있던 성준이가 난리도 아니다. 남자가 그러니 여자들은 말도 못했다.

내 주변에 있던 여자들이 깍깍거리며 비명을 질러대니 그

소리에 고막이 터질 것 같았다.

"그나저나 너무 시끄럽다."

"이런 환호야 당연한 거다. 시합이 얼마나 멋있니! 너는 애 늙은이처럼……."

옆에서 같이 구경하던 어머니가 핀잔을 보내온다.

아이고, 머리야!

어머니가 격투기를 저렇게나 좋아하다니 나로서도 뜻밖이다. 어머니의 과격한 성격이 조금은 드러난 것 같다.

"이제 슬슬 나가자. 라커룸에 가서 메우의 승리를 축하해 줘야 하잖니."

"알았어요, 엄마. 성준아, 이모부! 가시죠."

가족들을 이끌고 라커룸으로 향했다.

"팬들이 무척 많나 보네. 앞이 꽉 막혔잖아."

메우 형을 가까이서 보려는 팬들이 라커룸으로 향하는 입구에 벌써부터 모여 있었다. 안전요원들과 보디가드들이 팬들을 막아서고 있었지만 팬들이 너무 많아 힘겨워 보였다.

"메우 형 좀 보러 왔는데요."

메우 형의 방에서 우리를 맞이했던 보디가드에게 다가가 말했다.

"어서 들어가십시오. 타이푼께서 기다리고 계십니다."

다른 이들의 출입은 철저히 막았지만, 우리는 보디가드들과의 안면으로 인해 메우 형이 시합장에서 돌아올 라커룸으로 향할 수 있었다.

라커룸으로 향하며 묘한 기분이 느껴졌다. 상대 선수 측 라커룸을 지키고 있는 보디가드들이 발산하는 기운 때문이었다.

그들에게서 광포한 폭력성을 느낄 수 있었다. 일반적인 보디가드들에게서는 느낄 수 없는 기운이었다.

＊　　　＊　　　＊

'응?'

살기에 가까운 기운을 느낀 성준은 격투기계의 우상인 타이푼을 경기 직후 만난다는 사실에 자신이 너무 흥분했었다는 사실을 깨달았다.

이렇게 대놓고 살기를 풀풀 날리는 자들을 미처 파악하지 못했다는 사실에 경계심을 가진 성준은 자신을 바라보고 있는 자들을 살폈다.

'평범한 보디가드들이 아니다. 적어도 사람 한두 명쯤은 죽여본 자들이다. 그나마 다들 모르는 것 같으니 다행이다.'

두영이와 창숙, 그리고 문광열은 평범해 보이지 않는 자들이 뿌리는 살기를 느끼지 못한 것 같았다. 사실 이런 종류의 살기를 일반인이 느낀다는 것은 무리다. 자신 같은 사람이나 느낄 수 있는 것이었다.

'아무래도 무엇인가 사건이 일어날 것 같구나. 아무리 봐도 도박판을 좌우하는 폭력조직 같으니 말이다. 조심해야겠군.'

일단 이곳에 사람들이 많으니 걱정할 것은 없었다.

다만 앞으로 무슨 일이 일어날지 모르니 주의를 해야겠다는 생각이 들었다.

성준은 보디가드들을 뒤로하고 세 사람과 함께 라커룸으로 들어갔다. 잠시 기다리고 있으니 라커룸이 열리고 타이푼이 들어왔다.

'시합 직후라 그런지, 대단한 투기다.'

작은 고양이라는 뜻의 메우란 진짜 이름이 무색케 하는 포스가 느껴졌다. 번들거리는 땀이 흐르는 근육은 정말이지 탄탄하다 못해 무쇠처럼 보였다.

"형, 축하해. 아주 잘하던데."

"나도, 아주 죽여줬어."

"고맙습니다, 도련님, 박사님!"

두영이와 창숙이 축하의 말을 건네자 메우는 순진한 표정으로 인사를 받았다.

'완전히 딴판이구나.'

성준은 메우가 경기장에서 보던 그 사람이 맞나 싶었다.

'그나저나 타이푼에게 이야기를 해야 할 텐데…….'

성준은 이런 분위기에서 살기를 뿌리던 자들에 대해 이야기를 해야 하나 망설여졌다.

아무래도 주의를 기울이게 하는 편이 큰 사건을 막는 데 도움이 될 텐데, 자신의 이야기를 믿어줄지도 의문이었다.

성준이 말하기를 망설이는 사이 코치들이 글러브를 풀어주자 메우가 샤워장으로 들어갔다.

빠르게 샤워를 마친 메우는 한쪽에 마련된 탈의실에서 옷을 갈아입고 나왔다.

"경기를 마쳤으니 이제 곧바로 실리콘밸리로 가시죠."

"인터뷰는 안 하고?"

"원래 인터뷰는 안 합니다. 자잘한 내용들은 코치들이 설명을 해줄 겁니다."

"그러니?"

"예, 박사님. 어서 가시죠. 차를 대기시켜 놨습니다."

메우가 창숙을 비롯한 사람들을 이끌었다.

'다행이다. 이대로 떠난다면 말썽이 날 염려도 없으니.'

인터뷰를 안 하는 것이 조금 이상했지만 차를 대기시켜 놓았다는 말에 성준은 어느 정도 안심이 되었다. 빨리 경기장을 떠난다면 큰 사건은 일어나지 않을 것이기 때문이다.

라커룸의 문을 열고 나간 일행은 보디가드들이 팬들을 막는 것을 보며 뒤쪽에 마련된 통로를 따라 주차장으로 나갔다.

주차장에는 검은색 리무진이 대기하고 있었다. 일행을 태운 리무진이 곧바로 호텔을 떠났다.

차가 시동을 걸고 호텔을 떠나자마자 뒤를 돌아본 성준은 낯선 사내들이 낭패한 표정으로 바라보고 있는 것을 볼 수 있었다.

'양복 상의가 두툼해 보이는 것을 보니 총기를 소지한 것 같은데. 휴우, 정말 다행이다.'

총기까지 소유한 것을 보면 마피아가 분명했다. 자칫 위험했던 순간이 지나가자 성준은 안도의 한숨을 내쉬었다.

끼이익!

호텔을 떠나 라스베가스 공항으로 향하는 도중 중간에 차가 멈추어 섰다. 그리고 메우와 두영이 차에서 내렸다.

'위험한 상태인데 중간에 서다니 아직도 모르는 모양이구나.'

"두영아!"

지금 상황을 알려주기 위해 문을 열고 성준은 차에서 내리고 있는 두영이를 불렀다.

"후후후, 성준아! 염려하지 말고 어머니하고 공항으로 먼저 가 있어. 난 메우 형하고 볼일이 좀 있으니까 말이야."

"그, 그렇지만!"

"너무 걱정하지 마. 일 끝내고 금방 갈 테니까."

두영이 문을 닫아버리는 바람에 성준은 이야기할 기회를 놓쳤다. 야속하게도 문이 닫히자마자 차가 떠나 버린 것이다.

"어머니, 두영이하고 메우 형 잡아야 해요."

"왜?"

"위험해요. 아까 경기장에서 총을 든 사람들이……."

"호호호, 성준아! 걱정하지 마라. 우린 그냥 공항으로 가면 되니까 말이다."

"예?"

이상한 일이었다. 총까지 언급했는데 아무런 걱정도 없는 표정이었다.

"걱정하지 마라. 두 사람은 조금 있다가 공항으로 올 테니까 말이다."

"아, 알았습니다."

자신이 모르는 뭔가가 있는 것 같았다. 추적해 오던 사내들이 총을 가졌다는 것에 대해서도 이미 아는 것 같았다.

그런데도 태연한 표정을 짓고 있는 창숙을 보니 정말 모를 일이라는 생각이 들었다.

*　　　*　　　*

"도련님, 성준이가 뭔가 알아차린 것 같은데 괜찮겠습니까?"

메우 형이 달리고 있는 리무진을 바라보며 물었다.

"걱정 마. 그 녀석도 꽤나 재미있는 비밀을 간직하고 있는 것 같으니까. 안다고 해도 비밀을 말하지는 못할 거야. 알 수도 없을 것이고."

"보기보다는 상당한 기운을 가지고 있는 것으로 느껴지던데 무가 출신입니까?"

"무가 출신이라고 보기에는 조금 그래. 녀석이 키우는 기운은 특정 부위에 한정되어 있으니까 말이야. 좀 더 알아봐야겠지만 아주 재미있는 녀석이야."

"그렇습니까?"

내가 흥미를 가지고 있다고 하니 메우 형도 흥미가 돈 모양이다.

메우 형이 보기에도 성준이가 가진 기운이 특별해 보였던 모양이다.

"그나저나 그 자식들, 따라오는 거야, 마는 거야!"

"따라올 겁니다. 손해가 이만저만이 아니었으니 말입니다."

"재수없는 놈들이네. 승부를 조작하려 하다니 말이야."

"원래 그런 놈들입니다."

"그나저나 놈들이 쓴 암수는 잘 피한 거야?"

"후후후, 강철보다 단단한 피부입니다. 바늘 같은 것은 들어갈 틈도 없습니다."

"치사한 자식들 말이야. 글러브에 약물을 바른 바늘을 감추다니 말이야. 심판은 그것도 못 보나!"

"아무리 글러브를 살펴봐도 알아낼 수 없었을 겁니다. 타격을 가할 때만 아주 조금 튀어나오도록 특수한 장치가 되어 있는 것 같더군요."

"그런 떨거지 같은 녀석들은 박살을 낼 필요가 있지. 그런데 비행기 시간에 맞출 수 있을까?"

"저에게 승부 조작을 권했던 놈들을 처리하고 가도 시간은 충분할 겁니다. 웬만하면 그냥 지나치려 했지만 도련님과 박사님께 살기를 드러냈으니 그만한 대가를 치러줘야겠지요."

　"알았어. 혹시나 해서 같이 가는 거니까 메우 형이 다 처리해. 난 귀찮은 것은 질색이라서 말이야."

　"알겠습니다, 도련님."

　메우 형에게 들은 바로는 시합이 시작되기 전, 라스베가스를 장악하고 있는 조직으로부터 승부 조작에 대한 제의가 들어왔었다고 한다. 무려 100만 불을 제시하면서 말이다.

　파이트 머니가 10만 불 안팎인 메우 형에게는 큰돈이지만 원래 돈에 관심이 없는 터라 일언지하에 거절했다고 했다.

　거절하고 난 뒤에도 그 조직으로부터 여러 차례 협박이 있었지만 무시하고 있었던 메우 형이었다.

　내가 이번 일에 대해 알게 된 것은 메우 형과 식사를 하고 나서 스위트룸에 돌아온 뒤였다.

　목이 잘린 고양이 시체가 상자에 고이 담긴 채 메우 형 앞으로 와 있었던 것이다.

　메우 형은 불같이 분노했었다. 메우 형은 이름이 작은 고양이라는 뜻답게 고양이를 무척이나 아끼기 때문이었다.

　그런데도 메우 형은 참았다. 바로 어머니 때문이었다. 행여나 자신으로 인해 어머니에게 피해가 갈까 봐 그런 것이었다.

　그렇지만 오늘 경기를 끝마친 직후 노골적인 살기를 보내오자 놈들을 손봐주기로 한 것이다.

　놈들이 보내는 살기가 자신이 아니라 나와 어머니에게 보내는 것이었기 때문이다.

　메우 형 혼자서도 충분하겠지만 총을 가진 놈들이라 혹시나

하는 생각에 걱정이 들어 나도 내렸다.

"오는군요."

"우리가 잘 보이겠지?"

"녀석들이 우리를 놓칠 리 없을 겁니다. 살기를 뿌리던 놈들 중 몇은 타겟맨들이었으니 말입니다. 보십시오. 저기 멈추지 않습니까?"

공항으로 따라오던 놈들의 차가 우리를 지나치더니 천천히 길가에 멈추어 섰다. 밤이 늦은 시간이었는데도 메우 형의 말대로 우리를 발견한 모양이었다.

놈들은 쾌재를 부르고 있겠지만 그것이 지옥으로 들어가는 입구라는 것을 아직은 짐작하지 못할 것이다.

"놈들을 유인해야 하니까 가시죠. 조금 더 가면 사람들이 잘 다니지 않는 골목길이 있습니다."

"후후후, 그러자고."

메우 형이 이곳에 내린 이유는 근처에 놈들을 처리할 만한 적당한 장소가 있기 때문이었다.

메우 형을 따라 건물 사이를 돌아 들어가니 적당한 장소가 나타났다.

건물과 건물 사이의 공간으로, 쓰레기통 같은 잡다한 것들이 널려 있어 사람들이 잘 다니지 않는 곳 같았다.

"따라왔군요."

역시, 지저분한 곳에는 날파리가 꼬이게 마련이다. 녀석들이 예상을 벗어나지 않고 뒤따라온 것이다.

"메우 형, 알아서 해. 난 구경이나 할 테니까."

"맡겨두십시오."

녀석들의 처리를 메우 형에게 맡기고 철제 비상계단이 있는 쪽으로 다가가 앉았다.

내가 철제 계단에 다리를 꼬고 앉자 녀석들은 어이가 없는 듯 비웃음을 흘렸다.

"후후후, 챔피언이라고 자신이 있나 보지? 우리를 이런 곳으로 유인하고 말이야."

우리를 따라온 녀석들은 모두 네 명, 그중 동양인 한 놈이 말했다.

"챔피언, 심심풀이로 장난친 걸 가지고 챔피언이라니. 후후후, 멜디스가 보내서 왔나?"

황당한 대답이었는지 다들 말이 없다.

격투기계에서 알아주는 챔피언이 그런 말을 한다는 자체가 의아스러운 모양이다.

"재수없는 놈이로군. 넌, 보스의 말을 들었어야 했다. 오늘 보스께서 네놈 덕분에 돈을 좀 잃으셨거든."

"그런가? 그런데 왜 날 쫓아온 거지?"

"후후, 네놈 버릇을 좀 고쳐 놓으라고 해서 말이야."

"버릇이라… 누구 버릇이 고쳐질지 한번 보고 싶군."

"이 자식이!!"

말발에서 진다고 생각했는지 녀석이 바람같이 날아들었다. 5미터 거리를 단 세 걸음만에 건너뛰어 메우 형을 향해 쇄도하는 것이 상당한 수련을 쌓은 자였다.

메우 형을 향해 뻗어지는 손발에 상당한 살기가 묻어 있는 것을 보면, 보통의 무술과는 궤를 달리하는 살인기를 익힌 놈이 분명했다.

펙!

우직!

녀석의 몸짓은 그리 오래 가지 않았다.

녀석이 생각한 간격의 타격점을 반보 앞질러 몸을 움직인 메우 형의 주먹에 코를 비롯한 얼굴이 움푹 함몰된 것이다.

살인기를 펼치는 녀석을 용서할 생각이 없었던 메우 형이 한 방에 보내 버린 것이다.

"그르륵!"

피와 함께 녀석이 빠진 이들을 모두 게워내며 신음을 흘렸다. 죽지는 않겠지만 평생 자신의 입으로 무엇인가를 씹을 일은 없을 것 같아 보였다.

나머지 세 놈이 다급한 듯 허리춤과 상의 안쪽에 손을 집어넣었다. 총을 꺼내려는 것이다.

팟!

놈들이 총을 꺼내려는 것과 동시에 메우 형이 움직였다.

바람처럼 가르며 녀석들의 앞에 등장한 것은 총을 빼내기 바로 직전이었다.

퍼퍽!

우직! 우드득!

발끝으로 두 녀석의 손목을 타격하자 손목 관절이 부러진 건지 뼈가 부서지는 소리가 들렸다.

"크으윽!"

"아악!"

타격이 이어지고 뒤늦게 비명이 흘러나왔다.

푸슝!

두 놈은 제압했지만 한 놈은 이미 뒤로 물러나 있었다. 어느새 소음기를 단 총을 빼 든 놈이 다급히 한 발을 발사했다.

픽!

하지만 이미 예상한 메우 형이 신형을 틀어버렸기에 발사된 탄환은 건물 벽에 부딪치며 시멘트 가루를 피워 올렸다.

푸슝! 푸슝!

녀석은 연이어 총을 발사했다.

하지만 이미 인간의 한계를 넘은 메우 형이다. 녀석이 방아쇠를 당기는 순간, 총구의 위치를 확인하고 반 박자 빠르게 몸을 움직인 탓에 맞힐 수는 없었다.

파팟!!

메우 형이 놈의 총격을 제지하려는 듯 다시금 빠르게 파고들며 녀석의 총을 잡아갔다.

콰직!

펑!

바로 앞으로 다가오는 메우 형을 보며 회심의 미소를 짓고는 녀석이 방아쇠를 당기려 했지만 강철같은 손이 한발 더 빨렀다.

메우 형은 총구를 잡자마자 으스러뜨려 버렸고, 발사된 총 알이 막히자 총은 그대로 터지며 놈의 손아귀를 날려 버렸다.

피가 흐르는 오른손을 거머쥐고 주춤거리며 뒤로 물러서는 놈의 얼굴에 공포가 어려 있었다.

손의 힘만으로 강화된 강철을 으스러뜨린다는 것은 인간의 한계를 벗어난 것이었기 때문이다.

이런!!

녀석을 잡으려 앞으로 다가가는 메우 형을 향해 쓰러진 녀석 두 명이 다치지 않은 손으로 총을 꺼냈다.

콰직! 퍽!

"아아악!"

"컥!"

혹시나 몰라 지켜보던 자리에서 날아올라 한 놈은 손을 밟아 으스러뜨려 버리고, 한 놈의 배에 킥을 날려줬다.

"그냥 놔두셔도 되는데. 그렇지만 고맙습니다, 도련님."

"메우 형이야 자신있겠지만 난 혹시나는 왠지 싫거든. 일단 이놈들을 족쳐야 할 것 같은데, 어떻게 하지?"

"금방 끝내겠습니다. 조금만 기다리십시오. 멜디스란 놈이 어디 있는지 알아만 내면 끝이니 말입니다."

"알았어, 빨리 끝내. 이러다가 비행기 시간에 늦을 수도 있으니까 말이야."

"알겠습니다, 도련님."

메우 형이 방심하고 있지 않다는 것을 알았기에 난 다시 자리로 돌아갔다.

"들었으니 말해라. 멜디스는 어디 있나?"

어느새 놈의 곁으로 다가간 메우 형이 물었다.

"이잇!"

녀석이 반항하려는 듯 발을 날렸다.

녀석의 발길질은 평범했다. 보통 사람보다는 빠르고 파괴적이었지만 내가 보기에는 초보자에 지나지 않았다.

쯔! 쯔!

그냥 가만이나 있지, 매를 번 것 같다.

퍽!

콰직!

"크아악!"

날아오는 발을 향해 메우 형이 옆으로 피하며 주먹을 날렸고, 격파되는 나무판자처럼 놈의 무릎이 안쪽으로 꺾여 나갔다.

"섣불리 덤빌 생각 마라. 총질하는 놈은 원체 싫어해서 나도 내가 어떻게 변할지 모르니까 말이다."

"으으윽! 죽여라!"

"후후후. 어쩌나, 죽이는 것은 내 취미가 아닌데. 네 녀석은 멜디스가 어디 있는지 말하지 않을 것 같아 보이는데, 나를 죽이려던 것에 대한 대가를 치러주마."

"크윽! 뭐, 뭘 하려고 그러는 것이냐?"

"네놈의 나머지 다리와 팔을 모두 박살 내주려고 하는데 괜찮겠지? 아마 평생 기어다녀야 할 거다."

"으으으!"

메우 형은 한다면 하는 사람이다.

아마도 저 녀석은 평생 남이 떠 먹여주는 밥을 얻어먹어야 할 거다.

"재미있을 거다. 네놈 뼈가 아무리 단단해도 이렇게 될 테니까."

퍽!

부스스스!

메우 형은 붉은 벽돌로 만들어진 건물을 주먹으로 쳤다.

단단하기 그지없는 벽돌이 움푹 들어가며 부서진 붉은 벽돌 가루들이 먼지가 되어 떨어져 내렸다.

"후후후, 아주 재미있겠지? 아프더라도 조금만 참아라."

메우 형은 놈의 다치지 않은 팔을 부여잡고는 벽에 가져다 대었다. 주먹으로 쳐서 으스러뜨리려는 것 같다.

"그, 그만! 말하겠다."

"어디지?"

"크윽, MGM 그랜드 호텔 스카이 로프츠! 지금 거기에 계실 거다."

"그래, 악당 녀석이 비싼 곳을 잡았군. 좋아, 쉬도록 해라. 하지만 만약 거짓말이면 그만한 대가를 치러야 할 거다. 날 수 고롭게 한 것까지 보태서 말이다. 알았나!!"

“크윽! 아, 알겠습니다.”

메우 형의 협박에 놈이 바닥에 주저앉았다. 팔 한쪽과 다리 한쪽이 나가 버려 더 이상 버티고 서 있을 힘이 없었던 것이다.

“메우 형, 이만 가자. 그리고 녀석들 핸드폰은 모두 부숴 버리는 것이 좋겠어. 연락하면 곤란하니까 말이야.”

알아낼 것은 다 알아낸 것 같아 메우 형에게 뒤처리를 하고 가자고 했다.

“굳이 그럴 필요는 없습니다.”

타타탁!

메우 형이 주저앉은 녀석의 몸을 몇 군데를 두들겼다. 그리고 다른 놈들에게도 같은 조치를 취했다.

“점혈이라는 겁니다. 혈을 잡아 움직이지 못하게 하는 기술이죠.”

“그거 대한족 기술이잖아.”

“아닙니다. 어르신께서 가르쳐 주신 것으로, 화하의 것이라고 하더군요.”

“그래? 나에게 화하의 것은 가르쳐 주시지 않았는데…….”

“그저 간단한 잡술이라고 그러셨습니다. 도련님께서는 그동안 배운 것만으로도 충분하다고 가르치지 않으셨다고 하더군요.”

“그런가? 하긴, 주법(呪法)이 있으니까 나야 별 쓸모가 없는 기술이기는 하지. 그렇지만 연구해 보면 꽤나 여러 가지 방면에 사용할 수 있을 것도 같아서 말이야."

"그렇지도 않을 겁니다. 이런 자들에게는 기술이 먹힙니다만, 이능력을 가진 다른 자들에게는 별다른 효과를 발휘하지 않을 테니까 말입니다."

"그런가, 한번 배워보려고 했는데 그럼 그만두어야겠군."

메우 형의 말이 맞는 것 같아 점혈법을 배우려던 생각을 관두었다.

"잘 생각하셨습니다. 도련님의 주법은 모든 대상을 언령만으로 제압할 수 있으니 차원이 더 높은 것입니다. 더 갈고닦는 편이 나을 겁니다."

"알았어. 시간이 늦었으니 그만 가자, 메우 형."

"네, 그럼 가시죠."

쓰러진 자들을 뒤로하고 MGM 그랜드 호텔로 갔다. 놈이 스위트룸인 스카이 로프츠에 있다고 했으니 빨리 해결을 보고 공항으로 가야 했다.

택시를 잡아타고 곧바로 호텔로 향했다.

호텔에 도착하니 정말이지 잘 지어진 곳이었다.

'대단하군. 이런 곳에 살면 돈이 만만치 않을 텐데.'

라스베가스를 휘어잡고 있는 조직의 보스라서 그런지 하룻밤에 1만 불이나 하는 곳에서 살고 있는 것 같았다.

명성이 있는 호텔답게 스카이 로프츠까지 가는 것은 그리 쉽지가 않았다. 곳곳에 설치된 CCTV와 촘촘히 돌고 있는 보안 검색 요원의 시선을 피하기 어려웠기 때문이다.

"메우 형, 쉽지는 않겠는데, 들어갈 수는 있겠어?"

결계를 치고 들어가면 간단하지만 메우 형에게 맡겨둔 일이라 방법이 있는지 물었다.

"걱정 마십시오. 밖에서 들어가면 됩니다. 도련님은 어떻게 하시겠습니까?"

"나야, 메우 형이 하는 대로 따라 들어갈게."

"그러시겠습니까?"

"아무튼 빨리 들어가 보자고. 녀석이 수하들의 연락을 기다리다가 연락이 오지 않으면 혹시 다른 곳으로 튈지도 모르니까 말이야."

"알았습니다."

휘익!

메우 형이 건물 외벽의 튀어나온 부분을 손가락으로 잡고는 지지하는 힘을 이용해 치솟아올랐다. 마치 스파이더맨처럼 벽에 붙듯이 다음번 잡을 곳을 향해 한 번에 이삼 층씩 솟아오르는 것을 보면 대단한 경지였다.

호텔의 밝은 조명을 피하며 푸른색 건물 옆을 붙듯이 날아오르는 메우 형의 모습을 발견하기란 그리 쉬워 보이지 않았다.

나 또한 메우 형과 같이 건물 외벽을 타고 올랐다. 메우 형은 손가락을 이용해 올라갔지만 난 발끝을 이용했다. 약간의 걸리는 부분만 있으면 되기에 그리 어렵지는 않았다.

층수가 높아질수록 바람이 많이 불었다. 사막에 위치한 도시라 기온 차이로 인해 바람이 부는 것이다.

목적한 층에 도착한 메우 형은 한 손으로는 튀어나온 부분을 잡고 다른 손의 손가락으로 창문에 원을 그렸다.

날카로운 기운으로 창문에 원을 그리며 잘라냈지만 소리는 나지 않았다.

'그런 방법이 있었다니 대단한데!'

메우 형의 능력에 감탄 어린 찬사를 보냈다.

'저보다는 도련님이 더 대단한데요.'

들어갈 틈을 만든 메우 형은 나를 바라보더니 감탄한 듯 텔레파시를 보냈다.

발끝을 창문과 건물이 이어지는 틈에 걸치고 바람을 맞으며 서 있는 모습이 상당히 인상적이었던 것 같다.

메우 형이 잘라진 유리창을 한쪽 손바닥으로 흡착하듯 들어내며 나에게 들어가라는 신호를 보냈다.

내가 먼저 안쪽으로 들어서자 물구나무서듯 다리부터 들어온 메우 형은 잘라진 유리창을 뚫린 구멍에 딱 맞게 다시 맞추고는 손가락으로 잘라진 원을 따라 훑었다.

'메우 형, 대단한데. 도대체 스승님이 뭘 가르친 거야?

손가락에서 기운이 흘러나와 유리를 접합한 것이 아니었다. 메우 형이 가지고 있는 삼천기와는 전혀 다른 성질의 기운, 아니, 에너지였다.

'비밀입니다. 이것도 잔기술에 지나지 않으니 탐내지 마십시오. 도련님은 완성하셔야 할 것이 있지 않습니까.'

'칫, 비밀은 무슨! 알았어, 신경 쓰지 않을게.'

메우 형에게 궁금했던 것은 내가 에너지의 정체를 알고 있기 때문이다. 플라즈마, 앞으로 30년 후에나 실용화될 에너지 기술이 메우 형의 손끝에서 펼쳐졌기 때문이다.

그것도 대형이 아니라 소형 플라즈마 기술이다.

저렇게 정교하게 플라즈마를 다룰 수 있는 기술이라면 스승님이 미래의 기술을 메우 형에게 주었다는 소리였다.

아무래도 언제 한번 날을 잡아 스승님과 진지한 대화를 나눠봐야 할 것 같다.

내가 지금 뭐를 간절히 원하는지 누구보다 잘 아는 양반이 저런 기술이 있으면서도 나에게 감추고는 메우 형에게만 전수한 것을 따져 봐야 할 일이다.

'일단 안에 있는 놈들을 전부 제압해야 할 것 같습니다. 숫자가 많은데… 도련님께서 도와주시겠습니까?'

'혼자서는 못하는 거야?'

'충분히 가능합니다만, 놈들이 총기를 사용한다면 소리가 새나가는 것을 막을 수가 없어서 말입니다.'

이곳에서 총기 사건이 일어나면 골치가 아파진다. 미국이라는 나라가 자유분방해 보이는 것 같으면서도 공권력에 있어서만큼은 무척이나 철두철미하니까 말이다.

'쩝! 소란한 것은 나도 질색이니 소리가 바깥으로 새나가는 것만은 막아줄게. 그리고 보너스로 강화결계도 걸어주도록 하지. 호텔 집기가 파손되는 것도 곤란하니까.'

'고맙습니다. 그럼 이곳에 잠시 계십시오. 잠시면 놈들을

모두 제압할 수 있을 겁니다.'

'알았어. 빨리 끝내기나 해.'

'네, 도련님.'

메우 형이 우리가 침투했던 서재를 나섰다. 조용히 문을 열고 나간 후 총소리와 다투는 소리가 들리기 시작했다.

타타탕!

쾅!

"크악!"

"악!"

어지간히도 하는 것 같다. 비명 소리가 끊이질 않는다.

잠시 후, 소리가 잠잠해진 것을 보니 제압이 끝난 것 같다. 놈들을 모두 제압하는 데는 채 3분이 걸리지 않았다. 멜디스를 포함해 이곳에 있는 자들은 모두 열한 명이다. 총까지 지닌 자들을 단숨에 제압하다니 역시 메우 형이다.

문을 열고 나가니 덩치가 큰 놈들이 바닥에 널브러져 있었다. 쓰러져 있는 자들을 살피며 메우 형이 말했다.

"다 끝났습니다."

"그놈은?"

"저기!"

메우 형이 가리킨 곳을 보니 중년의 남자가 코가 뭉개진 채로 소파에 널브러져 있었다.

"완전히 묵사발을 냈네?"

멜디스라는 놈을 완전히 기절을 시켜놓는 바람에 시간을 지체하게 생겼다.

"그게, 저놈이 갑자기 총을 꺼내는 바람에……"

"일단 놈들을 한곳에 모아놓자고, 빨리 끝내고 가야 하니까."

"알겠습니다."

메우 형이 바닥에 쓰러진 자들을 회의실로 모았다.

점혈을 하고 휙휙 집어던지니 샌드위치에 속 재료를 넣듯 다 큰 사내들이 포개지듯 모아졌다.

짝!

멜디스란 녀석의 뺨을 갈겼다. 정신을 차리도록 백선기를 흘려 넣은 탓에 놈이 눈을 번쩍 뜬다.

"크윽! 이 새끼들이!!"

짝!

독기가 사라지지 않는 눈으로 욕을 하기에 다른 쪽 뺨을 갈겼다.

"이, 이놈들!"

역시 라스베가스를 장악하고 있는 보스다웠다. 한 대 맞고도 독기를 피워 올린다.

짝! 짝! 짜자작!!

양쪽 뺨을 번갈아 가며 갈겨댔다.

코가 뭉개진 상태에서 양쪽 뺨이 벌겋게 부어오르니 놈의 얼굴은 볼만했다.

"으으윽, 왜 이러는 거냐?"

어느 정도 수그러들었는지 목소리 톤이 낮아졌다.

"네놈이 메우 형에게 승부 조작을 권했다며, 그게 안 되니까 암수를 쓰려고 했고 말이야. 그리고 그것도 안 되니까 나중에는 납치는 물론 죽이려고 했는데, 내가 왜 이러는지 몰라?"

부풀어 올라 실눈이 되어버린 탓인지 놈이 눈을 치켜뜨려 애쓴다. 시야가 확보됐는지 나를 알아보는 눈치다.

"이제야 알아보는 모양이로군. 너, 이 지역 대빵이라며. 그런데 치사하게 승부 조작이냐? 그게 안 되면 그만둘 것이지, 암습에 우리까지 납치하려고 했다며?"

"그, 그건……."

자신이 계획했던 것을 모두 들려주자 모든 것을 알고 왔다는 것을 인식했는지 말끝을 흐린다.

"너, 죽을래, 살래?"

이놈도 악당이니 아마도 알 것이다.

자신의 수하들을 짧은 순간에 박살을 내는 메우 형과 이렇게 자신을 두들겨 패고 있는 내가 어떤 사람인지 말이다.

놈의 눈에 공포가 서리기 시작했다. 독기가 빠지고 있는 것이다. 이럴 때 놈에게 정신적 타격을 가하는 것이 중요하다.

"난 말이야. 예전부터 한 가지 궁금한 것이 있었어. 마침 이곳에 코코넛이 있으니 실험을 했으면 하는데 말이야. 넌 어때? 내가 실험을 하는 것에 대해서 말이야."

놈이 앉아 있던 소파 옆 탁자에 코코넛이 놓여 있다. 과즙을 먹기 위해 구멍을 뚫고 빨대를 꽂아놓은 코코넛이다.

"시, 실험이라니?"

놈은 코코넛과 내 얼굴을 번갈아 보며 의문 섞인 목소리로 물었다.

"후후, 궁금한가 보네. 내가 궁금한 것은 말이야. 인간의 머리뼈와 코코넛 중 어느 것이 강한가야. 이거 칼로 구멍을 뚫은 것 같은데……."

폭! 폭!

손가락으로 가볍게 코코넛에 구멍을 뚫었다. 과즙이 뚫린 구멍을 통해 조르륵 흘러나왔다.

"코코넛을 이렇게 뚫어본 적은 많지만 인간의 머리뼈는 한 번도 해본 적이 없거든. 이번 기회에 내가 가진 궁금증을 풀어보면 어떨까 해서 말이야. 어때! 너도 괜찮지?"

부어올라 거의 파묻힌 놈의 눈이 가늘게 떨린다.

단단한 코코넛 껍질에 두부를 찌르는 것처럼 손가락으로 구멍을 뚫는 것도 그렇지만 내 말이 거짓이 아니라는 것을 느낀 모양이다.

"왜, 싫어? 쯔쯔! 이런, 실례를 바지에 하다니! 명색이 보스라는 자가 말이야."

놈이 주저앉은 소파가 축축하게 젖어간다. 겁에 질려 오줌을 지린 것이다.

"사, 살려주시오."

"싫은가 보군. 그럼, 나와 협상 하나 할까?"

"하, 하겠소. 뭐든지! 하겠소."

"좋아, 말을 들을 준비가 된 것 같군. 하지만 그전에 한 가지 보여주어야 할 것이 있다. 네놈이 내 말을 듣지 않을 경우 벌어질 결과니까 잘 참고해라.”

딴생각을 할 수도 있기에 본보기를 보이기로 했다.

바닥에 누워 독기 서린 눈으로 나와 멜디스를 바라보고 있는 놈에게 다가가 오른쪽 다리의 바지를 걷어 올렸다.

“사람의 뼈 중에 뭐가 제일 단단한 줄 알아?”

내가 무슨 일을 벌이는지 몰라 몸을 떠는 멜디스다.

“모른다고? 후후, 알려주지. 사람 몸에 있는 뼈 중에는 정강이뼈가 제일 단단하지.”

난 쓰러져 있는 놈의 정강이를 손가락으로 몇 번 찌르는 시늉을 하며 흑요기를 주입시키고 멜디스 곁으로 다가갔다.

“지금 저자의 정강이뼈에다가 내가 뭔가를 집어넣었거든, 잘 보라고!”

딱!

멜디스의 귀에 대고 손가락을 튕겼다.

의지만으로도 되지만 효과적인 협박을 위해 정강이뼈에 집어넣은 흑요기를 발동시키는 시늉을 한 것이다.

신호에 따라 일차 근육에 심어놓았던 흑요기가 용트림을 시작했다.

불룩! 불룩!

쓰러져 있는 녀석의 다리가 부풀어 오르기 시작했다.

흑요기는 모세혈관을 타고 흐르기 시작했고, 이내 핏줄들을 터뜨려 피가 피부 밑으로 스며들고 있는 탓이었다.

우드득!

"크아아악!"

이차로 정강이뼈에 심어놓았던 흑요기가 폭발하며 뼈마디가 조각조각 나서인지 독기 서린 눈빛으로 나를 바라보던 놈이 비명을 질러댔다.

메우 형에게 혈을 제압당해 움직이지 못하기에 경련을 일으키면서 비명을 지르는 모습은 무척이나 섬뜩했다.

그렇게 비명을 지르다가 고통을 이기지 못했는지, 눈동자를 뒤집으며 쓰러지는 모습으로 보고 멜디스에게 시선을 던졌다.

"저 자식 말이야! 사람 많이 죽여본 놈 같더라고. 아무래도 나중에 골치가 아플 것 같아서 내가 손을 좀 봐줬지. 어때! 조금 볼만했나?"

멜디스가 고개를 끄덕였다. 말을 듣겠다는 소리였다.

"좋아, 잘 알아들었다니 다행이로군. 한 가지 경고하겠다. 이제부터 타이푼에 대한 것은 모두 잊어라. 어차피 이제 격투기계를 떠날 테니까. 그리고 우리에 대해서도 잊어라."

멜디스가 맹렬히 고개를 끄덕인다.

"아, 알았소. 알았소!"

"후후후, 꼭 약속을 지키기 바란다. 날 시험하는 것은 곤란하다는 소리다. 난 보기보다 성질이 지랄 같아서 말이야. 알았지?"

"으으으!"

멜디스의 입에서 억눌린 신음이 흘러나왔다. 녀석이 본 흑요기 때문이다.

약속을 받아내며 흑요기를 놈의 눈에 집중시켜 두었다.

흑요기는 녀석에게 깊은 어둠을 보여주었다.

약속을 지키지 않으면 어떻게 되는 것인지, 상상하기 힘든 무수한 환상이 녀석의 뇌리에 스쳐 지나갔을 것이다.

영혼에 흑요기가 각인된 이상 멜디스라는 이 녀석은 절대 나를 잊지 못할 것이다.

"나중에 한번 보러 오겠다. 몇 가지 부탁을 할 것도 있으니 말이야. 그때 박대나 하지 말도록!"

"으으으!"

충격의 여파가 컸는지 아직도 신음밖에는 흘리지 못하는 멜디스였다.

"너희들도 잘 보았으리라 믿는다. 너희들의 목뼈에 저자와 같은 기운을 심어놓았다. 목뼈가 으스러져 처참하게 죽고 싶지 않으면 우리에 대해서는 지금부터 모두 잊어라!"

침을 흘리며 신음을 흘리고 있는 멜디스를 바라보던 메우 형은 쓰러진 자들에게 경고를 했다. 점혈을 하며 뭔가 조치를 취한 것 같았다.

자신들에게 금제가 가해졌다는 소리에 바닥에 쓰러진 자들의 눈빛이 사색으로 변했다.

"나중에 다시 보도록 하자. 가시죠, 도련님!"

메우 형도 내 의도를 알았는지 다시 보자는 말을 남기고 나를 재촉했다.

한 시간 후 정도면 점혈이 해제될 것이기에 놈들을 그냥 놔두고 방을 나섰다. CCTV가 있었지만 그리 개의치 않았다.

들어올 때는 멜디스가 알아차릴까 봐서 외벽을 타고 올라왔지만 이제는 그럴 필요가 없는 것이다.

호텔을 나서 곧장 택시를 잡아탔다. 비행기 이륙시간까지 얼마 남지 않은 시간이라 택시기사를 재촉했다.

"놈을 수하로 삼으실 겁니까?"

비행장으로 향하는 도중 택시기사를 의식해서인지 매우 형이 태어로 물어왔다.

"생각 중이야. 라스베가스를 장악하고 있는 자라고 하면 어찌 됐거나 이번 일에 도움이 될 수도 있을 테니까 말이야."

"그렇겠군요. 서부일원 암흑가에서 그자가 미치는 영향력이 적지 않을 테니 말입니다. 어차피 놈들에 대한 정보가 그다지 없는 마당이니까 멜디스를 이용하는 것도 꽤나 좋은 방편이 될 겁니다."

매우 형 말대로 멀티온에 대한 정보가 부족한 것도 사실이었다. 굳이 멜디스를 박살 낸 것도 만약을 위한 포석이었다.

매우 형에게 승부 조작에 대한 이야기를 듣고 놈을 끌어들이기로 한 것이다.

미국 내 정보기관들만큼은 아니더라도 암흑가의 정보도 꽤나 정확하기에 그를 이용하면 상당한 정보를 얻을 수 있을 것이라는 판단 때문이었다.

"그런데 그자가 다른 생각을 품지는 않겠지요?"

"그럴 거야. 아무리 이능력자라 하더라도 진정한 흑요기의 기운을 이겨낸다는 것은 불가능한 일이니까. 일단 암시만 했지만 멀티온에서의 일이 커지면 각인을 해서라도 멜디스라는 놈을 이용할 생각이야."

"각인까지 말입니까?"

"아마도 그래야 할 것 같은 예감이 들어."

"그렇다면……."

"그래, 메우 형! 어쩌면 우리가 조사하려는 놈들이 피의 겁화(劫火)와 관련이 있을지도 모른다는 생각이 자꾸만 들어서 말이야."

메우 형의 얼굴이 심각하게 변했다. 피의 겁화가 어떻게 해서 일어났는지, 범인은 누구인지 알아내기 위해 나와 메우 형이 세상에 나온 것이기 때문이다.

"피의 겁화와 관련이 있다면 어르신께는 말씀을 드려야 하지 않겠습니까?"

"아직은 아니야. 증거를 좀 더 확보한 뒤에 말씀드리는 것이 나을 것 같아. 아직은 내 추측뿐이니까."

"알겠습니다. 증거도 없이 움직였다가는 우리만 노출될 수도 있는 일이니까요."

"좀 더 지켜보자고, 메우 형."

메우 형의 안색이 조금은 어두워졌다.

이거 괜히 이야기한 것은 아닌지 모르겠다. 아직 확실히 밝혀지지도 않은 일인데 말이다.

하지만 미리 생각은 해놓는 것이 좋았다. 관점의 차이가 진실을 밝히는 데 방해가 되서는 안 되기 때문이다.

봉인된 스피릿아머를 부활시키려는 자들이 피의 겁화와 관련이 있다는 심증이 있는 이상 미리 생각해 놓아야 하는 것이다.

아주 먼 고대에 세상을 지배했던 칠대부족이 연관된 사건이니까 말이다.

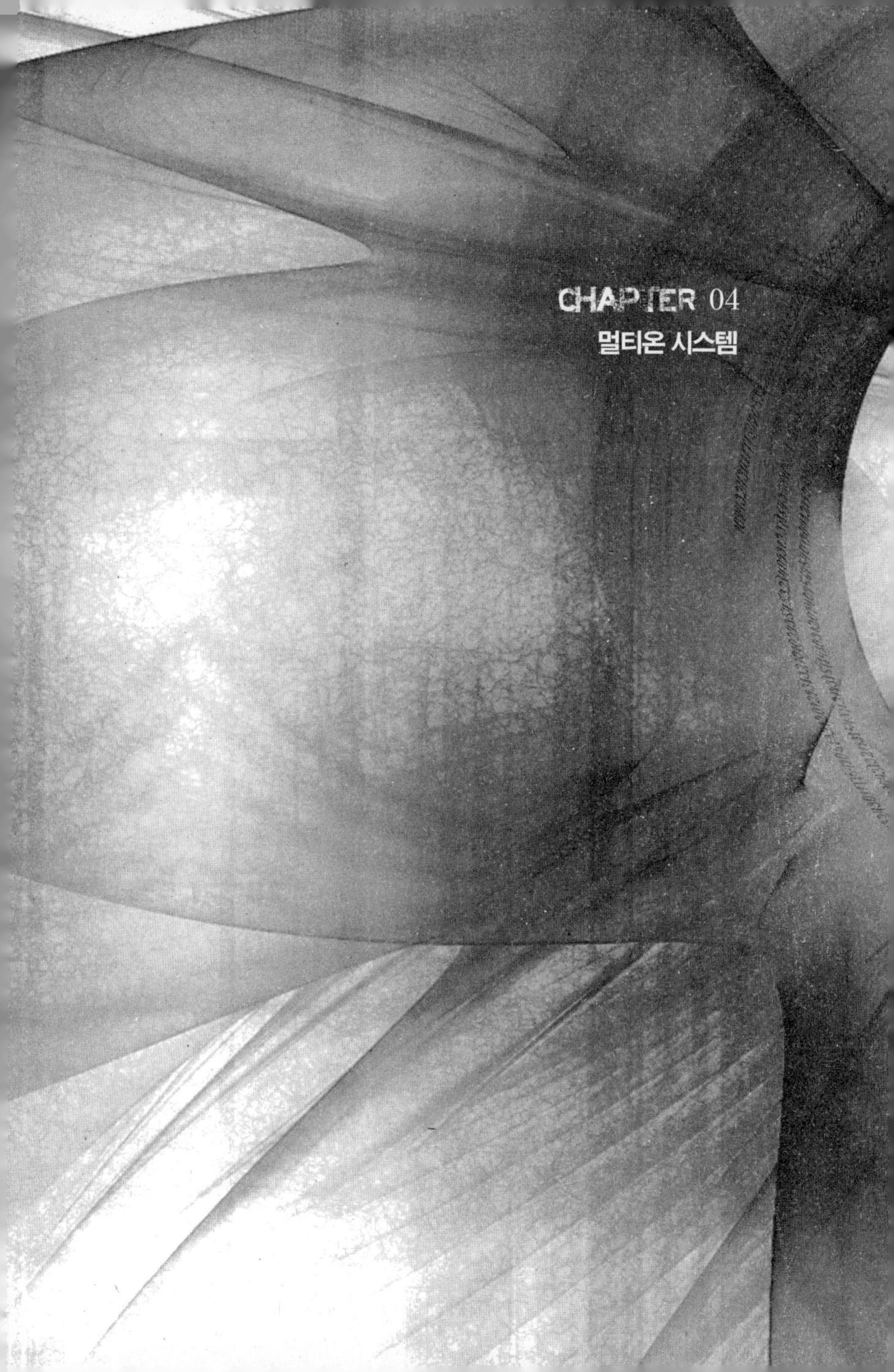

CHAPTER 04
멀티온 시스템

TIME SLICE 타임 슬라이스
TIME SLICE 타임 슬라이스

“도착했나?”

“도착했습니다.”

“밤이 늦은 시간인데 편의는 잘 봐드렸고?”

“다들 만족해하는 모습이었습니다, 회장님.”

“다행이로군. 내일 오전 11시에 실험을 진행할 예정이니까 천천히 모시고 오게. 실험을 준비하는 과정까지는 볼 필요는 없으니까 말이야. 대신 늦으면 안 되는 걸 잊지 말도록 하고.”

“알겠습니다. 제가 직접 안내를 하겠습니다. 그럼 이만 편히 쉬십시오.”

“그래! 그럼, 수고하게.”

딸깍!

통화를 끝낸 마틴은 흡족한 미소를 지으며 수화기를 내려놓았다. 복수의 화신으로 자리 잡은 자신의 염원을 들어줄 최상의 무기가 드디어 손에 들어오는 것이다.

전설처럼 전해지는 존재인 스피릿아머를 발견한 것은 마틴의 아버지였다. 고조부 때부터 대를 이어가며 전설과 신화 속에서 단서를 뒤져 가며 찾아온 것을 갖은 고생 끝에 마침내 찾아내고야 만 것이다.

스피릿아머를 발견하고 난 후, 기동할 수 있는 방법을 알아내기 위해 장장 50여 년이 넘는 시간 동안 연구가 진행되어 왔다.

처음 발견되었을 때 기술이 부족했을 뿐만 아니라 탑승 방법은 물론, 동력원에 대해서도 전무한 상태였기에 오랜 시간이 필요했던 것이다.

동력원에 대해서는 함께 남아 있었던 블랙노바를 연구해 그리 오랜 시간이 걸리지 않아 알아낼 수 있었지만 제일 큰 난관은 기동 방법이었다.

정신의 힘이라고 할 수 있는 싸이킥 파워만이 스피릿아머를 기동시킬 수 있었는데, 그것도 특정한 조건을 지닌 자만이 가능한 일이었다.

특정 조건을 알아내기 위해 무수한 실험이 진행되었다. 하지만 발견된 조건은 그야말로 불가능한 것이었다. 스피릿아머를 움직일 수 있는 자는 특별한 능력을 가진 초인이어야 했던 것이다.

그로 인해 실험의 방향이 바뀌었다. 보통 인간이 스피릿아머를 기동시킬 수 있는 방법을 알아내는 쪽으로 바뀐 것이다.

보통의 인간이 스피릿아머를 기동시키는 것은 무척이나 어려운 일이다. 싸이킥 파워를 가지고 있지 않은 인간이 스피릿아머를 움직인다는 것은 불가능해 보였다. 그렇게 연구는 중단되는 듯싶었다.

그러다가 마틴의 아버지가 특이한 것을 발견했다. 머리를 식히러 북유럽을 여행하는 도중에 산에 들렀다가 이름 모를 동굴에서 고대의 것으로 보이는, 양피지가 담긴 토기를 발견했던 것이다.

마틴의 아버지는 스피릿아머에 대한 연구를 중단하고 양피지의 해석에 매달렸다. 고고학을 전공한 터라 머리를 식히는 차원에서의 연구였다.

양피지를 연구하며 마틴의 아버지는 놀라운 사실을 발견했다. 양피지에 쓰인 기록대로라면 스피릿아머를 움직일 수 있는 방법이 있는 것이다.

그것은 고대 암흑의 세력이 남긴 것으로 보이는 악마의 마법 의식이었다.

다른 생명체의 힘을 이용해 인간의 잠재능력을 끌어올리는 것으로, 양피지의 설명대로만 된다면 충분히 스피릿아머를 기동시킬 수 있을 것으로 판단한 마틴의 아버지는 다시 연구를 재개했다.

어렵게 스피릿아머를 부활시킬 수 있는 방법을 알아낼 수 있었지만 실험은 계속 실패했다. 마틴의 아버지가 발견한 고대의식은 지금까지 알려진 마법과 주술, 그리고 의식과는 그 궤를 달리했기 때문이다.

그렇지만 계속되는 실패에도 불구하고 연구는 중단되지 않았다. 연구를 진행하는 동안 어느 정도 성과가 있었던 것이다.

하나하나 고대의식의 비밀이 밝혀지고, 베일이 벗겨진 진실 속에 기동 방법에 대한 단서가 나타난 것이다.

그렇게 스피릿아머의 기동 방법에 대한 연구는 마틴의 아버지에서 마틴에게로까지 이어졌다.

마틴은 스피릿아머의 가동 방법을 알아내기 위해 많은 것을 희생할 수밖에 없었다. 자신의 신체는 물론, 엄청난 돈까지 그야말로 3대에 걸쳐 총력을 기울여 찾아낸 것이다.

마틴으로서는 자신의 오랜 염원을 실현시킬 수 있는 것이기에 자신의 희생 따위는 그리 큰 문제가 되지 않았다.

그에게 있어 스피릿아머는 가문과 자신의 염원을 위해 반드시 이루어내야 할 사명이었던 것이다.

"어차피 단번에 성공하기를 바라지도 않는다. 실패해도 괜찮을 것이다. 거의 모든 과정이 끝난 이상, 이번에 합류할 연구진들이 문제점을 보완해 줄 테니까. 그러면 난 놈들을 상대할 강대한 힘을 얻게 될 것이다."

기동 상태를 지속적으로 유지할 수 있는 방법은 이미 파악을 끝낸 상태였기에 마틴은 여유가 있었다.

3대를 거치는 동안 누구에게도 밝히지 않았던 고대의식에 대한 비밀을 제레미에게 공개했고, 제레미는 악마의식에 대한 연구 결과를 검토하고 실험하는 과정에서 새로운 스피릿아머에 대한 제조 공정을 찾아냈다.

곰의 정혈을 이용하여 기동을 유지할 수 있었던 것에서 착안하여 에너지원을 어떻게 확보하느냐에 대한 문제에 대한 실마리도 찾았다.

그동안 가장 문제로 생각되던 에너지의 수급도 제레미의 연구로 상당 부분 진전을 이룬 것이다.

그리고 인간과 같이 자연스럽게 움직일 수 있는 신경회로망에 대한 구축은 이미 발견되었던 스피릿아머를 연구하여 어느 정도 끝났고, 문제점이 생기면 문광열 교수를 비롯한 연구진들이 해결할 것이다.

신경회로망의 보완이야 아직 시간이 더 걸리겠지만 기동 문제에 있어서는 내일이면 실험을 통해 오랜 기다림의 결과가 나올 것이 분명했기에 마틴에게 이런 여유를 준 것이다.

이미 몇 번의 테스트에서 성과를 내기도 했다. 이번 실험은 그것을 확인하는 요식 절차일 뿐이었다. 실패한다고 하더라도 소소한 문제일 것이기에 최상의 연구진이 가세한 이상 언제든지 성공할 수 있다고 마틴은 생각하고 있었다.

사실 국방부의 요청에 의해 연구진의 추가 합류가 결정되었기에 처음에는 그 결정을 그다지 반기지 않았던 마틴이었지만 지금은 아니다.

새롭게 태어나게 될 스피릿아머를 좀 더 완벽하게 만들려면 그들의 도움이 반드시 필요할 것이라는 제레미의 조언을 듣고 생각을 바꿨다.

조금만 손을 더 본다면 최첨단 무기로 진화한 스피릿아머를 만들어낼 수 있을 것이라는 조언이었다.

성공하지 못한다고 하더라도 어느 정도 성과를 이루었기에 다른 스피릿아머와 차별화되는 능력을 갖게 하고 싶은 욕심이 생겼던 것이다.

"국방부에서 선택한 자들이니 내일 오게 될 연구진들에 한 번 기대를 걸어보는 것도 나쁘지 않을 것이다. 어차피 양산화를 위한 작업에도 그들의 도움이 필요할 테니. 이제 어느 정도 정리가 끝났으니 오늘은 오랜만에 마음 편하게 자야겠다."

마틴은 생각을 정리하고 자신의 사무실을 나섰다. 오랜만에 잠다운 잠을 청하기 위해서였다.

*　　　*　　　*

실리콘밸리로 온 후, 우리 일행은 멀티온에서 공항으로 마중 나온 사람의 안내를 받아 호텔에 투숙했다.

피곤한 하루였기에 다들 호텔 방에 짐을 풀자마자 일찌감치 잠이 들었다.

다음날 아침은 다들 일찍 잠을 깼다. 일정이 촉박한 관계로 호텔에 모닝콜을 요청한 탓이다.

　이렇게 일찍 서두른 것은 중요한 실험이 있을 것이라는 연락이 있어서다. 시간에 맞추어 참관하기를 바란다는 연락이었다.
　식사를 일찍 마치고 약간의 휴식을 취하다가 멀티온으로 향했다.
　어머니와 메우 형은 갈 수 없는 곳이기에 나와 이모부, 그리고 성준이 이렇게 세 사람만 안내하러 온 직원과 동행을 했다.
　차를 타고 달리는 동안 차창 밖으로 내다본 실리콘밸리는 세계 컴퓨터 산업의 중추라고 할 수 있는 곳답지 않게 무척이나 한가해 보였다.
　길거리에 사람이 그다지 많이 보이지 않는 것이 업무 시간대라 다들 회사에서 업무에 열중하고 있는 것 같았다.
　호텔에서 출발한 지 얼마 시간이 지나지 않아 멀티온에 도착했다.
　멀티온 시스템이라는 사명이 선명한 조형물이 있는 정문을 지나자 잘 가꾸어진 정원이 보였다. 널따란 정원 위에 우뚝 솟아 있는 건물이 참으로 인상적이었다.
　이집트 사막에서나 볼 수 있는 피라미드와 비슷한 구조물을 회사 건물로 세우다니 참 재미있는 발상이었다.
　정문을 통과할 때는 통과 차량으로 등록되었는지 검색을 하지 않았지만, 국가비밀에 속하는 연구를 진행하는 회사라 그런지 건물로 들어서자 철저한 검색 절차를 밟아야 했다.
　휴대폰을 수거하는 것은 물론, 금속 탐지기까지 동원한 검

색이 있고 나서야 우리는 실험실이 있는 통제 구역으로 들어
갈 수 있었다.

그뿐만이 아니었다. 지하에 있는 일급 통제 구역에 접근할
때는 보다 까다로운 검색을 받아야 했다.

모든 절차를 끝내고 도착한 곳은 커다란 경기장을 방불케
하는 실험 장소를 볼 수 있는 통제실이었다.

통제실 안에는 실험을 위해 여러 사람이 분주하게 움직이고
있었다.

우리가 통제실로 들어서자 갈색 머리에 안경을 쓴 사람이
반갑게 맞아주었다. 우리가 참여하게 될 연구의 수석 연구원
인 제레미라는 사람이었다.

"어서 오십시오, 박사님!"

"반갑소."

이미 안면이 있는 듯 이모부가 그와 인사를 했다. 인사가 끝
나자 제레미가 우리를 바라보며 이모부에게 물었다.

"이분들은?"

"앞으로 우리 연구에 합류할 연구원들이오."

"연구원이라는 말씀은……."

나와 성준이가 어려 보여서 그런지 제레미라는 연구원이 의
문이 섞인 표정으로 말끝을 흐렸다.

"국방부에서도 허가가 난 연구원들이오. 나이가 연구원을
선발하는 기준이 되지는 않으니 걱정하지 않아도 될 것이오.
아주 뛰어난 연구원들이니까."

"하하하, 그런가요? 이거 대단한 분들을 모시는 것이 아닌지 모르겠습니다."

상당히 흥미로운 표정이다.

이모부가 하신 말뜻을 알아차린 모양이었다. 재능이 그만큼 된다는 뜻은 충분한 자격이 있다는 것과 일맥상통하니 말이다.

"조금 있으면 실험이 시작되니 일단 자리에 앉으십시오."

제레미가 실험을 참관하기 위해 통제실 안에 미리 마련된 자리에 앉기를 권했다.

"회장님께서는?"

"조금 있으면 오실 겁니다. 회장님이 오시는 대로 실험이 시작될 겁니다."

"알았소."

멀티온이라는 회사의 회장이 오면 시작된다는 소리에 우리는 자리에 가서 앉았다.

10여 분이 지났을까 은발의 신사가 통제실에 들어왔다.

난 그가 내가 찾고자 하던 마스터라는 것을 단박에 알아볼 수 있었다. 그는 수행원 한 명을 데리고 왔는데, 바로 랜스였던 것이다.

마스터는 나이가 조금 든 자라고 생각했는데, 예상과는 달리 아주 젊은 모습이었다. 이제 30대 중반 정도로밖에는 보이지 않는 얼굴이었다.

"회장님, 오셨습니까?"

"그래, 수고하네."

"반갑습니다, 마틴 회장님."

이모부는 이미 일어나 악수를 청했다.

"이거, 어려운 걸음을 하셨습니다. 마틴 크루거입니다, 문 교수님."

"제커 대령께 말씀은 많이 들었습니다. 이번 프로젝트를 총괄하신다니 잘 부탁드립니다."

"하하하, 제커 대령님이 저에 대해 어떻게 말씀하셨는지 조금 걱정이 되는데요?"

"천재적인 과학자이며, 뛰어난 경영인이라고 하더군요."

"그렇습니까? 이거 제커 대령님이 저를 그렇게 평가하시다니 영광이군요. 그런데 저분들은?"

"이번 프로젝트에 참여할 연구팀의 일원들입니다."

"나이가 어리신 것 같은데 상당한 능력을 가지고 계신 모양이군요. 마틴 크루거라고 합니다."

마틴 회장은 제일 가까이 있던 성준이게 손을 내밀어 악수를 청했다.

"왕성준이라고 합니다."

성준이와의 인사가 끝나자 나에게도 손을 내밀었다.

"백두영입니다."

마틴 회장의 손을 잡고 악수를 하며 몰래 그가 가진 기운을 살폈다. 이미 느낌으로 확인한 대로 벤프 국립공원에서 보았던 마스터와 같은 기운을 흘리고 있었다.

"이제 실험을 시작할 테니, 모두 자리에 앉읍시다."

인사를 끝내고 마틴 회장의 권유로 모두들 자리에 앉아 모니터를 주시했다.

*   *   *

실험이 시작되자 통제실 정면에 마련된 대형 모니터에 이번 실험에 대한 간략한 개요와 앞으로의 연구 방향에 대한 화면이 떠올랐다.

"이번에 선보이게 되는 것은 그간 연구해 온 결과물의 초기 버전이라고 할 수 있습니다. 이번 실험은 초기 버전인 전투로봇의 1단계 테스트로서 기동성과 화력을 실험하게 되는 자리입니다. 이번에 합류할 문광열 교수님을 비롯한 연구팀은 초기 버전의 결함을 찾아내고 개선시키기 위한 연구에 참여하실 겁니다. 인간과 근접한 수준으로 명령 체계를 만드는 것에 대한 연구를 수행하게 될 것이니, 움직이는 동작에 유념해 주의 깊게 살펴봐 주시기 바랍니다. 자세히 관찰하시고, 보다 완벽을 기할 수 있도록 부탁드리겠습니다. 그럼 지금부터 실험을 시작하겠습니다."

지이잉!

제레미의 설명과 부탁이 끝나자 통제실과 실험실을 가로막고 있는 창의 방호문이 내려지며 모니터로 실험실 내의 광경이 보이기 시작했다.

통제실에 있는 사람들은 모니터를 통해 실험실 중앙에서 뭔가 올라오는 것을 볼 수 있었다.

"와!"

"만화에서나 가능한 줄 알았는데, 이미 저런 것이 만들어졌다니 놀라운 일이로군."

"그렇군요. 아마도 앞으로 전쟁의 양상이 많이 바뀔 것 같습니다."

생체기갑병기의 원형이라고 할 수 있는 전투로봇이 드디어 모습을 드러내자 다들 감탄 어린 목소리로 화면에 집중했다.

화면과 함께 모니터상에 간략한 재원이 나타났다.

높이 2.5미터, 총 중량 600킬로그램의 육중한 모습을 드러낸 로봇은 흑기사를 연상케 하는 전형적인 기사의 모습이었다.

"보시다시피 합금을 이용해 만들어진 T—101은 안드로이드형 로봇으로, 그 어떤 전투 환경에도 최적화되도록 설계되어 있습니다. 화력 및 기동성은 나무랄 데가 없지만 중량 문제와 전자기 펄스파장에 취약점을 드러내고 있어 개선이 필요한 시점입니다. 문 교수님을 비롯한 연구팀은 이번에 새로 개발된 카본X를 이용, 중량을 최소화하는 동시에 T—101에 장착되어 있는 컴퓨터 대신에 새로운 신경망 회로를 적용시키는 연구를 해주시게 될 것입니다. 그럼, 지금부터 기동 및 화력 시범이 있겠습니다."

제레미의 설명을 끝으로 T—101이 움직이기 시작했다. 건고 뛰며, 앉는 등 금속 로봇치고는 상당히 빠른 움직임이었다.
최고 속도는 시속 40킬로미터로 그다지 나쁜 편이 아니었다.

다음은 방어력 시험이었다. 대전차지뢰를 밟기도 하고, 미사일 공격을 받아도 까닥도 않는 모습은 상당한 신뢰를 얻을 수 있었다.

연이어지는 화력 시범도 괜찮은 편이었다.

소형 로켓과 기관포로 무장되어 있었는데, 1미터의 오차도 없는 정확한 사격이 일품이었다.

마지막 하이라이트는 등에 장착된 커다란 대검을 이용한 시범이었다. 준비되어 있는 장갑차를 단숨에 베어버릴 뿐만 아니라, 인간과 같은 더미들을 짚단처럼 쓰러뜨리는 모습이 가히 장관이었다.

T-101에 대한 실험은 그다지 오래 끌지 않았다. 동작과 화력 실험만 진행되었기 때문이다.

한 시간여의 실험이 끝나고 난 뒤 통제실에 있었던 사람들은 별도의 회의실에서 미팅을 가졌다. 앞으로의 연구 계획에 대한 논의를 위해서였다.

대학의 연구팀에서는 신경회로망 구성과 몸체를 구성할 신소재 분야를 주로 추진하기로 하고, 멀티온 시스템에서는 하드웨어 분야와 무기 체계를 맡기로 이미 결정이 난 사항이라 세부적인 연구 계획에 대한 논의였다.

이미 자세한 사항에 대해서는 조율을 끝마친 터라 연구팀을 어떻게 운영할 것인지, 연구 장소는 어디로 할 것인지에 대한 논의가 주를 이루었다.

대학 연구팀은 준비 과정을 거쳐 3개월 후부터 멀티온 시스템에 마련된 연구실에서 연구를 진행하기로 했다. 몇몇 교수들이 다른 연구를 진행 중이어서 연구 인원은 1차와 2차에 걸쳐 합류하기로 최종 결정을 봤다.

그렇게 합의가 끝나자 멀티온 시스템 측에서 만찬을 준비했으니 참석해 달라는 요청을 했다. 조율할 세부 사항은 전부 끝났으니 친목을 도모하자는 의미에서였다.

만찬은 마틴 회장의 집에서 개최될 예정이었는데, 국방부의 실무책임자도 참석한다는 설명이 있었다.

시간이 아직 많이 남은 관계로 문광열 교수를 비롯한 두영 일행은 일단 호텔로 가서 정장으로 갈아입고 참석하기로 했다.

*　　　*　　　*

회의가 끝나고 모두 돌아간 후 마틴은 의논할 것이 있어 제레미를 대동한 채 지하에 마련된 비밀 실험장으로 향했다.

기동 시험에 만족할 만한 성과를 거둔 터라 마틴 회장은 전에 없이 밝은 표정이었다.

"오늘, 수고했네."

비밀 실험장의 통제실에 도착한 마틴은 제레미의 노고를 치하했다. 예상보다 좋은 성과를 얻었기 때문이다.

“수고는요.”

“그런데 제레미, 그 아이들은 어떤가?”

연구원의 자격과 합류할 자들에 대한 선발에 대해서는 제레미가 그동안 검토를 해왔었다.

연구팀에 나이가 어린 두영과 성준이 합류하는 것에 자격이 있는지 궁금했던 마틴은 제레미에게 물었다.

“상당한 인재들입니다. 나이는 어리지만 천재라고 할 수 있는 아이들입니다. 그 아이들이 작성한 논문을 보았는데 이번 계획에 아주 딱 맞는 내용이더군요.”

“그래, 자네만큼 머리가 좋은 모양이로군.”

“저보다 더 뛰어난 인재들일 확률이 높습니다. 제 생각에는 우리 쪽으로 끌어들이는 것이 좋을 것 같습니다.”

“그 정도인가?”

자신을 낮추는 제레미를 보며 마틴이 물었다.

“그렇습니다. 왕성준이란 친구의 신경망회로의 로직은 제가 설계한 것을 이미 능가하고 있습니다. 그리고 백두영이라는 친구의 유전자 변이체와 관련한 논문은 실제로 구현될 수 있다면, 우리가 계획하고 있는 T—101의 방어력 및 기동력을 거의 10여 배는 증가시킬 수 있을 겁니다.”

평소 남에 대한 평가에 인색한 제레미였다. 노벨상을 받은 과학자들마저도 제레미에 의해 폄하되기 일쑤였다.

그런 제레미가 이렇게 적극적으로 끌어들이자고 제안할 정도면 프로젝트를 위해 정말 필요한 존재들일 가능성이 매우 높았다.

"알겠네. 그렇게 하도록 하지. 그 정도라면 반드시 우리 쪽으로 끌어들여야겠지."

"하하하, 잘 생각하셨습니다."

제레미의 웃는 모습을 보며 마틴은 잠시 생각에 잠겼다. 제레미의 제안도 제안이지만 얼마 전 자신이 느꼈던 것을 재삼 확인하기 위해서였다.

'제레미가 이렇게 말할 정도면 정말 대단한 인재들일 것이다. 거기다가 내가 느낀 대로라면 확인을 해봐야겠지만 그 아이들은 이능력을 발휘할 수 있는 체질을 타고났을 것이다. 이제 몸이 완전히 회복되었으니, 오늘 만찬이 끝난 후 그 아이들을 내 수족으로 만들면 앞으로의 일에 큰 도움이 될 것이다.'

마틴은 두 사람과 악수를 하며 이질적인 기운을 느꼈었다. 그것은 이능력을 가진 자들이 보이는 특이한 기운이었다.

아주 미약하기에 느낄 수 없는 것이지만 오랫동안 그런 자들을 찾아온 마틴은 그 기운을 놓치지 않았던 것이다.

벤프 국립공원에서 받은 타격은 이제 완전히 회복한 상태였다. 가지고 있던 힘을 대부분 회복한 것이다.

아직은 완전하지는 않지만 지금 가지고 있는 힘이라면 아무리 이능력을 타고난 천재라고 해도 아직 어린 두 사람 정도면 충분히 세뇌 작업을 통해 자신의 진실한 수족으로 만들 수 있을 터였다.

"그런데 우리가 원하는 에너지 변환기는 언제쯤 완성이 될 수 있을 것 같나?"

두영과 성준에 대한 생각을 정리한 마틴은 스피릿아머의 최종 단계인 에너지 변환기에 대해 물었다.

"아직 시간이 더 필요할 것 같습니다. 대부분의 모듈이 완성됐지만 최종 단계에 필요한 안정성은 아직 결과치가 불확실해서 좀 더 보완이 필요한 상태입니다."

"에너지 모듈 임계점을 극복하는 것 말인가?"

"그렇습니다."

"큰일이로군. 에너지 수급을 원활히 해야 양산형을 생산하는 데 문제가 없을 텐데 말이네."

양산형의 생산은 반드시 필요한 일이었다. 미군에 보급될 것이지만 유사시, 마틴 회장 자신이 사용할 수도 있는 일이었던 것이다.

"너무 걱정 마십시오. 에너지의 안정성을 해결할 단서는 어느 정도 얻은 상태이니 조만간 끝날 겁니다."

"그런가! 그렇다면 다행이로군."

'어쩔 수 없는 건가?'

제레미가 확신에 찬 듯 말을 하기는 했지만 마틴은 마음이 조금 찜찜했다.

'조사가 다 끝났다고 생각했는데 블랙노바를 회수하지 못한 것이 아쉽구나.'

블랙노바를 회수하지 못한 것이 무척이나 아쉬운 마틴이었다.

사실 마틴이 벤프 국립공원에서의 일을 진행시킨 것은 스피릿아머의 시험 작동을 위해서였다.

그러다가 철현에게 의식이 발각되는 일 때문에 분실한 블랙노바를 랜스에게 회수토록 했지만 행방은 오리무중이었다. 가져갔다고 여겨지던 철현에 대해서 랜스가 철저히 조사했지만 행방을 알 수 없다는 이야기뿐이었던 것이다.

마틴이 실험을 진행시킨 것은 어떤 방식으로 블랙노바가 작동하는지 기본적인 조사는 모두 끝마친 상태였기에 가능한 일이었다.

제레미가 에너지 변환기에 대한 기본 구상을 어느 정도 끝내고 모듈을 만들어냈었던 것이다.

그렇지만 실제 모듈을 만들고 적용시켜 본 결과, 에너지의 불안정성이라는 문제가 제기되었다. 스피릿아머를 작동시키기에 임계점이 안정적 수준을 유지해야 하는데 유입량이 너무 커 양산형 스피릿아머가 폭발하는 현상이 발생한 것이다.

실제 모델인 블랙노바를 지속적으로 관찰하며 문제점을 해결하면 진척이 훨씬 빨라질 수 있었기에 아쉬움이 들지 않을 수 없었던 것이다.

'하지만 아직은 기회가 있을 것이다. 제커 대령이 직접 이곳으로 온다는 것은 놈들이 거의 개발을 끝냈다는 이야기니까. 놈의 행적을 쫓으면 에너지 변환기의 모듈을 완성할 만한 단서를 얻을 수 있을 것이다.'

＊　　　＊　　　＊

　호텔로 돌아온 후 만찬 이야기를 하니 어머니를 비롯해 매우 형도 무척이나 좋아했다.

　입을 옷가지는 모두 준비한 상태니 시간에 맞추어 입고 가면 될 터였다.

　시간이 지나 우리를 데려가기 위해 차량이 도착했다. 다들 차량에 나누어 타고 마스터의 저택으로 향했다.

　실리콘밸리 외곽에 위치한 마스터의 저택은 상당히 큰 편이었다.

　“어서 오십시오. 환영합니다.”

　저택 안으로 들어가자, 현관에서 집사가 반갑게 우리를 맞았다. 집사는 우리를 응접실로 안내했다.

　“아직 만찬이 시작되려면 멀었으니 이곳에서 쉬고 계십시오. 전 만찬 준비를 확인하고 모시러 오겠습니다.

　응접실로 들어선 후, 집사는 만찬 준비를 확인하겠다며 우리보고 쉬라고 하고는 집 안 안쪽으로 들어갔다.

　두 채의 건물 중 뒤쪽에 있는 건물에서 만찬이 열릴 모양인 것 같은데, 아무래도 우리가 너무 일찍 도착한 것 같았다.

　집사가 자리를 뜬 후에 얼마 있지 않아 하인들이 차를 내왔다.

　다들 차를 마시며 조용히 기다리고 있는데 어머니가 자리에서 일어나셨다.

“이야! 대단하군!!”

놀랄 만한 것을 발견하신 것인지 어머니는 집 안을 장식하고 있는 물건들을 조심스럽게 살피기 시작했다.

벽에 걸린 회화들과 여기저기 자신을 자랑하는 골동품을 보며 어머니는 상당히 흥미로운 표정을 지으셨다. 명색이 고고학자인데 관심이 가지 않을 수 없었을 것이다.

“두영아, 잘나가는 기업가라 그런지 여기 있는 물건들이 상당하구나”

“그런 것 같네요.”

내가 봐도 상당한 골동품들이었다. 응접실을 장식하고 있던 골동품들 대부분이 역사 이전에 명멸했던 문명의 산물들로 보이는 것들이던 것이다.

“그렇지!”

“박사님, 여기에 있는 것들이 값어치가 상당한 모양이죠?”

우리의 대화를 듣고 있던 메우 형이 어머니에게 물었다.

“호호호, 상당하단다. 여기 있는 것들을 팔면 몇천만 달러는 족히 될걸! 모두가 진짜라는 단서가 붙어야 하겠지만 말이야.”

“그렇군요.”

어머니의 설명에 메우 형의 눈이 변했다. 감탄이 아니라 방 하나를 꾸미는 데 이렇게 사치를 부려야 하느냐는 눈빛이다.

“호호호, 메우야! 사람마다 취향이라는 것이 있다. 이 집의 주인은 골동품에 유난히 관심이 많은 모양이니까 그리 생각하면 될 거다. 그리고 이 안에 있는 것들은 너에게도 좋은 공부가 될 테니 눈여겨봐 둬라."

메우 형의 생각을 알아차린 어머니는 차분히 설명을 해주었다. 그리고는 집 안에 있는 골동품에 대해 메우 형에게 설명해주기 시작했다.

고고학에 무척이나 관심이 많은 메우 형이었기에 어느새 설명에 푹 빠져들어 있었다.

"이제 만찬장으로 가시면 됩니다.

집사가 다가와 준비가 끝났음을 알려왔다. 어머니의 설명에 심취해 있던 우리들은 집사를 따라 만찬장으로 향했다.

금발의 잘생긴 미남형의 사내가 마스터와 대화를 나누고 있었다. 대령 계급장이 선명한 군복을 입고 있는 사내는 아무래도 이번 프로젝트를 관리하는 국방부의 인물 같았다.

이모부를 비롯한 우리 일행이 들어서자 마스터가 군복을 입은 사내와 함께 우리에게 다가왔다.

"안녕하십니까? 제커 대령!"

"교수님께서도 별고없으셨습니까? 오랜만에 뵙는군요."

이모부의 인사를 제커 대령이 한국말로 받았다.

유창한 한국말도 그렇고, 한국식 인사에 능숙한 것을 보니 한국에서 근무한 적이 있는 사람 같았다.

"이쪽이 이번에 합류할 연구원들인가 보지요?"

제커 대령이 나와 성준이를 바라보며 물었다.

"그렇습니다. 알아주는 천재들이죠. 이쪽은 왕성준이라고 전자기기 분야에 탁월한 능력을 가지고 있고, 이쪽은 백두영이라고 유전학 분야에 상당한 능력을 가지고 있습니다."

"그러시군요. 이미 관련 서류들과 논문들은 봤습니다. 어린 나이에 대단한 실력들을 가지고 있다는 생각이 들었습니다. 앞으로 기대가 큽니다."

이번 프로젝트를 위해 우리에 대해 이미 조사를 끝마친 모양이다. 아마도 제커 대령이 우리들의 합류를 최종적으로 결정한 것 같았다.

"자, 이제 가시죠."

인사를 하는 사이 마스터가 끼어들었다. 준비가 끝났으니 식사를 하자는 소리였다.

기다랗게 이어진 식탁에 차례로 앉았다. 자리에 앉자 스프가 나오고 곧이어 전채 요리를 비롯한 진귀한 요리들이 순서대로 나왔다.

요리들은 최상급이었다. 우리는 어디 가서 쉽게 볼 수 없는 진귀한 요리들을 맛보며 대화에 빠져들었다.

사적인 자리라서 프로젝트에 대한 이야기는 나오지 않았다. 대부분 문화와 경제, 그리고 신상에 대한 이야기들이었다.

특히 어머니의 이야기가 관심을 끌었다.

고고학에 남다른 관심을 가진 듯 마스터라 불리는 마틴 회장이 관심을 나타냈기 때문이다.

이야기를 나누는 동안 마스터가 이능력을 가지고 있다는 사실과 그것으로 어째서 악마의식을 통해 스피릿아머를 만들려 했는지 의문이 들었다.

어머니와의 대화 속에서 느낀 것이지만 그는 문화와 예술을 사랑하는 지식인의 면모를 보여주었던 것이다.

만찬이 끝나고 작은 다과회가 열렸다. 예의 우리가 시간을 보냈던 응접실에서였다.

어머니와의 대화에 빠져 있던 마스터가 자신의 컬렉션에 대한 평을 듣고 싶었던 것이다.

대화가 길게 이어지고, 골동품에 대한 어머니의 재미있는 설명이 이어지자 다들 좋은 시간을 보낼 수 있었다.

풍부한 식견으로 역사적 사실을 재미있게 이야기해 주는 어머니의 설명에 다들 빠져 버린 것이다.

그렇게 시간이 흐르자 어느새 밤이 깊어졌다. 호텔로 돌아가려 하자 마스터가 일행을 붙잡았다.

제커 대령이 권하는 술 때문에 이모부가 많이 취해서인지 자신의 집에서 하룻밤 자고 내일 돌아가라는 말이었다.

어머니는 쾌히 승낙을 했다.

응접실에 전시된 것 말고도 많은 양의 골동품들이 지하보관소에 있는데, 그것에 대한 설명을 더 듣고 싶다는 마스터의 청이 있었기 때문이다.

그렇게 우리들은 마스터인 마틴 회장의 집에 머물게 됐다.

*　　　　*　　　　*

　지하보관소에 있는 골동품에 대한 설명을 듣고 난 후, 만찬에 초대된 손님들이 각자 방에 들어가 취침에 드는 것을 확인한 제리드는 자신의 마스터가 있는 서재를 향해 발걸음을 옮겼다.

　서재에 들어가자 자신의 마스터인 마틴이 와인 잔을 들고는 창밖을 내다보고 있었다.

　밤이 깊어 저택 밖의 외등들이 모두 꺼진 상태라 무엇이 보일 리 없건만 창밖을 바라보고 있는 것을 보면 생각에 잠겨 있는 것이 틀림없었다.

　'마스터께서 걱정이라는 것을 하실 리 없는데…….'

　어려서부터 자신이 모시고 있는 마스터의 이런 모습은 제리드로서도 처음 보는 것이었다.

　언제나 냉철하고 상황을 주도하는 이가 마로 마스터였기 때문이다.

　하지만 평소와는 다른 마틴의 모습에도 제리드는 내색을 하지 않고 조심스럽게 마스터에게 다가가 말했다.

　"마스터, 모두 잠자리에 들었습니다."

　"준비는 끝났나?"

　제리드가 일깨우자 마스터는 뒤도 돌아보지 않은 채 물었다.

"끝났습니다. 잠이 들면 시행할 예정이니 마스터께서도 준비를 하십시오."

"알았다. 시간이 되면 시작하도록 하지. 그런데 제커 대령은 어떤가?"

제커 대령에게도 이미 세뇌 작업을 시행했었던 터라 마틴이 물었다. 이능력을 가진 자라 혹시나 세뇌한 것이 풀릴 수도 있었기에 이상 여부를 확인한 것이다.

"아직은 풀리지 않은 상태입니다. 아직 더 두고 보셔도 될 것 같습니다."

"만만치 않은 자다. 어쩌면 우리에게 세뇌당했다는 것을 이미 알고 있을지도 모른다."

"설마요?"

마스터의 말에 제리드의 안색이 변했다. 있을 수 없는 일이다. 세뇌가 풀렸다면 곧바로 반응을 보일 것이기 때문이다.

"그자는 갓난아이 때부터 국방부에 의해 키워져 온 자다. 우리가 하고 있는 것 같은 프로젝트의 산물이지. 그런 자가 몽마에게 당했다는 것이 여전히 의문이다."

"그렇다면 어째서……."

세뇌를 당했다고 믿지 않으면서 프로젝트에 동참시킨 이유가 궁금했던 제리드가 물었다.

"그렇게 보여야 하기 때문이다. 적당히 정보를 제공하는 선에서 말이야. 그렇지 않으면 제커 대령의 배후에 있는 놈들이 좀 더 파고들어 올 수도 있을 테니까."

"그렇군요."

제리드는 마스터의 생각이 어느 정도 짐작이 갔다.

진실을 가리고 있는 외형만 보여줘도 지금의 국방부로서는 만족할 것이니 말이다.

"이만 가서 제커 대령의 상태를 조금 더 살펴봐라. 나머지는 나에게 모두 맡기고."

"알겠습니다, 마스터!"

제리드가 인사를 하고 서재를 나섰다.

조르륵!

마틴은 제리드가 나가자 빈 잔에 와인을 다시 따랐다.

세뇌 작업을 하려면 아직 시간이 더 지나야 하기 때문이다.

"이제 시간이 다 됐겠군."

어느 정도 시간이 지나자 마틴은 와인 잔을 책상 위에 놓고는 한쪽에 있는 서가로 다가갔다.

저택을 연결하는 비밀 통로로 들어가기 위해서였다.

스르륵!

몇 가지 책을 순서대로 반쯤 꺼내자 벽에 고정되어 있는 서가가 한쪽으로 밀려났다.

"어쩌면 계획을 앞당길 수도 있을 것이다."

비밀 통로로 들어서는 마틴은 무척이나 흡족했다.

만찬이 시작되면서부터 계속 지켜보았던 성준과 두영의 재질이 무척이나 뛰어났기 때문이다.

자신이 낮에 느꼈던 것도 확인이 끝났다. 골동품에 대해 확인을 하며 두 사람이 가진 기운이 진짜 이능력으로 인한 것인지 살폈는데 틀림없었다.

"그동안 스피릿아머를 탈 수 있는 자들을 물색해 봤지만 아무도 찾을 수 없었는데 다행스러운 일이다. 제레미가 에너지 변환 장치를 만들어내면 새로이 만들어질 스피릿아머는 그 아이들을 주인으로 정하게 될 것이다. 그러면 놈들에 대한 복수는 더 빨리 이루어질 것이다."

일반인도 탈 수 있도록 만들 계획이었지만 양산형으로는 제대로 된 위력을 낼 수 없었다. 적들을 상대하기 위해서는 버금가는 능력을 가진 것이 필요했기에, 마틴이 제레미도 모르게 비밀리에 만들고 있는 것이 바로 진짜 스피릿아머였다.

진짜 스피릿아머는 고대의 것과 마찬가지로 특별한 능력을 가진 사람들만이 탈 수 있는 것이다.

진짜 스피릿아머는 정신체와 가까운 것이기에 이능력을 가진 자들 중에서도 소수의 사람만이 선택받을 수 있는 것이었다.

양산형 스피릿아머야 탈 사람들이 넘쳐난다. 국방부에서 찾은 이능력자들이 바로 그들이다.

자신이 만들어낼 진짜 스피릿아머를 탈 수 있는 자들이 있는지 국방부에서 선발한 인원들에 대해 조사를 해봤지만 어찌된 일인지 단 한 명도 없었다.

그런데 오늘 뜻하지 않게 스피릿아머를 탈 수 있는 인재들을 볼 수 있었다. 두영과 성준이 자신이 만들고 있는 진짜 스피릿아머를 움직일 능력을 지닌 것이다.

"여기겠군."

비밀 통로를 따라 걷던 마틴은 두영이 머물고 있는 방이 있는 곳에 도착했다.

이번 일을 위해 제리드를 통해 각자 다른 방에서 자도록 했었다. 방마다 철저하게 방음 장치를 했으니 안에서 어떤 소리가 나든 누구도 들을 수 없을 터였다.

거기다가 세뇌를 편하게 하기 위해서 침대에 눕는 순간 마취제가 공기 중으로 퍼지도록 했으니 당사자는 자신이 세뇌됐음을 전혀 알지 못할 것이 분명했다.

스르륵!

버튼을 누르자 문이 열렸다. 벽장 속에 감추어진 비밀의 문이었다.

벽장 안에 들어선 후, 마틴은 천천히 벽장문을 열고 방 안으로 들어갔다. 침대 위에는 두영이 손님용 잠옷으로 갈아입고 깊이 잠이 들어 있었다.

드르렁!

"곯아떨어진 모양이로군. 하긴, 코끼리도 단숨에 재우는 마취제니까."

코까지 골며 잠이 든 두영을 확인한 마틴은 이불을 걷어냈다. 그리고는 자신의 품에서 작은 단검을 하나 꺼내 들었다.

세뇌에 사용할 몽마를 불러내기 위한 의식에 사용하는 단검이다.

마틴은 단검을 이용해 자신의 검지를 살짝 찔렀다. 검붉은 피가 그의 손가락에 맺혔다.

맺힌 피를 확인한 마틴은 두영의 이마에 손가락을 가져다 대고는 기이한 문양을 그리기 시작했다.

어찌 된 일인지 굵은 피가 번지는 것이 아니라 가느다란 선으로 된 문양들이 이마에 그려졌다.

문양을 그리는 내내 심혈을 기울이는 듯 마틴의 이마에 땀방울이 맺혔다. 블랙노바 없이 처음으로 펼치는 것이라 그로서도 힘이 들었던 것이다.

문양을 다 그리고 나자 마틴은 수인을 맺었다. 양손을 마주 잡고 오른손의 검지만을 치켜세운 특이한 수인이었다.

마틴은 수인을 입술에 가져다 대었다.

"전능한 영혼의 힘으로 계약의 인을 맺고자 하니 굽어살피소서. 타이라 툰! 애니머 스트레이션!"

조용하지만 기이한 힘이 넘치는 목소리가 마틴의 입에서 흘러나왔다.

"하아!"

주문이 끝나고 그의 입에서 흘러나온 숨결이 손가락 끝을 통과하자 단검으로 찔러 피가 맺힌 상처에서 검붉은 기운이 흘러나오기 시작했다.

마틴이 자신의 의식 속에 가두어둔 몽마의 기운이었다.

피가 기화된 것으로 보이는 검붉은 몽마의 기운은 마틴의 숨결을 따라 조용히 흘러 두영의 입으로 향했다.

몽마의 마력을 담아서인지 기이한 빛을 뿌리는 검붉은 기운이 두영의 입으로 흘러들었다.

그렇게 흘러드는 양이 지속될수록 이마에 피로 그려진 문양에서 빛이 흘러나오기 시작했다.

시간이 어느 정도 지나 흘러들어 가던 몽마의 기운이 멈추었다. 동시에 빛을 발하던 이마의 문양에서도 빛이 사라지고 없었다. 두영의 이마에 실처럼 가늘게 그려져 있던 문양들도 빛과 함께 사라져 버렸다.

의식을 완전히 끝낸 마틴의 얼굴은 창백하게 질려 있었다.

두영을 세뇌하는 데 예상보다 많은 힘이 필요했던 것이다.

"너무 많은 힘이 소모됐다. 머리까지 어지럽다니……."

의식을 시행하는 과정에서 아찔한 순간이 있었다.

머릿속이 일순 따끔한 것과 동시에 약간의 현기증을 느꼈다. 생각한 것보다 두영이 가진 능력이 컸던 관계로 힘을 과도하게 소모한 탓에 힘의 근원이 흔들린 것이었다.

무척이나 위험할 뻔했지만 다행스럽게도 의식을 무사히 마칠 수 있었다는 것에 안도한 마틴은 다시 한 번 두영을 바라보았다.

"후우, 완전히 힘을 소모했으니 당분간 근신을 해야겠구나. 하지만 두 아이다 내 생각을 초월하는 인재들이다. 이 아이들만 있으면 앞으로 모든 것을 확인할 수 있을 것이다, 모든 것을!"

가지고 있는 힘을 대부분 소모하기는 했지만 잠재된 능력이 자신의 생각을 초월했기에 기분이 무척이나 좋았다.

"무사히 마쳤으니 이제는 돌아가서 쉬어야겠구나. 아이들에 대한 시험은 나중에 기회가 되는대로 해야겠구나."

의식을 마치고 나서 간신히 버티고 있었기에 마틴은 자신의 방으로 돌아가서 쉬고 싶었다. 세뇌가 성공했는지 시험하고 싶었지만 이대로는 더 이상은 힘들었던 것이다.

세뇌 작업의 결과에 대한 시험은 나중에 하기로 했다. 일단은 세뇌를 성공적으로 마쳤다는 것에 만족할 수 있었고, 앞으로 연구에 합류할 두 사람이기에 언제든지 확인할 수 있다고 여긴 것이다.

스르륵!

힘겹게 걸음을 옮긴 마틴은 비밀 통로가 있는 벽장으로 향한 후 문을 열었다.

비밀 통로로 들어선 마틴은 서둘러 자신의 방으로 향했다.

'내일 손님들을 접대하려면 어느 정도 기운을 회복해야 할 것이다.'

침대에 누운 마틴의 눈이 스스르 감겼다.

하지만 마틴은 알지 못하고 있었다. 두영과 성준에게 복종 의식을 거행한 것이 아니라 오직 두영에게만 시행했다는 것을.

  그리고 의식의 중간에 현기증이 일어난 것이 힘이 달려서 그런 것이 아니라, 누군가에 의해 벌어진 일임을 그는 죽음에 이르는 순간까지도 알지 못했다.

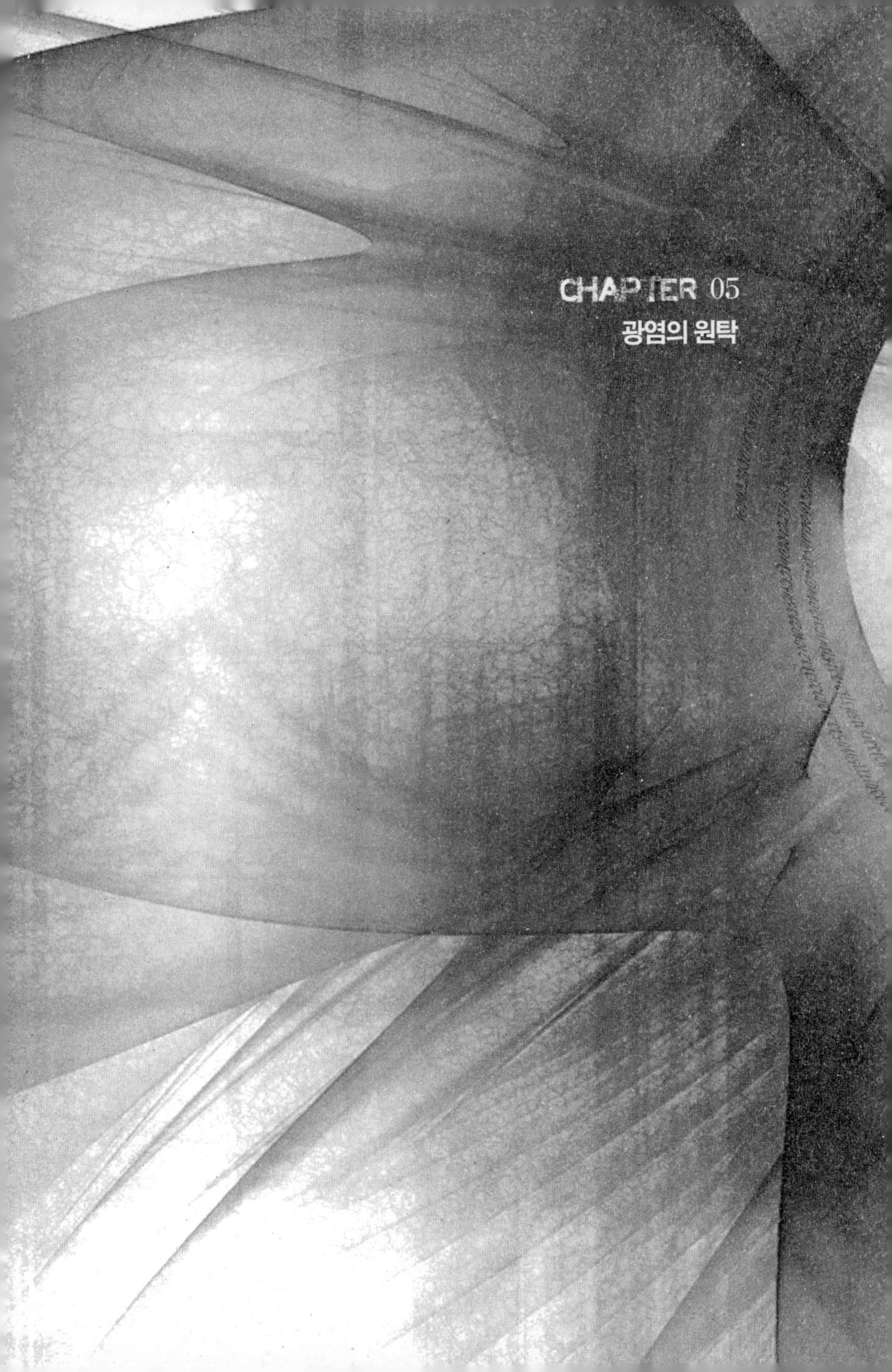
CHAPTER 05
광염의 원탁

TIME
SLICE 타임 슬라이스

다행이었다. 마스터가 내게 무슨 짓을 하려나 걱정했는데 알고 있는 것이었으니 말이다.

'어떻게 마스터가 그 술법을 알고 있는 것인지 정말 모를 일이다.'

참으로 놀라운 일이라고 아니할 수 없다. 어째서 마스터가 환몽지혈술(幻夢旨血術)을 알고 있는지 말이다.

마스터가 나에게 술법을 시전하려고 할 때 자칫하면 너무 놀라 자리에서 일어날 뻔했었다. 그가 펼친 술법은 잊으려고 해야 잊을 수 없는 것이기 때문이다.

사실 환몽지혈술은 삼묘족의 인물들만이 알고 있는 비전의 술법이다. 나도 배워 알고 있는 것으로, 삼묘족의 고위층만이

할 수 있는 술법이었다.

　그런데 서양인이 그것도 흑마법과 흑주(黑呪) 계통의 수법에 정통한 것으로 보이는 마스터가 삼묘족의 술법을 알고 있다니 궁금하기 짝이 없는 일이다.

　'그에게 심지(心志)의 끈을 심어놓았으니 얼마 있지 않아 알게 되겠지만 정말 궁금하다. 어째서 그가 그 술법을 알고 있는 것인지. 내가 조금만 더 완성이 되었더라면 그자의 정신세계를 엿볼 수 있었을 텐데, 좀 더 분발해야 되겠다. 아직은 내 힘이 미약해서 그를 단숨에 사로잡을 수 없는 상태니 아무래도 마스터에 대해서는 따로 좀 더 알아봐야겠구나.'

　마스터가 비술 중의 하나인 환몽지혈술을 알고 있다는 것은 생각보다 심각한 일이다.

　삼묘족이 세상과 단절된 채 자신들만의 고향으로 돌아가게 된 원인과 관계가 있는 것이기 때문이다.

　랜스를 통해 마스터에 대해 알아낸 정보는 그저 피상에 불과한 것 같아 보였다.

　자신이 정신을 장악해 수하로 삼은 자에게도 비밀을 간직한 채 아무것도 알려주지 않은 것을 보면 정말이지 치밀한 자다.

　내 힘은 아직까지 완성이 안 된 상태니 그의 진짜 정체를 알아내려면 뭔가 특단의 조치를 취해야 할 것이다.

　'그럼 그들에게 부탁을 해야겠구나. 그들이라면 아무리 비밀스러운 것들이라도 캐낼 수 있을 테니까.'

　여러모로 생각한 끝에 결론을 내릴 수 있었다.

써니 다이에게 연락을 해볼 작정이다. 어차피 삼묘족의 귀환과 연관된 것들에 대해 조사를 진행해야 하는 입장이라, 이번 기회에 그녀를 활용할 생각인 것이다.

제로나인의 창시자인 그녀라면 마스터의 전력을 알아내는 데 어려움은 있을지언정 크게 문제는 없을 테니까 말이다.

"문제는 그 제레미라는 자인데……."

마스터인 마틴 회장에 대해서는 어느 정도 단서를 잡았기에 문제가 없지만 내가 본 것이 맞는다면, 앞으로 제레미라는 자가 문제가 될 것 같았다.

마틴 회장에게 종속된 것으로 보이는 그였지만 어쩐 일인지 그 반대인 것 같은 느낌이 자꾸 드는 까닭이다.

만찬장에서 내내 마틴 회장을 수행하고 있었지만 중요한 이야기가 진행되는 동안에는 마틴 회장의 행동 반경에 언제든지 그가 있었던 것이다.

어찌 보면 수행하는 입장이라 당연한 행동이라고 볼 수도 있겠지만 내가 보기에는 아니었다. 어쩐지 마틴 회장을 감시하는 모습이 언뜻언뜻 보였던 것이다.

그가 어떤 목적을 가지고 있는지 한번 살펴봐야 할 것 같았다.

이번에 개발되고 있는 무기 체계에 대한 것도 그가 전적으로 지휘한다고 했다.

병사들을 현대화된 장비로 무장시키는 연구가 세계 각국에서 진행되지 않는 것은 아니지만, 그의 연구 결과물들은 시대를 앞서 나가는 것이었다. 내가 알기로 도저히 이 시대에 나타날 수 없는 것이다.

제레미는 사람들이 모르는 뭔가를 감추고 있는 것이 분명해 보였다.

지금 당장 그에 대해 알아보기 위해 빠져나가고 싶지만 저택 내에 설치된 각종 감시 장치를 보니 섣불리 움직일 수는 없을 것 같기에 나중에 알아보는 것이 좋을 것 같았다.

이모부에게 이야기해 내일 그의 연구실을 한 번 살펴보는 것이 좋겠다.

대충 훑어보면 그가 무엇을 원하는지 알 수 있을 것이니 말이다.

어느 정도 생각을 정리하고 다시 잠자리에 들었다.

어차피 지금은 움직일 수 없는 상태니 내일 알아봐야 할 것이기 때문이다.

다음날 아침 마틴 회장과의 조찬에서 멀티온 시스템 내부에 대해 견학을 요청했다.

앞으로 연구를 진행할 곳이라 사전에 알아두고 싶다는 생각을 전하자 마틴 회장이 흔쾌히 승낙을 했다.

나와 성준이가 이미 자신에 의해 의식이 제압된 것으로 생각했는지, 비밀을 간직하고 있는 멀티온 시스템이지만 아무 거리낌이 없는 것 같았다.

식사를 마치고 이모부는 어머니, 메우 형과 함께 호텔로 가시기로 했다. 실험 참관을 위해 온 길이기는 하지만 이번 연구 때문에 학교에 아직 할 일이 많이 남아 있어 곧장 돌아가셔야 하기 때문이었다.

차량으로 어머니 일행을 떠나보내고, 나와 성준이는 제레미의 안내를 받아 멀티온 시스템으로 향했다.

지금까지 공개되지 않았던 제작 과정을 보기 위해서였다.

제작 과정이 공개된 것은 정말이지 파격적인 일이었다.

국방부에서 의뢰하여 진행되는 연구지만 특수한 제조 공정이나 핵심 부분은 국방부에도 공개되지 않은 것들이기 때문이다.

회사에 도착한 후 제레미는 우리를 지하 10층에 마련된 일관 제조 공정 시스템으로 안내했다.

전부 자동으로 제조되는 공정이었는데, 100퍼센트 가동할 경우 하루에 한 기의 T—101을 생산할 수 있는 공정이라는 설명을 들었다.

몇 겹의 보안 장치를 거치고 난 후 들어선 곳에는 생각보다 거대한 규모의 제조 공정이 있었다.

단순한 건물로 생각했는데 일부러 터널을 뚫어 만든 듯한 거대한 구조물이 지하에 존재하고 있었던 것이다.

라인 구조로 만들어진 제조 공정에는 각종 산업로봇들이 분주하게 작업을 하고 있었다. 이미 1차 납품 계약을 체결한 터라 국방부에 인도할 물량이 오늘부터 생산에 들어갔다는 설명이었다.

　　그렇게 두 시간이 넘는 제조 공정에 대한 견학이 끝나고, 자신의 연구실로 우리를 데리고 간 제레미가 당부를 했다.

　　"보다시피 이미 생산이 시작된 상태라 시간적인 여유는 많이 있는 상태네. 자네들이 연구할 분야가 T—101을 업그레이드하는 것이니까 말이야. 주요 연구는 교수들이 진행하겠지만 회장님께서는 자네들에게 기대를 많이 걸고 있는 상태네."

　　"우리가 뭘 할 수 있을까요?"

　　"하하하, 그냥 지금까지 연구하던 것에다가 T—101의 개념을 접목시켜 연구하면 되네."

　　"그런가요?"

　　"그리 어려울 것은 없네. 자네들이 연구하던 것을 검토한 것이 바로 나네. 자네들이라면 충분히 연구에 도움이 될 걸세. 바로 합류하지는 못하겠지만 학교에서 공부하는 동안에도 지속적으로 연구를 해주게나. 방학 때는 이곳으로 와서 참여하기도 하고 말이야."

　　"알겠습니다."

　　"오늘은 여기까지일세. 좀 더 보여주고 싶은 곳이 있지만 그곳은 아직 자네들에게 개방을 할 때가 아니라서 말이야. 이해해주게. 나중에 연구에 합류하게 되면 자세히 설명을 해주겠네."

　　"오늘 본 것만으로도 충분합니다. 규정이 있어서 그러시는 것일 테니 나중에 보도록 하지요."

　　"저도 상관없습니다. 오늘 본 것만으로도 앞으로 연구할 것들이 무척 많을 것 같으니까 말입니다."

견학을 하면서 계속 흥분 상태였던 성준이는 연구 의욕이 넘치는 모양이었다.

제조 공정을 보며 몇 가지 아이디어를 얻었다고 하더니, 빨리 연구해 보고 싶은 것 같았다.

"두 사람 다 이해해 준다니 고맙네. 그럼, 이제 그만 돌아가도록 하지. 오늘 견학도 이례적인 일이라서 말이네. 군에 있는 양반들이 알면 문제들이 발생해서 말이네."

제레미의 말을 들으니 국방부의 허가를 받지 않은 견학인 것 같았다.

"알겠습니다. 그렇게 하도록 하지요."

견학을 끝내고 멀티온 시스템을 떠났다.

회사 차량이 대기하고 있었기에 호텔로 돌아가는 것은 그리 어렵지 않았다.

"두영아, 제레미라는 사람 상당하던데. 넌 어떻게 봤냐?"

호텔로 가는 차 안에서 성준이가 물었다.

"기계공학이나 시스템공학 분야에서는 천재적인 아이디어를 가진 것 같더라."

"나도 그렇게 봤는데. 어떻게 그런 사람이 세상에 알려지지 않았는지 의아하던데……."

성준이의 말대로 제레미라는 사람이 세상에 거의 알려지지 않은 것은 이상한 일이었다.

제레미가 연구하고 있는 분야가 군과 관계있는 것이기는 하지만, 그 정도의 실력을 쌓으려면 학자들 사이에는 어느 정도 알려져야 정상이었기 때문이다.

"글쎄, 명성에 초월한 사람일 수도 있으니까. 사람들에게 알려지는 것을 원하지 않을 수도 있고."

"하긴, 나도 교수님이 아니었으면 굳이 이번 연구에 참여하고 싶은 생각이 없었으니까."

남에게 자기 자신을 노출시키는 것을 꺼려할 수도 있기에 성준이는 그러려니 하는 생각을 하는 것 같았다.

'하지만 계속해서 살펴봐야 할 사람이다. 너무 평범한 것이 이상한 사람이니까 말이야.'

견학을 하며 나름대로 제레미라는 사람에 대해 알아보기는 했지만 특별히 이상한 점은 없었다.

하지만 나는 오히려 그 점이 이상했다. 그 정도의 천재적인 지식을 가지고 있는 사람이라면 뭔가 표시가 나기 때문이다.

뇌력이 발달한 사람은 나름대로의 특별한 기운을 가지고 있다. 워낙 뇌가 발달했기에 뇌를 통해 본성을 드러내는 기운인 뇌력이 흘러나오는 것이다.

보통 사람이라면 알아보지 못하지만 삼묘족의 진전을 이은 나는 사람에게서 흘러나오는 것이라면 아무리 작은 기운이라도 알아볼 수 있는 능력을 지녔는데, 제레미에게서는 특별한 기운을 찾아볼 수 없었다.

뇌력은 자체적으로 발산하는 것이기에 의도적으로 감추지 않는 한 자연스럽게 드러나는 것이었다.

하지만 제레미는 그런 기운을 찾아볼 수 없었다. 일부러 감추고 있다는 것이다. 자연적으로 발생하는 기운이라 감추고 있지 않다면 내가 알아보지 못할 이유가 없는 것이다.

'아무래도 랜스에게 마스터보다 제레미라는 자에 대해 알아보게 하는 것이 좋겠다.'

랜스는 얼마 전부터 멀티온 시스템에서 근무하게 되었다.

보안과 경비를 총괄하는 자리라 근무하는 자들에 대한 감시가 용이해 제레미에 대한 것은 그에게 맡기는 것이 좋을 것 같았다.

제레미에 대한 생각을 정리하고 성준이를 보았다. 내가 골똘히 생각하고 있었기 때문인지 성준이는 뭔가를 하고 있었다.

원래는 되지 않는 일이었지만 제레미에게 양해를 구하고 견학을 하는 동안 뭔가를 자꾸 적고 있었던 성준이가 자신이 기록해 놓은 것에다가 뭔가를 적어나가고 있었던 것이다.

"성준아, 그런데 뭘 연구할 거냐? 우리가 연구하는 것을 계속해도 된다고는 했지만 아무래도 일이 일이라 관련된 연구를 해야 할 것 같은데 말이야."

"대략 감은 잡았다. 너와 내가 합작으로 연구를 진행하는 것이 좋을 것 같다. 그래서 생각난 것을 잊어버리지 않으려고 기록하는 중이다."

"그래? 그럼 어떤 계획인지 어디 말 좀 해봐라."

성준이가 어느 정도 계획을 세운 것 같기에 자세히 설명해

주기를 바랐다.

"소재 분야는 원래 내 전공이고, 신경계통은 네가 맡아야 할 것 같은데, 아직은 완벽하게 완성된 것은 아니니까 완전히 정립되면 말해줄게. 아마 너와 내가 합작하면 좋은 성과를 얻을 수 있을 거다."

"하하하, 합작 연구라……."

원래부터 성준의 연구에 관심이 깊은 나였다.

같이 연구를 하는 동안 많은 지식을 얻을 수 있는 기회라 그다지 나쁘지 않았다.

"후후후, 백두영! 너 혼자 할 생각은 버려라! 네 논문을 보고 이미 진작부터 같이 연구하기로 마음을 먹었으니까 말이다. 연구 계획은 내가 세울 테니 너도 생각나는 것이 있으면 말해라. 괜히 나중에 원망하지 말고."

"그래, 알았다. 그러는 편이 나한테도 도움이 될 테니까. 그나저나 이제는 내려야 할 것 같다. 호텔에 다 온 것 같으니."

"벌써 다 왔군. 그래, 내리자."

성준이와 대화 도중에 호텔에 당도해 차에서 내렸다.

깍듯하게 인사하는 운전기사를 뒤로하고 곧바로 방으로 올라갔다.

지금까지 멀티온 시스템을 통해 만난 사람들 하나하나가 모두 흥미로운 사람들이다.

직접 와본 것이 잘했다는 생각이 들 만큼 마스터도 그렇고,

나머지 두 사람은 랜스가 알려온 것과는 많이 달랐다.

 그들이 감추고 있는 비밀이 무엇인지 모르겠지만 이면 세계의 일과 관계가 있는 것이 틀림없어 보였다.

 자신의 기운을 감추고 있는 제레미도 그렇고, 훤히 드러나는 기운이지만 이면의 냄새가 물씬 풍기는 제커 대령, 그리고 알 수 없는 마스터까지 말이다.

 그런 자들을 상대하려면 보다 우위에 서는 수밖에 없기에 한 가지가 절실히 필요했다.

 바로 메인타워인 듀크의 도움이었다.

 에너지를 거의 다 채워가고 있는 듀크의 도움을 언제든지 받으려면 나와 인접한 곳에 있는 것이 좋기에 막내 이모부가 있는 밴프 국립공원으로 가야 할 것 같았다.

 비행기 노선 때문에 우리가 밴프 국립공원에 도착한 것은 다음날 늦은 오후였다.

 연락을 하지 않고 공항에서 렌트한 차를 타고 도착하니, 갑작스러운 방문에 막내 이모부와 이모가 놀라기는 했지만 반갑게 맞아주셨다.

 어둑해져 가는 노을을 따라 밴프 국립공원으로 간 성준이가 감탄을 금치 못한다. 오랜만에 자연을 벗 삼을 수 있는 기회여서 그런지 무척이나 좋아하는 것 같았다.

 관광객이 많아졌다고는 하지만 아직까지 천혜의 비경을 간직한 곳이었고, 가족과 같이 맞아주시는 이모부와 이모 때문이기도 했다.

꽤나 늦은 시간이었지만 이모는 우리를 위해 저녁을 준비해 주셨다.

어디서 재료를 구한 것인지 모르지만 구수한 된장찌개에 알맞게 익은 김치, 그리고 달짝지근하니 연해 보이는 불고기가 나왔다.

"우와!! 이런 음식 정말 오랜만이네요."

식탁에 앉은 성준이의 눈빛이 반짝이며 이모에게 고마워했다.

학교 식당과 음식점만 이용하던 터라 오랜만에 한국 음식을 맛보는 것이 성준이에게는 특별한 일인 것 같았다.

"그래, 성준아. 많이 먹어라! 두영이도 많이 먹고. 언니는 안 먹는 거야?"

우리 둘에게 많이 먹도록 권유한 이모가 아직 수저를 들지 않은 어머니에게 물었다.

어쩐 일인지 어머니는 불만스러운 표정이었다.

"너, 이 고기 어디서 난 거니? 캐나다산 고기지?"

불고기를 손가락으로 가리키며 어머니가 카랑카랑한 목소리로 말했다.

"호호, 걱정하지 마. 이거 쇠고기가 아니라 사슴 고기로 만든 거니까. 우리 그이가 아는 분이 사슴 농장을 하시는데 조금 주셨어. 원래 내일 해먹으려고 했는데 언니랑 두영이가 와서 불고기를 한 거야."

“음! 난 또……."

어머니는 이모가 광우병이 있었다는 캐나다산 쇠고기를 내놓은 것에 불만이었던 모양이다.

사슴 고기라는 말에 어머니는 무안한 표정을 지으며 그때야 젓가락과 숟가락을 들었다.

“우와! 이거 정말 맛있다. 쩝! 쩝!"

“성준아, 천천히 먹어라 체한다."

성준이는 이모가 준비한 음식을 허겁지겁 먹어댔다. 오랜만의 한국 음식이라 나도 매우 맛있게 먹었다.

밥을 먹고 나니 10시가 훨씬 넘은 시간이었다. 본격적인 여행은 내일부터 할 예정이라 소화도 시킬 겸 간단하게 차를 마시고 잠자리에 들었다.

모두가 잠든 것을 확인하고 자리에서 일어난 것은 새벽이 시작되는 시간이었다.

같은 방에서 자고 있는 성준이는 포만감에 젖은 표정으로 꿈나라를 헤매고 있었다.

옷을 입고 조심스럽게 집을 나섰다.

휘영청 달이 밝아 산야가 한눈에 들어왔다.

난 지금 듀크를 찾아가려고 하는 중이다. 수상한 움직임들이 계속되고 있는 마당이라 듀크의 도움이 절실히 필요한 상태였기 때문이다.

제로나인의 시조인 써니 다이를 확실히 통제해야 할 것이고, 마스터와 정체를 알 수 없는 제레미, 그리고 미국의 국방부도 상대해야 할 것 같기에 듀크의 도움을 받고자 하는 것이다.

처음 만난 이후 듀크는 에너지를 충전하기 위해 많은 공을 기울이고 있었다.

본체를 유지하기 위해 많은 시간 에너지를 써왔던 터라 아직 양이 턱없이 부족했다.

하지만 이동을 할 수 있는 수준은 될 것이기에 확인해 본 후 에너지를 충전할 수 있는 장소로 우선 옮기려는 것이다.

미국 전역을 커버하려면 일단 에너지를 풀로 채워 넣어야 할 것이기 때문이다.

주변에 사람이 없는 것을 확인하고 듀크가 있는 곳으로 달리기 시작했다.

보기보다 상당히 가파른 산을 타고 오르며 한 시간여를 내내 달린 끝에 듀크가 있는 곳에 도착했다.

이모네 집에서 상당히 먼 거리에 위치해 있었지만 이제 호령무도 어느 정도 성취를 이룬 터라, 듀크가 있는 곳까지 오는 데도 그다지 힘이 들지 않았다.

마스터가 생체기갑병기를 발견한 동굴로 들어섰다. 안쪽으로 깊숙이 들어선 후, 막다른 곳에 다다라 듀크를 불렀다.

"듀크!"

—주군!

"이제 들어가겠다."

—입구를 개방하겠습니다.

그르릉!

암석으로 이루어진 막다른 동굴 벽이 갈라지면서 환한 빛이 쏟아져 나왔다.

천천히 안으로 들어서자 예전에 많이 보았던 광경이 눈에 들어왔다.

바닥을 제외하고 사방이 수납장으로 된 공간이었다.

듀크의 내부로 들어서자 입구가 소리없이 닫혔다.

"어느 정도까지 에너지가 회복된 상태지?"

—파괴된 부분을 복구하고, 현재 에너지 총 용량의 10퍼센트를 채워 넣은 상태입니다.

"으음, 예상보다 적은 수치로군."

—그래도 당초 목표했던 것보다는 상당한 수준입니다. 주군께서 주신 에너지 변환기를 이용하고 있는 터라 다른 때보다 효율이 높아서 그렇지, 만약 그렇지 않았다면 1퍼센트도 채우지 못했을 겁니다.

"에너지가 10퍼센트 정도밖에 채워지지 않았는데 다른 곳으로 이동할 수 있을까?"

—이동은 가능합니다만, 막대한 에너지가 필요합니다. 지금까지 충전한 대부분을 써야 할지도 모릅니다. 다시 에너지를 충전시키려면 상당한 시간이 필요할 겁니다.

"그렇다면 이동하나 마나로군."

듀크를 써먹지 못하면 이동해 봤자 소용이 없는 일이었다.

100퍼센트 충전된 이후에는 자체적으로 에너지를 생산해 낼 수 있는 시스템이 가동되지만 지금으로서는 방법이 없었다.

"만약에 말이야. 핵반응 에너지를 얻게 되면 어떻게 되지?"

하도 마음이 답답해 지금 지구에서 제일 유용한 한 에너지라면 원자력이기에 사용이 가능한지 물었다.

―핵 에너지가 유용한 에너지이기는 하지만, 제가 사용하는 에너지로 충전하기에는 총 임계량이 부족해 불가능할 것 같습니다.

"그렇겠지, 그럼 어쩐다."

에너지 생산시스템을 가동하기 위한 기본적인 에너지 충전이 문제였다. 듀크를 제대로 활용하려면 역시 시간이 필요할 것 같았다.

그런데 듀크가 뜻밖의 말을 해왔다.

―한 가지 방법이 있을 것 같기는 합니다.

"무엇이지?"

―이곳에서 멀리 떨어지지 않은 곳에 새로운 에너지 반응이 있었습니다.

"새로운 에너지?"

―핵융합 에너지를 이용한 것인지 에너지를 충전하는 동안 가끔 플라즈마가 관측되고 있습니다.

"플라즈마가?"

의외였다. 플라즈마 발생 장치는 앞으로도 한참 뒤에나 사용화가 가능한 것인데 말이다.

—그렇습니다. 아마도 누군가가 비밀 실험기지를 운용하는 것 같습니다. 이곳으로부터 남동쪽 150킬로미터 지점에 상당수의 인원과 각종 전자기파가 발생하고 있는데, 그곳에서 가끔 플라즈마로 보이는 에너지가 관측되었습니다.

"그렇다는 말이지? 좋아, 정확한 좌표를 줘봐! 한 번 살펴볼 필요가 있을 것 같으니까 말이야."

"알겠습니다."

누가 하는 실험인지는 몰라도 나에게는 기회였다.

초기 형태의 플라즈마 발생 장치가 분명할 테지만 그것만으로도 듀크를 충전시켜 에너지 생산 시스템을 가동시키는 것은 문제가 없을 것이기 때문이다.

듀크에게 좌표를 받고 곧장 출발을 했다. 채 날이 밝기 전에 일단 한번 살펴볼 요량이었다.

산을 넘고, 강을 건너뛰어 목표한 지점에 도착하자 산골짜기를 파헤쳐 놓은 곳을 발견했다.

차량이 드나들 수 있는 도로와 주변을 둘러친 철책을 보면 실험기지가 분명했다.

주변을 지키고 있는 자들을 보면 캐나다 정부에서 운영하고 있는 기지가 틀림없었다. 대부분 캐나다의 정규군 복장을 하고 있었던 것이다.

'CCTV와 적외선을 이용한 감시 장치라……'

상당한 보안 시스템이었다.

곳곳에 장치된 카메라와 함께 골짜기와 맞닿은 출입구까지 무단 침입자를 감시하기 위한 적외선 장치가 빼곡이 가득 차 있었다.

야심한 시간이었는데도 사람들은 분주해 보였다. 일단은 주변 상황을 살피는 것이 좋을 것 같았다.

조금 있으니 강력한 에너지 파장이 느껴졌다.

듀크가 말한 대로 플라즈마가 발생했던 것이다.

'정말 플라즈마 발생 장치를 만들었나 보군. 어째서 캐나다에서 이런 것을 만든 것이지? 캐나다는 그다지 군사적 위협이 없는 나라로 알고 있는데 말이야.'

캐나다 정부에서 플라즈마 발생 장치를 만든 이유가 궁금했다. 상업적인 목적이라면 이런 곳에서 할 이유가 없었기 때문이다.

'음, 군사적 목적이 아니라면 민수용인데. 미래 에너지 문제를 위한 기지인가? 하지만 그런 것 같지도 않고.'

기술 개발이 비밀을 요하는 일이라고 해도, 군인을 동원해 이 정도까지 보안을 유지할 필요가 없었던 것이다.

군이 지키고 있는 시설이었다. 그렇다면 민간용으로 만들어지는 플라즈마가 아닌 것이 분명했다.

'응? 저자는!'

실험이 끝난 것인지 상당수의 사람들이 벙커처럼 보이는 골짜기 입구의 문을 열고 나왔다. 대부분 차량을 타고 나오고 있었는데, 그들 중에 아는 사람이 보였다.

바로 제커 대령이었다.

'미군과 합작을 한 것인가? 그렇다면 이곳은!'

플라즈마 현상이 관측된 것으로 봐서는 이곳이 바로 생체기갑병기의 에너지원을 개발하는 곳이 틀림없었다.

제레미에 의해 만들어진 생체기갑병기는 소형 핵반응로를 이용한 것이었다.

그런데 이곳에서 플라즈마 발생 장치를 만드는 것을 보면 아마도 납품받은 것을 개량할 생각이 분명했다.

'제커 대령이라는 자가 무슨 생각을 가지고 있는지는 모르겠지만, 이곳에 있는 플라즈마 발생 장치는 내가 이용할 수도 있을 것이다. 일단 돌아가 듀크와 상의를 해봐야겠다.'

내가 얻은 블랙노바라면 이곳에 있는 플라즈마 발생 장치를 충분히 이용할 수 있을 것 같았다.

작전을 수립한 후에 플라즈마를 가져가야 할 것이기에 일단 돌아가 듀크와 상의를 해야 할 것 같았다.

'응?'

그렇게 이동하려고 할 때였다.

새벽이 되어가는 시간, 골짜기 끝에서부터 마치 유령처럼 날아내리는 자들이 있었다.

검은 로브 차림의 기이한 자들이 날듯이 골짜기 안쪽에 있는 기지로 떨어져 내리고 있었던 것이다.

'저자들은?

마스터와 대결할 무렵에 모습을 보였던 자들이다.

어둠으로 물든 기이한 힘을 간직하고 있던 자들은 그때와는 달리 모두 열두 명이었다.

마스터와 제커 대령 사이에도 아무도 모르는 감추어진 비밀이 있는 것 같았다.

같은 일을 추진하면서 이렇게 비밀리에 행동하는 것을 보면 말이다.

그 순간, 주변을 경계하며 순찰을 돌던 군인들이 일제히 쓰러진다. 비명 소리도 없이 마치 짚단이 허물어지듯 땅과 마주했다.

곧이어 사방을 감시하던 적외선 감시 장치가 일제히 꺼져버렸다. 아마도 단단히 준비하고 온 모양이었다.

'잘됐다. 일단, 들어가고 보자.'

듀크와 의논을 한 후 내일 오려고 했는데, 저들이 침입을 하는 틈을 타 따라 들어가는 것이 나을 것 같았다.

안의 상황을 자세히 알아놔야 나중에라도 플라즈마 발생 장치를 탈취하는 것이 쉬울 것 같아서였다.

빠르게 철책 가까이 다가갔다. 회전하며 사방을 감시하던 CCTV는 이미 회전을 멈추었다. 적외선 장치와 마찬가지로 작동을 중지한 것이다.

순찰병들도 쓰러진 상태라 빠르게 철책을 뛰어넘어 골짜기 안쪽으로 달려갔다.

골짜기를 가로막고 있던 거대한 철제문이 살짝 열려 있는 것을 보니 마스터의 수하로 보이던 자들은 이미 안으로 진입한 모양이었다.

살짝 열린 문을 지나 안쪽으로 들어서자 노란색 수은등이 길게 늘어서 있었다. 나보다 앞서 안으로 들어선 마스터의 수하들은 보이지 않았다.

안쪽으로 달려들어 갔다. 사람들이 바닥에 쓰러져 있는 것이 보였다.

마스터의 수하들에게 당한 듯 보였다. 한참을 달려들어 가도 마찬가지였다. 곳곳에 위치한 초소에 있던 자들이 모두 정신을 잃고 있었다.

'모두 단번에 당한 거다. 반항한 흔적조차 없다니… 어떻게 당한 거지? 일단, 놈들을 쫓자. 놈들이 원하는 것이 플라즈마 발생 장치 같은데 빼앗기면 안 된다.'

한순간에 무력화시키는 방법이 궁금했지만 그보다는 그들이 노리는 것이 플라즈마 발생 장치로 보였기에 속도를 높였다.

쾅! 콰쾅!

타타타탕!!

안쪽으로 조금 더 들어서자 폭발음과 총소리가 들렸다.

안을 지키고 있는 자들이 마스터의 수하들을 발견한 모양이었다.

'이대로 들어가서는 안 되겠구나. 그렇다면!'

들켜서는 안 되겠기에 모습을 감추기로 했다.

‘암영(暗影)! 호신(護身).’

모습을 감추는 암영을 펼쳤다.

누가 본다면 그냥 그림자로 인식이 되도록 인식의 파장을 바꾸어 버린 것이다.

실제로 몸을 감춘 것이 아니라 내 주변의 파장을 변화시킨 것이다.

그리고 혹시나 몰라 몸을 보호하는 방어 결계를 같이 펼쳤다. 마스터의 수하들이 가지고 있는 힘이 범상치 않은 까닭이다.

그렇게 수은등이 켜진 바로 아래, 사각지대를 따라 길게 늘어선 약간의 그늘이 진 그림자 속으로 몸을 감추고는 안으로 진입했다.

타타탕!

타타타탕!!

거대한 철문 앞쪽에 바리케이드가 쳐져 있었다.

바리케이드를 의지한 군인들이 정면에 마주한 마스터의 수하들을 향해 총을 쏘고 있었다.

‘배리어인가?’

총알이 빗발치듯 자신들을 향해 쏟아지고 있었지만 마스터의 수하들은 아랑곳하지 않고 전진을 하고 있었다.

어둠의 속성이기는 했지만 상당한 에너지 파장이 그들의 앞을 둘러싸고 총알을 튕겨내고 있었던 것이다.

총을 쏘고 있는 자들의 얼굴에 하나같이 공포로 물든 표정이 나타나 있었다.

총격을 입어도 아무런 타격을 입지 않은 듯 천천히 전진하는 마스터의 수하들을 보며 질려 버린 듯했다.

사명감 때문이지, 아니면 죽지 않기 위해서인 문을 지키고 있는 자들은 기관총을 쏘아대고 간간이 수류탄을 던졌지만 마스터의 수하들을 끝내 저지하지는 못했다.

어느새 문 앞에 이른 것이다.

마스터의 수하들 중 맨 앞에 있던 자가 손을 휘둘렀다. 그와 함께 검은 기운이 그의 손을 따라 흘러나와 병사들 사이로 빠르게 퍼져 나갔다.

후드드득!

열심히 공격을 해대던 이들이 하나같이 정신을 잃으며 바닥에 쓰러졌다.

공포에서 이제는 해방이 됐다는 듯 그들의 얼굴에는 하나같이 편안한 미소가 떠올라 있었다.

검은 기운을 흘려 사람들을 쓰러뜨린 자가 문 앞으로 다가갔다. 그리고 한 손으로 문을 짚었다.

끼이익!

자극적인 소음과 함께 문이 밀려나기 시작했다.

탕!

총소리가 울리고 문을 열고 있는 자의 얼굴 부분에서 반짝하고 불꽃이 일었다.

누군가 발사한 총알이 배리어를 맞고 튕겨 나간 것이다.

덕분에 머리를 둘러쓴 후드가 벗겨지고 마스터의 수하로 보이는 자의 얼굴이 드러났다.

마스터의 수하로 보이는 자의 얼굴은 예상과는 달리 검은 가면 같은 것으로 둘러싸여 있었다.

'저것은!!'

SF영화에 나오는 것처럼 검은 광택을 흘리는 얼굴은 예전에 살던 시대에 전사박물관에서 보았던 기갑슈트의 모습이었다.

현대 전투의 향방을 완전히 바꾸어놓았던 기갑슈트가 이미 완성되어 있었던 것이다.

'앞으로 20년 뒤에나 나타날 것들인데… 우리에게 시범을 보여준 것 말고 별도로 만든 것들이 있었나 보구나.'

마스터가 만들고 있는 것에는 생체기갑병기 말고도 기갑슈트도 있었던 모양이었다.

이렇게 실전에 투입한 것을 보면 기갑슈트는 이미 예전에 완성된 것이 틀림없었다.

타타타탕!

마스터의 수하들이 안으로 진입하고 연이어 총소리가 울리다가 잠시 후 잠잠해졌다.

같은 수법으로 안에 있는 자들을 모두 쓰러뜨린 모양이었다.

'하나도 죽이지 않다니 이상한 일이로군.'

빠르게 문 앞으로 다가가 쓰러진 자들의 경동맥을 살폈다.

이상하게도 병사들을 죽이지 않은 듯 입구에서 쓰러져 있던 자들과 마찬가지로 박동이 느껴졌다.

조심스럽게 문 안쪽을 살폈다.

안에 있는 자들은 쓰러져 바닥을 뒹굴고 있었다.

'뭐 하는 곳이지? 분명 플라즈마 발생 장치 같은 것이 있어야 하는데… 저건 또 뭐고?'

예상했던 것과는 전혀 다른 풍경이었다.

각종 기계 장치들이 가득할 것이라고 생각했는데, 광장 같은 곳을 중심으로 거대한 원탁이 놓여져 있었고, 마스터의 수하들은 원탁을 빙 둘러서 있었다.

예상했던 거대한 기계 구조물은 하나도 없고, 나무로 만들어진 거대한 원탁만이 존재한다는 것이 정말 이상했다.

"빨리 서둘러라! 놈들이 온다면 일이 틀어질 것이니 시동어를 찾아라."

후드가 벗겨진 자의 입에서 쇠가 갈라지는 듯한 목소리가 흘러나왔다.

"찾고 있습니다. 놈들이 꽤나 까다롭게 설정을 한 것 같습니다.

바닥에 쓰러진 자들 중 한 명의 머리에 손을 얹고 있는 자가 대답을 했다.

그의 손에서는 검은 기운이 뭉클거리고 있었는데 쓰러져 있는 자의 머릿속으로 스머드는 것을 보면, 정신마법을 이용해 뭔가를 알아내려 하고 있는 것이 틀림없었다.

"됐습니다. 노바의 제조 장치를 가동시킬 수 있는 시동어를 알아냈습니다."

10여 분간 쓰러진 자의 뇌리를 탐색하던 자가 뭔가 알아냈는지 말했다.

"그럼 시작하도록 하자. 오늘 중으로 다시 한 번 실험을 진행한다고 했으니 시간이 얼마 없다."

"예!"

시동어를 알아낸 자가 다른 자들과 같이 원탁을 둘러섰다.

각자 방위가 있는 듯 그는 비어 있는 한 자리를 차지하고 자리에 섰다.

그가 자리하자 서 있는 자들이 하나같이 양손을 앞으로 내밀어 탁자를 짚었다.

"어둠의 길이 보이나니! 힘의 원천이여! 내 앞에 나타나 등불이 될지어다."

시동어를 알아낸 자가 음산한 목소리로 주문을 외웠다.

그러자 원탁을 주변으로 백색의 빛이 흘러나와 반짝였다.

"모두들 마나를 최대한 주입해라. 백색의 마나가 반발할 테지만 노바가 만들어질 때까지는 최대한 견뎌내야 한다."

마스터의 수하들 중 지휘하는 자가 다른 이들에게 말했다. 그러자 탁자를 짚은 이들이 검은 기운을 양손으로 쏟아냈다.

백색의 기운과 검은색의 기운이 탁자의 중심에서 요동을 쳤다. 두 개의 기운이 대치한 가운데 소용돌이처럼 휘몰아치며 허공으로 치솟아올랐다.

“끄으으으!”

고통이 이는 듯 둘러서서 기운을 쏟아내고 있는 자들의 입에서 신음 소리가 흘러나왔다.

“크으, 얼마 남지 않았다. 힘을 내라!”

고통스러운 과정에도 수장으로 보이는 자가 수하들을 격려했다. 다들 힘을 내는지 검은 기운이 더 많이 쏟아져 나왔다.

검은 기운은 탁자로 흘러들며 백색의 기운을 제압해 나갔다. 소용돌이치며 중앙에서 휘몰아치고 있는 기운들도 점차 검은색으로 변해갔다.

스스스스!

허공으로 솟아오른 기운이 점차 가라앉았다. 검은 기운도 사라져 버리고 탁자의 중심에는 작은 보석 하나가 놓여져 있었다.

'저건 내가 가지고 있는 것과 같은 블랙노바로군. 저것으로 에너지 변환 장치를 만드는 것이었나? 의외로군!'

예상외로 나무로 만들어진 탁자는 에너지 변환기를 만드는 장치가 분명했다.

도대체 어떤 탁자이기에 에너지 변환기를 만드는지 모를 일이지만 마스터의 수하들이 하는 것으로 봐서는 마법적인 힘과 관련이 있는 것이 틀림없었다.

“광염의 원탁을 해체한 후, 곧장 이곳을 빠져나간다.”

볼일을 다 본 듯 기갑슈트를 입은 자가 지시를 내렸다.

“알겠습니다. 힘의 원천이여, 나래를 접고 평안의 안식을 취하라!"

원탁을 가동시킨 시동어를 말한 자가 다시 주문을 외웠다.

우우웅!

원탁에서 진동음이 들리고 흰빛이 다시 흘러나오기 시작했
다.

<u>츠츠츠츠!</u>

진동이 끝나자 원탁이 점차 줄어들기 시작했다.

지름이 10여 미터가 넘던 원탁이 줄어들어 작은 원반으로
변하는 데는 촌각이 걸렸을 뿐이었다.

작은 원반으로 변한 탁자는 중심에서 둥둥 떠 있었다. 그 중
심에는 블랙노바가 놓여져 있었다.

'이때다! 암우(暗雨)!!'

일이 끝나 방심하고 있는 것 같아 암우를 시전했다.

무리한 일이었지만 기이한 힘을 지닌 원반을 탈취하기 위해
서는 어쩔 수 없는 일이었다.

사방에 어둠의 비가 내렸다.

눈앞을 분간할 수 없는 어둠이 일순 광장을 덮었다. 호령무
를 시전해 빠르게 원반 가까이 다가갔다.

"웬 놈이냐!!"

이상을 느낀 마스터의 수하들이 어둠의 기운을 줄기줄기 내
뿜었다.

하지만 그들이 처음 보여주었던 힘보다는 많이 약해진 기운
이었다.

다행히 어둠의 기운을 피해 원반 가까이 다가갈 수 있었다.

펙!

원반을 잡는 순간, 검은 기운이 가슴을 강타했다. 기척을 느낀 것인지 수장으로 보이는 자가 쏘아낸 기운이었다.

가슴이 울컥하는 것이 내상을 입은 모양이었다. 주법으로 만들어낸 암우가 흩어지려고 했다.

예상대로였다. 육체적 능력만 사용했다면 죽음을 면하지 못할 뻔했다.

주법을 이용해 신체 주위로 방어막을 형성하지 않았다면, 이번 공격을 견뎌내지 못했을 것이다.

육체적 능력은 상당한 편이지만 이런 자들에게는 통하지 않을 것 같아 사용을 자제했는데 이것이 오히려 도움이 되었다.

원탁을 손에 넣었기에 빠르게 몸을 뒤로 빼냈다. 하지만 충격을 받는 바람에 블랙노바는 탈취할 수 없었다.

아쉽기는 하지만 몸을 빼내는 것이 우선이었기에 어쩔 수가 상황이었다.

몸을 빼낸 후 빠르게 입구로 달렸다. 이미 기척을 파악한 듯 마스터의 수하들이 빠르게 나를 쫓았다.

다행이라면 나를 쫓는 자들이 절반뿐이라는 것이었다. 아직 암우로 인해 광장을 가득 메운 어둠이 가시지 않은 상태였다. 절반은 나를 쫓고, 나머지 절반은 원반과 블랙노바의 소재를 파악하려는 것 같았다.

'크윽, 예상보다 타격이 크다. 전과는 완전히 다른 힘이다.'

울컥거리며 피가 입안으로 넘어왔다. 증거를 남기지 않기 위해 그대로 삼켜 버렸다.

전날 상대했을 때와는 천지 차이였다. 그동안 무슨 일이 있었는지 모르지만 섣불리 상대할 자들이 아니었다.

이들을 변화시킨 것이 무엇인지 알아보고 싶었지만 지금은 최대한 빨리 벗어나는 것이 우선이었기에 쫓는 자들을 살필 겨를이 없었다.

다행스럽게 놈들에게 잡히기 전, 통로를 벗어나 입구 가까이까지 다가갈 수 있었다.

"젠장!!"

골짜기 입구에서 사람들의 기척이 느껴졌다. 상당수의 사람들이었다. 느껴지는 기운으로 봐서는 쓰러져 있는 자들이 아니었다. 제커 대령 일행이 돌아온 모양이었다.

거기다가 바로 뒤에서 마스터의 수하들의 기척이 느껴졌다. 어느새 뒤를 잡힌 것이다.

'암영을 시전한 후 허공으로 빠져나간다. 암영(暗影)! 금강호신(金剛護身)!!'

내상을 입었지만 죽지 않기 위해서는 어쩔 수 없이 무리를 해야 했다.

암영과 만약의 사태를 대비해 금강호신을 시전한 후 입구를 벗어나는 것과 동시에 허공으로 몸을 띄웠다.

"놈들이 나온다. 쏴라!!"

허공으로 몸을 띄우고 난 뒤 마스터의 수하들이 곧바로 밖

으로 나왔다. 마스터의 수하들을 본 제커 대령이 화가 난 목소
리로 명령을 내렸다.

타타타탕!

입구를 포위한 병사들이 맹렬히 총을 쏴댔다. 가히 집중 포
화나 마찬가지였다. 총격이 가해진 주변이 벌집처럼 변해갔
다.

피어오르는 먼지로 인해 사람이 보이지 않을 정도로 엄청난
양의 총알 세례가 퍼부어졌다.

퍼퍽!

몸을 띄운다고 띄웠는데 총알을 두 발이나 맞았다. 허벅지
바깥쪽과 어깨였다.

다행히 금강호신에 막혀 반쯤 틀어박혔다. 피는 흘러나오지
않았다. 금강호신이 깨지지 않은 덕분에 암영도 흐트러지지
않아 들키지는 않았다.

'출혈이 생기면 놈들에게 들킬 수도 있다. 이면 세계에 있는
자들이니까.'

혹시나 몰라 총알이 박힌 주변의 혈도를 짚었다. 출혈로 인
해 내 정체가 밝혀질 수도 있기에 미리 예방을 한 것이다.

그렇지만 내상을 입은 상태에서 뼈가 충격을 받아 평상시처
럼 움직이기는 곤란할 것 같았다.

'크으, 일단은 자리를 피한 후에 생각을 하자.'

고통을 참고 사각으로 몸을 날렸다.

총격이 벌어지는 중심은 일단 벗어나야 했다. 한 발이라도

더 맞는다면 금강호신은 물론이고, 암영도 깨질 것이 뻔했
다.

다행히 총격의 중심에서 벗어나 한숨을 돌릴 수가 있었다.

타탕!

타타타타타타탕!!

뒤쫓아오는 마스터의 수하들을 향해 계속해서 총격이 가해
지고 있었다.

'크으, 예상외로 내상이 심하다. 아직 암영이 깨지진 않았지
만 얼마 가지 못할 것이다. 이들의 시야에서 벗어나기 전까지
암영이 유지되어야 할 텐데⋯⋯.'

임시로 조치는 했지만 아직도 속이 불편했다. 마스터의 수
하들에게 이목이 집중되어 있는 사이에 빠져나가야 했다.

교전이 벌어지는 지점을 옆으로 돌며 제커 대령과 병사들이
있는 곳을 피해 빠져나왔다. 상당한 시간이 걸렸다.

가까스로 유지되고 있는 암영이라 마음을 졸여야 했다. 모
습은 보이지 않지만 기척을 낼 수밖에 없었다.

마스터의 수하들이 총알 세례 속에서도 버텨주지 않았다면
제커 대령이 지휘하고 있는 군인들에게 들켰을 터였다.

주의를 기울이면 알아들을 정도로 제법 기척을 흘렸지만,
쓰러지지 않는 마스터의 수하들을 향해 계속 총이 발사됐기에
강렬한 총소리가 기척을 가려 무사히 뒤편으로 빠져나올 수
있었다.

철책 주변에 도착한 후 빠르게 넘었다.

올 때와는 달리 힘이 많이 빠진 상태라 철책을 기어올라 넘을 수밖에 없었다.

철책 위에 올라 뒤를 돌아보니 안에 있던 마스터의 수하들이 바깥으로 다 몰려나와 있었다.

"시간이 없다. 반항하는 자들은 모두 제거해라! 어서!!"

원반이 없어진 것을 알아차린 것인지 지휘하는 자가 쇳소리 같은 목소리로 고성을 질러댔다.

'제커 대령이 저들에 대해 모를 리가 없을 것이다. 놈들을 조금만 막아준다면 시간이 있을 것이다. 최대한 빨리 이 자리를 벗어나야 한다.'

교전이 진행 중일 때 벗어나는 것이 상책이었다.

빠르게 철책을 내려온 후 흔적을 남기지 않고 이모 집으로 향했다. 이런 몸 상태라면 상당한 시간이 흘러야 도착할 것 같았다.

*   *   *

마스터의 지시에 의해 습격을 단행했지만 절반의 성공이었다.

본래 목표로 했던 블랙노바는 탈취에 성공했지만 광염의 원탁이라 불리는 것은 얻지 못한 것이다.

거기다가 제커 대령에게 자신들의 습격을 들킨 상태였다. 자신들이 누구인지 정체를 알지는 못하겠지만, 눈치가 빠른 제커 대령이라면 잘못하면 마스터의 정체를 들킬지도 모를 일이었기에 케른은 마음이 급해졌다.

'아쉽지만 놈들을 공격하고 이곳을 뜬다. 사람들이 상할 테지만 어쩔 수 없는 상황이다. 대신, 제커 대령이 다쳐서는 안 된다. 저들을 상대하는 동안 난 이곳을 무너뜨리겠다.'

수하들에게 지시를 내린 후 케른은 다시 통로로 들어갔다.

제커 대령이 마스터에게 전적으로 의지해야만 자신들이 계획하고 있는 일이 원활히 진행될 것이기에 비밀 실험기지를 무너뜨리기 위해서였다.

케른이 안으로 들어가자 남아 있는 자들이 지금까지와는 달리 마법을 시전하기 시작했다.

그들이 준비하고 있는 것은 다크익스플로젼이라는 폭발계 마법이었다.

그동안 케른은 안으로 들어가 통로의 끝부터 차례로 폭발물을 설치했다.

"이 정도면 이곳에서 일어난 일을 알아내지는 못할 것이다.

케른이 설치하고 있는 것은 그냥 폭발물이 아니었다.

폭탄과 함께 주변에 마법진을 설치했다. 간단한 폭발물이었지만 마법진과 함께한다면 상승 효과를 일으켜 몇 배나 폭발력이 증가하기에 실험기지를 무너뜨리는 데 지장을 없을 터였다.

거기다 마법진의 효과로 대지에 남을 기억의 잔상마저 완전히 사라질 것이 분명했다.

케른은 자신들이 광염의 원탁을 이용해 블랙노바를 만들어 낸 사실을 비밀로 묻어버리려 했던 것이다.

콰콰쾅!!!

케른이 폭발물을 설치하고 얼마 지나지 않아 바깥에서 폭발음이 들렸다.

'제대로 구사했나 보구나.'

강력한 폭발음과 함께 퍼져 나가는 암흑의 기운을 느끼며 케른은 다크익스프로젼이 제대로 발휘된 것을 알았다.

'빨리 끝내고 나가자.'

케른은 동굴을 무너뜨리기 위한 마법진을 서둘러 완성하고 동굴을 빠져나갔다.

밖으로 나오자 포위한 채 총격을 가하고 있는 자들이 모두 쓰러져 있었다. 팔다리가 떨어져 나간 자들과 피를 흘리며 죽은 자들이 부지기수였다.

'인간의 목숨을 빼앗는 것을 그토록 자제했건만… 어쩔 수 없는 업보로구나.'

원하는 바는 아니었지만 어쩔 수가 없는 일이었다.

카르마의 굴레를 벗어나기 위해 상당한 노력을 기울여 왔지만 이제는 어쩔 수가 없는 일이라는 것을 다시 한 번 확인한 케른은 곧바로 지시를 내렸다.

"모두 자리를 벗어난다!"

추적해 올 자들은 더 이상 없을 것 같기에 케른은 수하들과 함께 곧장 골짜기를 떠났다.

이제부터는 광염의 원탁을 탈취한 자를 쫓아야 할 시간이었다.

케른은 도주한 두영의 흔적을 금방 찾을 수 있었다.

애를 꽤 많이 쓴 것 같아 보였지만 미세하게 흔적이 남은 것으로 봐서는 부상을 입은 것이 틀림없었다.

"시간이 얼마 없으니 최대한 빨리 놈을 찾아 원탁을 회수한다. 가자!"

케른은 수하들을 이끌고 흔적이 난 방향을 쫓기 시작했다.

하지만 그가 쫓아가고 있는 곳은 두영이 사라진 것과는 정반대 방향이었다.

*   *   *

"지금쯤 암뢰가 사라졌겠구나."

어둠의 꼭두각시인 암뢰(暗儡)를 이용해 흔적을 남겼지만 아무리 많이 잡아도 30분 이상 놈들의 시선을 흐릴 수는 없을 터였다.

암뢰는 흑요기로 유형화시킨 꼭두각시다.

상대의 혼란을 유도하기 위해 일정 간격으로 흔적을 남기며 시전자가 원하는 방향으로 진행하는 주법인 것이다.

온전한 상태라면 최하 두 시간은 흔적을 남기며 놈들을 유인했겠지만, 지금은 내상을 입은 상태라 완벽하게 시전되지 않아 기껏해야 30분 정도가 한계인 것이다.

제커 대령과 병사들이 자동화기로 무장했다고는 하지만 기갑슈트를 입고, 마법이라는 이능력을 사용하고 있는 그들을 막을 수는 없었을 것이다.

추적이 시작됐을 것이고, 지금쯤은 속은 것을 알고 마스터의 수하들이 다시 추적을 개시했을 것이 분명해 보였다.

시간이 있을 때 최대한 빨리 벗어나야 했다.

이곳까지 오는 동안 흔적을 남기진 않았지만 마법 같은 힘을 사용하는 자들이다. 아리안에서 배운 바대로라면 그것은 흑마법의 힘이었다.

마법은 상상하기 힘든 것들을 가능하게 만드는 것이기에 최대한 빨리 벗어나야 하는 것이다.

'듀크!'

어느 정도 거리가 가까워지자 듀크와 통신을 시도했다.

'듀크!'

대답이 없었다.

'아직인가 보군.'

아직은 거리가 먼 탓인지 통신이 되지를 않는 것 같았다.

'최대한 빨리 듀크가 장악한 범위 안으로 들어가야 한다. 에너지 충전이 완벽하게 완료되지 않았지만, 대행성용이라 마법을 사용하는 자들에 대해서도 처리할 방법이 있을 것이다.'

지금은 마법에 대한 대처 방안이 전혀 없는 상태였다.

그들의 눈을 속이려면 듀크의 도움이 필요했다. 어떻게 해서든지 듀크와 가까워져야만 했다.

CHAPTER 06
시작되는 충돌

TIME
SLICE 타임 슬라이스

"무척이나 약은 녀석이다. 우리의 눈을 속이다니!!"

케른은 무척이나 화가 나 있는 상태였다. 흔적을 빠르게 쫓아왔지만 아무것도 발견하지 못한 것이다.

자신들이 쫓아왔던 흔적은 완벽하게 사라지고 없었다.

상대의 기운을 쫓아 추적을 해왔지만 느껴지던 기운은 어느새 사라지고 없었던 것이다.

술법이나 마법을 이용해 자신들을 속인 것이 분명했다.

마치 일부러 남긴 듯 일정한 간격으로 흔적을 흘린 수법이 무엇인지 모르지만 속은 것은 속은 것이고, 케른은 두영을 최대한 빨리 찾아야만 했다.

'기지로 돌아가면 지원군이 도착했을 텐데…….'

전부 죽이지 않은 탓에 지원군이 도착했을 가능성이 아주 많았다. 잠들었던 자들도 깨어날 시간이 다 된 상태였다.

전쟁을 벌이려고 작정하지 않는 한 광염의 원탁을 탈취한 두영을 쫓는다는 것은 힘든 일일 수도 있었다.

"그래도 어쩔 수 없다. 블랙노바를 만들 수 있는 광염의 원탁을 가지고 가야 한다. 가자!"

케른은 결단을 내렸다.

블랙노바를 가지고 오라는 명령만 받았지만 마스터의 계획을 위해서는 광염의 원탁이 꼭 필요할 것이라 생각한 것이다.

빠르게 온 길을 되돌아갔다.

'그나마 다행이로군.'

실험기지에 도착해 주변을 살펴보니 아직 지원군이 온 것 같지는 않았다.

케른은 빠르게 두영의 마지막 기운이 남아 있던 곳을 뒤졌다.

흔적은 찾아볼 수 없었지만 그동안 쫓았던 것과 같은 기이한 기운이 느껴졌다.

"저기군. 반대로 흔적을 남기고 도주한 건가? 좋아, 일단 놈을 쫓는다. 가자!"

케른은 수하들을 이끌고 두영이 원래 사라져 간 방향으로 달리기 시작했다.

케른을 비롯한 마스터의 수하들은 한참을 달렸다.

　빠른 속도로 두 시간을 넘게 쫓았지만 케른 일행은 두영을 발견할 수 없었다.

　"내상을 입었을 텐데, 이렇게 도주할 정도라면 대단한 놈이다. 이제 놈의 기운도 희미해지고 있으니 어떻게 하는 것이 좋을까?"

　암뢰가 흘리는 것과 비슷한 기운을 쫓아왔지만 이제는 그 기운도 희미한 상태였다.

　더 이상 기운을 쫓아 두영을 추적한다는 것은 불가능한 일이었다.

　"대지의 기억을 읽을 수 있다면 놈의 행적을 찾기가 쉬울 텐데 마나를 많이 소모한 것이 천추의 한이로구나."

　실험기지를 기습하고, 광염의 원탁을 이용해 블랙노바를 만든 탓에 많은 힘을 소모한 상태였다.

　자신을 비롯해 다른 이들이 힘을 합친다고 해도 대지의 기억을 읽을 만한 마나는 남아 있지 않은 상태라 케른은 고민스럽지 않을 수 없었다.

　치지직!

　그렇게 케른이 고민하고 있을 때 통신기로부터 소음이 들려왔다.

　[블랙노바는?]

　마틴 회장의 목소리가 조용히 흘러나왔다.

　"광염의 원탁을 이용해 만드는 데는 성공했습니다."

　[다행이로군. 그런데 지금 어딘가? 언제쯤 돌아오는 것인가?]

　"지금 당장은 돌아가기 곤란할 것 같습니다."

[무슨 일이 있었는가?]

케른의 말에 마틴의 목소리가 높아졌다. 계획에 차질이 생겼다고 생각한 것이다.

"광염의 원탁도 가지고 가려 했지만 누군가 나타나 광염의 원탁을 탈취했습니다."

[광염의 원탁을 말인가?]

"광염의 원탁으로 노바를 제조하고, 무사히 블랙노바까지 만드는 데 성공했지만……."

[성공했지만?]

"정체불명의 인물이 나타나 그만 광염의 원탁을 빼앗기고 말았습니다."

[어떻게 그런 일이… 자네들에게서 광염의 원탁을 탈취하다니 어떤 놈인지 알아낸 것은 있는가?]

"그것이, 아직 정체를 파악하지는 못했습니다. 하지만 놈을 추적하는 과정에서 알아낸 흔적으로 봐서는, 아무래도 술자 가문에서 나온 자가 틀림없는 것 같습니다."

[술자 가문의 인물이 나타났다는 말인가?]

난데없는 소리였다. 암중으로 긴장 관계가 조성된 지금 술자 가문이 대륙을 넘어 들어오는 일은 드물었던 것이다.

"그렇습니다. 그놈이 남긴 흔적으로 볼 때 술자 가문에서 쓰이고 있는 술법의 한 갈래가 틀림없습니다."

[으음!]

술자 가문이 틀림없다는 케른의 말에 마틴이 신음을 발했다. 술자 가문이 이번 일에 끼어들었다면 상황이 상당히 복잡해질 것이기 때문이다.

[놈을 잡는다고 해도 술자 가문 출신이라면 어디서 보낸 놈인지 정체를 밝히기는 힘들 것이다. 놈의 정체를 밝혀내지 못한다고 해서 우리가 손해를 볼 일은 없을 것이니 무리하지는 마라. 그리고 아직은 술자 가문과 부딪칠 때가 아니다.]

"하지만……."

[괜찮다. 술자 가문이 끼어들었다면 잘만 이용하면 우리가 계획을 완성하기까지 시간을 벌 수 있을 것이다. 또한 광염의 원탁이야 우리에게 그다지 필요하지 않은 물건이니까 놈을 쫓는 인원은 절반만 움직이도록 하고, 넌 블랙노바를 가지고 귀환하도록 해라. 그리고 놈을 찾지 못하더라도 추적하는 데 하루를 넘기지 말도록! 제커 대령을 그냥 놔두었을 테니 어쩌면 놈들의 추적이 시작될지도 모른다.]

"알겠습니다, 마스터!"

[수고했다. 너무 아쉬워하지 마라. 블랙노바만 있으면 에너지 변환 장치의 모듈이 완성될 테니까. 그리고 광염의 원탁에는 틀림없이 추적마법이 걸려 있을 것이다. 잘못하면 우리의 위치를 추적당할 수도 있다.]

"그렇습니까?"

추적마법이 걸려 있을지도 모른다는 마틴의 말에 케른이 반응을 보였다.

[그럴 것이다. 어쩌면 이번 정보가 놈들의 함정일 수도 있다

는 생각을 했었다. 너무 쉽게 위치가 드러났으니 말이다. 그리고 그런 물건이라면 나라 해도 당연히 추적마법을 걸어놓았을 것이다.]

"으음, 그럴 수도 있겠군요."

그동안 심혈을 기울여 탐색을 해왔지만 아무런 정보도 얻지 못하고 있었다.

그런데 갑작스럽게 위치가 드러났다. 마스터의 말대로 함정일 수도 있는 일이었다.

"하지만 블랙노바가 있다고 해도 그자를 믿을 수는 없지 않습니까?"

[후후후, 너무 걱정하지 마라. 놈을 대체할 사람들을 확보해 놓고 있으니까 말이다. 제커 대령은 내가 자신에게 제압을 당했다고 안심하고 있겠지만 용도가 다하면 그에 대한 대가는 내가 직접 치러줄 것이다.]

"알겠습니다, 마스터!"

케른은 통신을 끊었다. 마스터도 여러 가지 상황에 대해 충분히 생각하고 있다는 것을 확인했기에 마음이 놓였다.

"마르스를 비롯해 여섯 명은 놈을 추적하고 나머지는 나를 따라 귀환한다."

두영을 추적하기 위해 마르스를 비롯해 여섯 사람을 남겼다.

기갑슈트에 달린 통신기를 통해 이미 마스터와의 통신을 모두 들었던 터라 나머지는 떠나고, 남겨진 자들은 두영의 추적을 계속했다.

그렇게 마스터의 수하들이 모두 자리를 뜨고 10여 분이 지나자, 그들이 머물렀던 자리의 한 귀퉁이에 있던 바위 밑이 들썩거렸다.

추적하는 자들이 가까이 오자 비트를 파고 숨어든 두영이 밖으로 나오는 중이었던 것이다.

*   *   *

"후우, 무슨 비밀을 그리 간직하고 있는지 모르겠지만 재미있는 자다. 이면 세계의 자들이 끼어드는 것도 그리 개의치 않는 것 같으니 말이다."

마스터의 목적이 무엇인지 무척이나 궁금했다.

스피릿아머를 만들어내는 것도 그렇고, 군부와 합작한 것도 그렇고, 모든 것이 의문이었다.

마스터의 주변에 있는 자들의 정체도 의문스럽기는 마찬가지였다.

제레미라는 정체불명의 연구원을 비롯해 미국은 물론 캐나다와도 관련이 깊은 제커 대령까지 모든 것이 의문이었다.

하지만 지금은 그런 의문보다는 빨리 벗어나는 것이 급선무였다.

일단 방향을 바꿔야 했다.

케른 일행이 도착하기 전 신형을 감춘 후 암뢰를 다시 한 번 시전했었다. 무리를 한 까닭에 더 이상 주법을 펼친다는 것은 어려운 일이었다.

아직까지 몸에 박혀 있는 총알도 시급히 제거해야 했기에 일단 방향을 틀기로 했다.

그리고 이모 집으로 돌아가는 것보다 나를 추적하는 자들을 따돌리는 것이 우선이었다.

몰래 들은 통신 내용대로라면 하루만 버티면 추적하는 자들이 돌아갈 것이 분명해 보여 그나마 숨통이 트이는 것 같았다.

동북쪽으로 방향을 틀었다.

마스터의 수하들이 북쪽으로 방향을 잡고 떠난 상태지만 듀크에게 조금 더 가까이 가기 위해서다.

주법을 쓸 수 없는 상태라 본신의 힘만으로 산을 탔다.

옷을 두껍게 입기는 했지만 아무 장비도 없는 상태라 무척이나 추웠다.

벤프 국립공원은 어느새 겨울의 초입으로 넘어가고 있었던 것이다.

그렇게 산등성이를 넘어가는 도중 날이 밝았다.

환한 햇살이 비쳐야 정상이지만 하늘은 꾸물꾸물했다. 한바탕 눈이라도 쏟아질 태세다.

눈이 쏟아진다면 흔적을 지워주기는 하겠지만 추위가 문제였다. 길함과 흉함이 동시에 찾아오는 것이다.

어디까지 추적을 해올지는 모르겠지만 내일 아침까지는 녀석들의 추적을 따돌려야 했다.

휘이이이!

얼마 지나지 않아 눈발이 날리기 시작했다. 한 치 앞도 분간하기 힘든 상당한 폭설이었다.

이런 상태에서 산행을 한다는 것은 자살행위다. 일단 숨을 곳을 찾아야 했다. 동굴이라도 있으면 좋을 텐데 시야가 확보되지 않아 찾기가 쉽지 않았다.

"저곳이라면 조금 쉴 수도 있겠다."

등성이를 따라 서북쪽으로 진행하는 도중에 멀리 말라죽은 나뭇등걸이 보였다.

상당한 크기의 나무였는데 밑쪽이 썩어 들어갔는지 작은 공간이 언뜻 보였다.

일단 조금 쉬기로 하고 나뭇등걸로 찾아들었다. 양팔을 벌려도 다 재지 못할 만큼 큰 나무라 등걸 안쪽에 파인 구멍도 꽤나 컸다.

안으로 들어선 후 나무껍질을 뜯어내 입구를 막았다. 들이치는 눈보라와 한기를 막을 수 있었다.

폭설과 추위로 인해 온몸이 얼어붙어 가고 있는 중이었는데, 나뭇등걸은 꽤나 포근했다.

"일단은 기운을 회복해야 한다. 조금만 더 버티면 되니까 힘내자, 백두영!!"

최대한 기운을 회복하는 것이 우선이었다.

먼저 어깨와 다리에 박힌 총알을 빼냈다. 삼분의 이쯤 박힌 터라 끝 부분을 잡고 뽑아냈다. 이미 혈을 짚어놓은 터라 피는 흘러나오지 않았다.

피를 뽑아야 썩어들어 가지 않을 텐데 지금은 그럴 여유가
없었다. 흘러나온 피 냄새로 인해 놈들에게 들킬 가능성이 있
었기 때문이다.

가부좌를 틀고 호흡을 시작했다. 폐로 하는 호흡이 아니라
두정을 통해 기운을 받아들이는 호흡이다.

정상이 아닌 몸 상태로 많은 힘을 사용한 탓인지 호흡이 흔
들렸지만 시작하자 천천히 몸이 안정되기 시작했다.

사사삭!

그렇게 호흡을 통해 어느 정도 안정이 되어가는데 기척이
났다. 눈발이 뭔가에 스치는 소리였다. 멀리 떨어뜨린 줄 알았
는데 어느새 추적을 해온 것이다.

두 시간가량 거리를 벌려놓았다고 생각했는데, 호흡을 시작
한 지 30분이 되지 않아 놈들이 지척까지 쫓아왔다.

하늘을 온통 덮은 폭설이 아니었다면 벌써 놈들에게 붙잡혔
을 것이 틀림없었다.

'놈들이다. 어느새 쫓아오다니 대단한 자들이다. 하지만 움
직일 수가 없으니 그냥 이대로 있자.'

이대로 호흡을 전환한다면 놈들에게 들킬 가능성이 크기에
계속해서 두정을 열고 호흡을 했다.

최대한 기척을 줄이는 길만이 놈들에게 들키지 않을 유일한
방법이었기 때문이다.

*　　　　*　　　　*

"놈의 흔적이 이곳에서 끊어졌다. 최대한 주변을 수색해라!"

케른의 지시로 두영을 추적하고 있던 마르스는 동료들로 하여금 주변을 수색토록 했다.

마르스는 주영의 암뢰로 인해 허깨비를 쫓다가 다시금 속았다는 것을 알고는 흔적을 되짚어와 쫓는 길이었다.

추적하는 도중 눈발이 날리기 시작했지만 희미한 흔적을 발견하고 난 뒤라 충분히 잡을 수 있을 것이라는 판단하에 계속해서 뒤를 쫓아온 것이다.

하지만 이미 1미터 이상 눈이 쌓인 터라 두영이 숨어들어 간 나뭇등걸은 눈에 가려져 흔적이 나타나지 않았기에 주변을 수색하도록 한 것이다.

"완전히 흔적이 끊어졌다."

"이쪽도 마찬가지다."

주변을 수색한 동료들이 하나둘 다가와 두영이 사라졌음을 알려왔다.

"아니다. 놈은 분명 이 근처에 있다. 최대한 수색을 해봐라!"

"심상치 않은 놈이었다. 두 번이나 우리를 속인 놈이다. 이번에도 우리를 유인하고 다른 곳으로 간 것이 틀림없다."

마르스는 동료의 말에 판단이 흔들렸다.

'그럴 수도 있다. 워낙 영악한 놈이니……'

예감은 이 근처에 두영이 있을 것이라고 계속 말하고 있었지만 동료의 말대로 이번에도 속임수를 쓴 것일 수도 있었다.

“그럼, 다시 놈이 흔적을 남긴 곳까지 간다. 그 시간이면 우리의 힘도 회복할 수 있을 테니, 그때는 대지의 기억을 읽은 후 다시 놈을 쫓는다.”

“그래, 그러는 편이 나을 것이다.”

마르스와 동료들은 즉시 장내를 떠났다. 확실한 흔적이 남아 있는 곳에서부터 추적을 다시 시작하려는 생각에서였다.

마르스 일행이 장내를 떠난 후 두영은 곧바로 나뭇등걸에서 나왔다. 대지의 기억을 읽는다는 것이 무엇인지 모르겠지만 확신에 찬 목소리는 자신을 찾아낼 방법이 있다는 소리였기에 최대한 멀리 이동할 생각이었다.

*　　　*　　　*

투다다다다!

마르스 일행이 두영을 추적하느라 갈팡질팡하는 사이, 제커 대령의 연락을 받은 일단의 인물들이 치누크 헬기를 타고 실험기지가 있는 골짜기로 오고 있었다.

타타타타…….

시야를 가리는 엄청난 폭설이었지만 헬기는 아랑곳하지 않고 골짜기에 내렸다.

자칫 위험한 상황을 맞을 수도 있는 비행이었지만 상황이 다급하기에 착륙을 감행한 것이었다.

헬기가 착륙하고 나서 사람들이 내리기 시작했다. 대형 수

송기인 터라 30여 명에 가까운 이들이 헬기 주변에 가득했다.

눈 때문인지 모두가 흰색의 방한복을 입고 있는 이들은 여러 가지 군장을 완비하고 제커 대령에게 신고를 했다.

"명령대로 도착했습니다."

능력자를 상대하기 위해 만들어진 특수부대인 이글라인의 타격팀 중 하나인 브라보팀을 이끌고 있는 맥글레인 소령은 자신에게 다가온 제커 대령에게 경례를 하며 말했다.

"어서 오게!"

"상황 설명은 오면서 다 들었습니다."

"그럼, 곧바로 작전을 시행해도 되겠군. 이곳을 침입한 자들은 모두 열두 명이네. C급의 능력자들이니 모두들 조심해야 할 것이다."

"장비는 전부 챙겨왔습니다. B급 수준으로 맞춰왔으니 충분히 상대할 수 있을 겁니다. 다만 눈보라 때문에 시계가 좋지 않아 놈들을 찾는 것이 수월치는 않을 것 같습니다."

"위성 지원이 있을 것이다. 위성이 궤도에 진입하면 놈들에 대한 탐색이 시작될 테니 곧바로 출발하도록!"

"알겠습니다."

폭설이 내리고 있었지만 위성 추적이 가능하다면 충분히 목표물을 찾을 수 있다는 생각에 맥글레인은 팀원들에게 곧바로 명령을 내렸다.

"4개 조로 팀을 나눈다. 몰트란, 탐, 레빌은 수색을 맡고, 게링은 통신 및 중계를 맡는다. 통신 및 디스플레이는 모두 오토로 작동시키고 놈들을 추적한다. 이상!"

맥글레인의 지시에 팀원을 나눈 이들이 곧장 자리를 떠났다.

실험기지로 오는 동안 이미 작전 계획이 수립된 것인지, 그들의 움직임은 일사불란하기 그지없었다.

"놈들이 광염의 원탁을 노린 것을 보면 이번 계획과 관련이 있을 것이다. 이글라인이 출동했으니 조만간 어떤 놈들인지 밝혀지겠지."

브라보팀은 반경 200킬로미터를 작전 구역으로 지정하고 움직이는 상태였다.

위성 시스템이 가동되면 작전 반경이 더욱 넓어지겠지만 최초 200킬로미터를 중심으로 추적을 시작한 것이다.

이능력자들을 추적하는 임무는 브라보팀으로서는 오늘로 여섯 번째였다. 많은 경험이 있는 팀이라 충분히 추적이 가능할 것이라 생각한 제커 대령은 치누크 헬기에 올라타고 상황실이 있는 알래스카로 향했다.

*　　　*　　　*

최대한 흔적을 없애고, 기척을 줄였다.

놈들의 추적을 따돌리는 데는 시간이 필요했다. 이미 많은 경험이 있지만 예전과 같지 않은 몸에다가 주법을 사용할 수도 없기에 최대한 주의를 기울여야 하기에 시간이 걸린 것이다.

그렇지만 시간을 너무 소비해 완전히 따돌리지 못할 것이 분명했다.

이 상태로 이모 집이나 듀크가 있는 곳까지 가는 것은 자살 행위였다.

이모 집으로 향할 경우 어머니를 비롯해 가족들에게 피해를 입힐 수 있고, 듀크에게로 갈 경우 아직 방어 능력이 없는 관계로 모든 것이 드러날 가능성이 컸다.

일단, 산을 넘기로 했다. 동부 쪽으로 가 하루를 소비한 뒤 빙 둘러 가기로 했다.

"그나저나 큰일이다. 가만히 있지 않으실 텐데……."

놈들의 추적을 따돌리는 것은 어찌 되겠지만 문제는 어머니였다. 내가 사라진 것을 아시고 지금쯤 난리가 났을 것이 분명하니 말이다.

할 수 없는 일이다.

나중에 혼이 나는 수밖에!

일단 눈이 쉽게 그칠 것 같지 않을 것 같으니 최대한 많이 이동하는 것이 좋은 방법이다.

놈들이 아무리 이능력을 가지고 있다고 해도 이런 날씨라면 추적하기 곤란할 테니까.

한 치 앞도 분간할 수 없는 눈발이다. 보통 사람이라면 벌써 죽었다고 봐야 한다. 방향감각이 마비되는 것은 물론, 뚝뚝 떨어지는 기온으로 발걸음을 옮기기도 힘든 형편이다.

잠깐만 주의를 분산시켜도 어디가 어딘지 분간할 수 없는 백설 천지니 말이다.

대지의 기억이라는 것이 무엇인지 모르겠지만 이런 상태라면 사람을 찾는다는 것은 불가능한 일일 것이다.

예전 기억이 난다.

빙극의 행성이라는 아이스론에서의 임무는 이보다 더 혹독했다.

손가락만 한 눈발이 표창처럼 휘날리고, 온통 백설 천지로 식별할 만한 지형지물도 없는 아이스론에서도 살아남은 나다.

최소 방향을 잃지 않는 한 놈들의 추적에서 벗어날 수 있을 것이기에 최대한 속도를 높였다.

투타타타!

"응? 이런 날씨에 헬기라니?"

눈발 사이로 희미한 헬기 소리가 들렸다.

이런 지랄 같은 날씨에 산간 지역에 헬기를 띄운다는 것은 자살행위임에도 소리가 난다는 것은 누군가 급한 일이 있다는 것을 뜻했다.

"제커 대령이 지원군을 부른 모양이로군. 이런 날씨에 헬기를 띄운 것도 그렇고, 마스터의 수하들을 상대하기 위해 왔다면 보통 놈들은 아니겠군."

특수임무를 수행하는 자들이 온 것이 분명했다. 그들이 왔다면 실험기지와 무관하지 않을 것이다.

마스터의 수하를 이끄는 자들의 말로는 하루를 넘기지 말라고 했던 일이 생각났다. 아마도 지금 오고 있는 자들을 염려한 것이 틀림없었다.

“잘못하면 양쪽으로 쫓기게 될지도 모르겠다. 마스터의 수
하들의 추적이야 하루만 견디면 모두 철수하겠지만 지금 오는
자들은 포기하지 않을 테니까.”

상황이 조금 더 복잡해졌다. 예기치 않은 상황이란 언뜻 판
단을 내리기 힘들었다.

“일단 예정대로 간다.”

선택의 여지가 없었다.

우선은 마스터의 수하들의 손을 빠져나가는 것이 우선이었
다. 제커 대령이 부른 자들은 그 이후에나 생각할 일이었다.

*　　　*　　　*

마르스를 비롯한 마스터의 수하들은 나는 듯이 눈 위를 날고
있었다. 플라잉마법을 이용해 두영을 추적하고 있는 것이다.

아무런 흔적도 없지만 여섯 사람은 정확하게 두영이 사라진
방향을 향해 날고 있었다.

대지의 기억을 읽은 탓에 희미한 두영의 기운을 읽을 수 있
었던 것이다.

“정말, 대단한 놈이다. 이런 폭설에 거의 달리는 수준으로
자리를 벗어나다니…….”

마르스는 쫓고 있는 두영의 능력에 감탄하지 않을 수 없었다.

가파른 산간 지역에다가 엄청난 폭설이 쏟아지고 있는데도
불구하고 빠른 속도로 이동하고 있었던 것이다.

“역시, 술자 가문이라는 소리인데…….”

대단한 자가 온 것 같았다. 이 정도의 능력이라면 보통의 술자 가문이 아니라 오대가문 중 하나에서 나온 자가 틀림없었다.

“시간이 얼마 없다. 놈도 지쳐 가고 있을 것이다. 최대한 속도를 높여라!”

대지의 기억을 읽은 후라 이미 적의 기운을 파악한 상태였다.

이대로 쫓아간다면 시간이 되기 전에 충분히 잡을 수 있을 것이기에 마르스는 동료들을 재촉했다.

휘이잉!

바람을 따라 거센 눈발이 몰아쳤다.

시야를 가렸지만 적으로 인식한 기운이 빨간 선을 그리며 앞쪽에 뻗어 있었다.

아무리 큰 눈발이라도 덮지 못하는 고유의 기운이었다.

“응?”

휘이이잉!

달려가던 마르스는 무슨 소리를 들은 것 같아 빠르게 시선을 돌렸다.

하지만 아무것도 볼 수 없었다. 오직 천지를 뒤덮은 눈뿐이었다.

‘잘못 들은 모양이로군. 죽으려고 작정하지 않는다면 이런 날씨에 헬기 같은 것을 띄울 리 없으니.’

헬기 소리를 들은 것도 같은데 아무것도 확인할 수 없었던 마르스는 곧장 동료를 쫓았다.

시간이 얼마 남지 않은 이상 최대한 빨리 두영을 잡아야 했기 때문이다.

*　　　*　　　*

부아앙!

파공음이 산야를 울렸다. 워낙 많은 양의 눈이 내리는 상황이라 굉음 소리는 눈 속에 파묻혀 얼마 퍼져 나가지 못했다.

부아앙!

슈아아아!

굉음 소리를 내는 것은 이글라인의 브라보팀이었다. 마치 제트스키처럼 생긴 작은 바이크를 타고 눈이 내린 산야를 내달리고 있었던 것이다.

브라보팀의 팀장인 맥글레인은 조금 전 위성으로 전해진 정보를 통해 모든 팀원들을 자신이 있는 곳으로 호출한 상태였다.

부아아앙!

다른 경로로 멀리 외곽을 수색 중이던 팀원들이 일제히 몰려들었다. GPS를 이용해 좌표를 설정한 터라 팀원들이 모이는 데는 채 한 시간이 걸리지 않았다.

'목표물은 총 여섯! 위성신호를 계속 수신하며 놈들을 쫓는다. 임무는 우선 포획이지만 반항하면 말살이다. 무리하지 말고 반항하는 자들은 모두 제거하도록!'

팀원들이 도착하자 맥글레인은 무전으로 수하들에게 지시

를 내렸다.

이능력자들을 잡는다고 해도 많은 것을 알아내기 어렵다는 것은 오랜 임무에서 터득한 지혜였다.

포획 후, 적의 정체에 대해 알아내는 것도 중요하지만 이번 임무는 광염의 원탁을 회수하는 것이 우선이었기에 말살도 배제하지 않았던 것이다.

지시가 끝나자 조별로 나누어진 팀원들이 방향을 틀었다. 그물처럼 포위망을 좁히기 위해 거리를 벌린 것이다.

아무리 뛰어난 이능력자라 하더라도 이런 날씨에서는 제트바이크의 속도를 능가할 수 없기에 조만간 조우할 것이라 생각하는 맥글레인이었다.

작전을 지시하고 빠르게 이동했다.

'어떤 놈들인지 모르지만 아무리 이능력을 가진 놈들이라고 해도 이글라인 30명이면 죽은 목숨이다. 하지만 어떤 식으로 반항할지 모르니 최대한 조심은 해야 할 것이다.'

고글에 비쳐진 디스플레이상으로 쫓고 있는 자들과의 거리는 대략 15킬로미터, 제트바이크의 속도상 30분이면 따라잡을 거리였기에 마음을 가다듬으며 퍼져 나가는 수하들에게 당부했다.

이능력자들과의 전투는 항상 긴장의 연속이다.

개조된 열화우라늄탄을 쏠 수 있는 개인화기와 충격량을 줄일 수 있는 고성능 방탄복 등 첨단 장비로 무장하고 있지만 과학으로는 설명할 수 없는 이능력자들을 상대하기 위해서는 상황 판단이 최우선이었기 때문이다.

삐! 삐!

쫓고 있는 자들의 위치 정보가 시시각각 가까워졌다.

목표물과의 거리가 1킬로미터 정도 남았을 무렵, 맥글레인은 제트바이크를 멈춰 세우고 도보로 이동하기 시작했다.

파파팟!

엄청난 체력 훈련을 통해 산지를 평지처럼 달리는 그였기에 마르스 일행과 가까워지는 것은 금방이었다.

200미터가 남았을 무렵, 맥글레인은 적외선 스코프를 꺼내 마르스 일행을 살폈다.

'으음, 주변을 살피는 것을 보면 도주하는 것은 아닌 것 같은데 무엇을 쫓는 것이지?'

주변을 연신 살피며 빠르게 이동하는 그들을 보면 광염의 원탁을 탈취하고 도주하고 있는 것으로는 보이지 않았다.

뭔가를 쫓고 있는 것으로 보이기는 하지만 위성으로 보내오는 신호에는 자신의 수하들과 여섯 명 이외에는 아무것도 나타나지 않고 있었다.

'어쩌면 우리의 추적을 느끼고 주변을 살피는 것인지도 모르겠군.'

자신들이 쫓고 있다는 것을 알아차릴 수도 있다는 가정하에 작전을 짜야 할 것 같다는 생각이 든 맥글레인은 적외선 스코프를 내려놓고 조심스럽게 마르스 일행의 뒤를 따랐다.

또한 그들이 누군가를 추적할 수도 있다는 생각도 배제하지 않았기에 어느 정도 지켜보려는 마음도 있었다.

　한참을 뒤쫓으며 살폈지만 가끔 주변을 살피는 것 이외에는 일정한 방향으로 움직이고 있었다. 그들이 전진하는 방향에서는 위성에도 잡히는 것이 없었기에 맥글레인은 작전을 진행하기로 했다.

　'저격조는 최대한 앞질러 이동한다. 10분 후 작전을 개시할 것이니 자리를 잡고 놈들을 기다린다. 놈들이 나타나면 우선 저격을 실시하고 난 뒤, 놈들의 반응에 따라 작전을 개시한다. 위험할 경우 알파 작전까지 상정해 준비하도록!'

　이능력자들과의 싸움에서 항상 승리를 하기는 했지만 피해가 없는 것은 아니었다. 그동안 여러 전투에서 상당수의 팀원들이 이능력자들에게 희생을 당했다.

　맥글레인이 지금까지 이능력자를 상대해 본 것은 네 명이 최대였다. 이번 작전 전에 있었던 임무에서는 일곱 명이나 희생이 있었다.

　전보다 향상된 장비를 가지고 있다고는 하지만 최선을 다해서 나쁜 것은 없기에 맥글레인은 최후의 대책까지 상정하도록 수하들에게 지시를 내렸다.

　'능력을 향상시킬 수 있는 복합스테로이드를 쓰는 것은 원하지 않지만 어쩌면 써야 할지도 모른다.'

　위성신호로 쫓을 때와는 달리 마르스 일행을 직접 쫓는 동안 상당한 자들이라는 예감이 들었다.

　사용하고 나면 신체에 심각한 피해를 입히기에 최후의 작전이 아니면 사용하지 않는 것이 복합스테로이드다.

하지만 신체적 능력을 기하급수적으로 향상시킬 수 있는 복합스테로이드를 사용해야만 할지도 모른다는 생각에 알파 작전까지 지시한 것이었다.

작전은 예정대로 진행되었다.

알파 작전까지 생각하고 진행하는 작전이라 팀원들의 긴장도는 강했다. 맥글레인의 상황 판단 능력이 무척 뛰어남을 아는 까닭이었다.

몰트란은 멀리 돌아 팀원들을 매복지에 위치시키고 대기하고 있는 중이었다.

'오는군.'

예상대로 검은 로브를 입은 자들이 빠른 속도로 다가오고 있었다.

개조된 열화우라늄탄이 장착된 총기를 거치시키고 적외선 스코프로 마르스 일행을 조준했다.

'모두들 침착해라! 선두에 선 자는 내가 맡는다. 나머지는 좌우에 있는 놈들을 자리한 순서대로 맡는다. 한 놈당 두 명씩 맡아 처리한다. 사격 순서는 나부터 순차 사격이다.'

지시를 내리고 조준간을 정렬한 몰트란은 천천히 방아쇠를 당기기 시작했다. 압력을 최대한 적게 한 방아쇠라 숨의 고르기에 따라 자연스럽게 발사가 될 것이 분명했다.

푸슝!

슈슈슈슝!

동시에 총이 발사되고 붉은 광선처럼 총알들이 마르스 일행을 향해 날았다.

퍼퍼퍼퍽!

상당한 능력을 가진 이들답게 저격조는 훌륭하게 목표물을 타격했다. 한 발도 놓치지 않았는지 달려오던 마르스 일행들이 눈밭을 굴렀다.

'젠장! 실패다. 최대한 빨리 자리를 뜬다.'

정확히 타격하기는 했지만 당연히 보여야 할 것이 보이지 않았다. 마르스 일행이 뒹굴고 있는 눈밭에 붉은 자국이라고는 하나도 보이지 않았던 것이다.

이능력자들이 친 배리어에 총알이 막혔다고 생각한 몰트란은 수하들에게 자리를 이탈하도록 빠르게 지시를 내렸지만 그가 내린 명령보다 빠르게 마르스 일행의 반격이 시작되었다.

구아아앙!

흰 눈을 가로지르며 검은색의 물체가 몰트란 일행을 향해 날아오르고 있었다. 마르스 일행은 총격을 당한 후, 곧바로 마나탄을 발사한 것이었다.

콰콰쾅!!

전력을 다한 듯 몰트란 일행이 숨어 있던 자리에 틀어박힌 마나탄이 폭발을 일으켰다.

엄청난 눈 폭풍과 함께 강력한 마나의 파장이 주변을 휩쓸었다.

"크아아악!!"

"아악!"

미처 피하지 못한 몰트란의 수하들이 마나폭풍에 휩싸여 몸이 부셔져 내리고 있었다.

지시가 떨어지고 나서 바로 피했음에도 상당한 피해를 입었다. 열두 명의 조원 중에 다섯 명이 그 자리에서 즉사했다.

'제기랄!! 알파 작전 개시!!'

몰트란은 다급히 지시를 내렸다.

맥글레인의 예상대로 만만치 않은 적이었기에 허벅지에 장착된 키트를 누르도록 지시를 내린 것이다.

자리를 피하며 이글라인의 팀원들은 곧바로 키트를 눌렀다. 안쪽에 장착된 주삿바늘이 스프링에 의해 튕겨져 곧바로 그들의 근육 속으로 파고들었다.

쾅! 콰콰쾅!!

파파팟!

복합스테로이드인 X—9이 인체에 흡수되어 활성화되기까지는 약 5초의 시간이 걸린다.

그들은 짜릿해져 오는 하체의 감각을 느끼며 빠르게 산개하여 이어지는 마르스 일행의 공격을 피하고 있었다.

'피해는?'

이글라인에게 반격을 가한 마르스는 동료들에게 텔레파시를 보내 상태를 물었다.

'갑작스러운 공격이라 내상을 입었다. 써클이 흔들린 탓에

얼마 버티지 못할 것 같다.'

'나 또한 마찬가지다.'

텔레파시를 통해 돌아오는 답변은 불리한 상황을 말해주고 있었다.

'분명 놈들이 대비하고 있는 중이었다. 마스터의 이야기대로라면 아직 시간이 있는 상태니까. 역시, 그자인가?'

마스터와의 통신으로 하루 정도 시간이 있을 줄 알았는데 너무 빨리 추적이 시작되었다. 이미 이런 사태에 준비를 하고 있었다는 소리였다.

정보를 흘린 것으로 보이는 자가 있기는 하지만 지금은 그것을 생각할 때가 아니었다.

자신들을 쫓는 자들은 이들만이 아니기에 최대한 빨리 제거하고 자리를 이탈해야만 했다.

기갑슈트의 도움으로 열화우라늄탄이 속으로 파고드는 것은 막아내기는 했지만 다들 피해를 입었다.

자신을 제외하고, 다들 엄청난 충격량으로 인해 장기에 상당 부분 타격을 받은 상태라 써클이 흔들려 제대로 된 반격은 커녕 자칫하면 낭패를 당할 수도 있을 것 같았기 때문이다.

'어쩔 수 없다. 놈에 대한 추적은 중단한다. 공격을 가한 자들 이외에 지원 병력이 주변에 있을 테니, 막고 있는 놈들을 최대한 제거한 후에 곧바로 이곳을 뜬다.'

속전속결로 마무리를 지어버리고 자리를 뜨려면 무리를 해야만 했지만 마르스는 결단을 내린 후, 동료들에게 지시를 내리기 시작했다.

'공격은 마나탄만으로 한다. 놈들이 우리의 전력이 이것뿐이라는 인식이 들도록 해야 한다. 마나탄을 집중한 후 곧바로 플라이마법을 시전해 산등성이로 날아오른다.'

도주해야 하는 상황이었지만 전력을 모두 드러낼 수는 없는 노릇이었다. 전력을 모두 드러내면 세계 최고 강대국이라는 미국이 새로운 대책을 강구할지도 모르는 까닭 때문이다.

마르스 일행은 마나탄을 집중했다. 화망에서 빠져나가는 자들이 있기는 하겠지만 가장 중점이 되는 자에게 마나탄을 집중하고, 혼란한 틈을 타 곧바로 자리를 뜨려는 것이다.

마르스 일행은 조금 전보다 더욱 강하게 압축된 마나탄을 만들어 이리저리 자리를 이동하며 회피 동작을 하고 있는 이글라인 팀원들에게 날려 보냈다.

'지금이다, 플라이!!'

마나탄을 발사한 후, 마르스는 일행을 향해 텔레파시를 보낸 후 곧바로 플라이마법을 시전했다.

콰콰쾅!!!

집중된 마나탄은 엄청난 폭발을 일으켰다.

우르르릉!

한참 동안 내린 폭설로 인해 쌓였던 눈이 폭발로 인해 진동을 일으켰다.

마나탄의 폭발과는 비교할 수도 없는 눈사태가 일어났다. 등성이를 중심으로 해일을 연상케 하는 엄청난 양의 눈이 아래로 쏟아져 내리기 시작했다.

사실 마나탄을 집중해 눈사태를 일으킨 것은 마르스가 의도
한 것이었다.

저격조가 있다면 누군가 포위를 하고 있을 것이 분명했다.
포위망을 뚫기 위해 접전을 벌이는 것보다는 눈사태를 일으켜
포위한 자들이 어쩔 수 없이 포위망을 풀도록 한 후에 이곳을
빠져나가는 것이 피해를 줄이는 길이라 생각한 것이다.

마르스의 의도는 보기 좋게 성공을 했다. 산등성이에 있던
저격조는 물론이고, 아래에서 포위망을 구축하고 있는 맥글레
인과 다른 조원들 모두 눈사태에 휩싸이고 만 것이다.

우르릉!

쏴아아아!

터! 터터턱!!

콰지지직!

거대한 침엽수림이 쓸려 나가고 뿌리 깊이 박혀 있던 바위
들이 굴러떨어지며 점점 눈사태를 키우고 있었다.

마르스 일행을 쫓던 이글라인의 팀원들 중 미처 피하지 못
한 자들이 눈사태를 따라 아래로 떨어져 내리고 있었다.

빠른 속도로 눈덩이들이 휩쓸고 지나갔다. 거대한 자연의
힘 앞에 남아 있는 것은 아무것도 없었다.

얼마 되지 않은 시간이었지만 상당한 양의 눈이 왔기에 눈
사태가 휩쓸고 지나간 자리는 완전히 폐허로 변해 버렸다.

"장관이군."

눈사태가 발생한 즉시 플라이 마법을 통해 날아오른 탓에 마르스 일행 중 피해를 입은 이들은 아무도 없었다.

공중에 떠 있던 마르스 일행은 눈사태가 일으킨 장엄한 광경을 물끄러미 바라보고 있었다.

"대지의 기억도 이제는 흩어져 버렸으니 놈에 대한 추적은 불가능하게 됐군."

"추적마법이 걸려 있다고 하니 네오클래스에서 놈을 찾아낼 것이다. 놈에 대한 응징은 그들이 할 것이니 떠나도록 하자."

두영에 대한 아쉬움이 담긴 마르스의 목소리에 그의 동료들이 떠나기를 재촉했다.

"그래야겠지. 놈들이 우리의 위치를 추적한 것을 보면 위성을 이용했을 것이다. 그러니 지금부터 가지고 있는 기운을 모두 감추고 이동한다."

눈사태가 발생한 산등성 위의 허공에 떠 있던 마르스는 동료들을 향해 지시를 내렸다.

"곧바로 목표한 지점으로 이동한다. 힘들 내라!"

마르스는 지쳐 있는 동료들의 기운을 북돋았다.

휘이이익!

내상을 입은 후 마나탄을 집중해 사용한 탓에 플라이마법을 시전한 것이 무리이기는 했지만, 의도대로 성공한 것만 해도 다행이라 여긴 마르스 일행은 곧바로 산등성이를 떠났다.

그들이 떠나가는 것과 동시에 인공위성에서 추적하던 그들의 좌표도 사라져 가기 시작했다.

생체신호와 적외선을 감지하여 위치를 추적하고 있는 위성도 마르스 일행이 흘러나오는 기운을 모두 감추자 추적할 수 없었던 것이다.

*   *   *

눈사태가 일어나고 주변에 대한 수색이 시작된 것은 다음날 아침이었다. 눈 속에 묻혀 버린 사람들을 찾기 위한 수색이었다.

"제기랄! 이제야 수색을 하다니!"

새벽까지 눈이 그치지 않아 어쩔 수 없이 수색이 늦어진 탓에 화가 난 게링이었다. 시간이 늦어질수록 동료들의 목숨을 보장할 수 없었던 것이다.

"나로서는 결정을 내릴 수 없으니 일단 보고부터 해야겠다."

통신조를 운영하고 있던 게링은 파악된 상황을 즉각 제커 대령에게 보고하기로 했다.

뜻밖의 사태로 인해 브라보팀의 팀장인 맥글레인의 부재로 상관인 제커 대령에게 상황을 보고해야 했던 것이다.

알래스카 기지로 떠났던 제커 대령은 게링이 전한 소식을 듣고 황당하기 그지없었다.

[그러니까, 통신조로 남은 팀원들을 제외한 브라보팀 전원이 매몰된 상태라는 말인가?]

"그렇습니다."

[수색은?]

"캐나다 군의 협조를 요청해 놓은 상태이지만 어려운 상황입니다. 동료들을 이끌고 수색을 개시했지만 팀원들이 살아 있다는 보장이 없습니다."

[통신으로 파악된 상황이라면 팀원들 전원이 복합스테로이드를 사용했을 것이다. 그러니 몇 명 정도는 생존해 있을 수도 있다. 최대한 서둘러 생존자를 구조하도록 해라. 그리고 시체는 물론 장비도 모두 회수해라! 무조건이다, 무조건! 알았나?]

"최선을 다하겠습니다."

흥분해 소리치는 제커 대령의 지시에 대답한 게링은 통신을 끊었다.

브라보팀이 보유하고 있는 장비들은 현재 군에서 사용되고 있는 것이 아니었다.

모두가 개량에 개량을 거듭한 최첨단 무기였기에 반드시 회수해야 했다.

브라보 팀원들도 마찬가지였다.

유전자공학을 이용해 만들어진 자들이었기에 시체도 반드시 회수해야 하는 상황이었다.

게링은 마음이 급했다.

캐나다 군에게 협조를 요청해 지원을 받기로 했지만, 그들의 시선을 피해 전우들과 장비들을 자신들이 찾아 조치를 해야 했던 것이다.

"위성 추적 장치는?"

"가동하고 있는 중입니다. 하지만 깊이 매몰되어 있는 탓에 팀장님과 팀원들을 찾는 것이 쉽지가 않습니다."

"대령님 말씀대로 복합스테로이드를 사용했다면 살아 있는 팀원들이 있을 수도 있다. 즉시 헬기 지원을 요청하고 공중에서 찾는다."

"알겠습니다."

팀원에게 지시를 마친 게링은 막사를 빠져나갔다. 알래스카로 떠났던 제커 대령이 돌아오고 있었기 때문이다.

투타타타!

"오시는군."

팀원들을 지휘하며 수색을 펼치고 있던 게링은 치누크 헬기가 멀리서 오고 있는 것을 볼 수 있었다. 제커 대령이 다시 돌아오고 있는 것이다.

헬기는 곧바로 착륙을 했고 게링 이하 몇몇 팀원들이 헬기에 오른 후 곧장 이륙을 했다.

"상황은 어떻게 됐나?"

게링과의 통신에서 흥분했던 모습과는 달리 제커 대령은 무척이나 가라앉아 있었다. 흥분만 해서는 상황을 정리할 수 없다는 사실을 인지한 것 같았다.

"아직 발견하지 못했습니다. 장비들에 부착된 자동 폭파 장치를 사용하려 해도 대원들이 살아 있을 가능성이 있어 준비만 하고 있는 중입니다."

“으음, 최종 좌표부터 밑으로 훑는다. 살아 있는 대원을 발견하면 곧바로 옮긴다. 캐나다 군이 도착할 때까지 앞으로 수색은 세 시간 동안만 진행한다. 그때까지 발견하지 못하면 장비는 자동 폭파시키고 철수한다.”

“으음, 알겠습니다.”

게링의 대답이 침울했다. 캐나다 군이 도착할 때까지 수색할 수밖에 없는 까닭이다.

팀원들이 사용하는 장비에는 하나같이 자동 폭파 장치가 부착되어 있다. 팀원들이 입고 있는 슈트 또한 마찬가지다.

폭파 장치를 가동시키면 완전히 소각되어 증거물을 남기지는 않겠지만, 자칫 살아 있는 대원들도 죽음으로 몰아넣어야 했던 것이다.

게링 이하 팀원들에게 지시를 내린 제커 대령은 입을 다물고 생각에 잠겼다. 역 정보를 흘려 마틴의 배후 세력을 잡으려 했지만 보기 좋게 실패했기 때문이다.

‘캐나다 군은 작전 중에 군인들이 눈사태에 휩쓸린 것으로 알고 있는 중이니, 최대한 빨리 찾아야 캐나다 군을 속일 변명거리라도 생긴다.’

아직도 기회는 있기에 작전의 실패는 얼마든지 감수할 수 있는 제커 대령이었다.

이미 어느 정도 예상하고 있었기에 실패한 것은 문제가 되지 않지만 후속 조치가 관건이었다.

자신들이 남긴 흔적을 말끔히 지워야 했던 것이다.

브라보팀의 대원들과 사용했던 장비들이 노출되면 심각한 상황에 부딪칠 수 있는 일이었다.

일이 실패한 이상 문책을 피할 수는 없지만, 더 이상 상황이 악화되는 것만은 피하고 싶은 제커 대령이다.

삐! 삐!

다행스럽게 눈사태가 발생한 지역의 상공으로 접근하자 구조 신호가 잡혔다. 누군가 살아 있다는 소리였다.

치누크가 선회하며 구조 신호가 울리고 있는 지점으로 다가갔다. 백설 천지로 화한 하얀 벌판 위에 적색의 연기가 피어오르고 있었다. 위치를 알리는 연막탄이었다.

연막탄 주변으로 꿈틀거리는 인영들이 보였다. 생존한 브라보 팀원들이었다.

제커 대령과 게링 이하 팀원들은 곧바로 레펠로 연막탄이 있는 곳으로 내려갔다.

지상으로 내려온 제커 대령은 빠르게 브라보팀에게 다가갔다.

"어떻게 된 일인가?"

기진맥진한 표정으로 자신을 바라보고 있는 맥글레인을 향해 제커 대령이 물었다.

"놈들이 일부러 눈사태를 일으켰습니다. 사망자 열다섯 명, 생존자 열두 명, 장비는 제트바이크 한 대를 제외하고 전부 회수했습니다. 눈사태에 휩쓸리느라 통신 장비가 전부 망가져 연락을 취할 수 없었습니다."

브라보팀의 팀장답게 뒤처리를 깨끗하게 끝낸 것 같지만 바이크 한 대를 회수하지 못한 것이 마음에 걸렸다.

"한 대를 회수하지 못했다는 말인가?"

"저격조가 가지고 있던 것입니다. 어떤 신호도 발신하지 않는 것으로 봐서는 놈들이 쏘아낸 마나탄으로 폭발한 것으로 추측됩니다. 안심하셔도 될 겁니다."

"그런가? 그래도 자동 폭파 장치를 가동시켜야겠군."

"그러는 편이 보안을 위해서도 좋을 겁니다."

"들었나? 당장 폭파시키도록!"

제커는 게링에게 바이크를 폭파시키도록 명령을 내렸다.

"알겠습니다, 대령님!"

게링이 명령을 수행하기 위해 자리를 뜨자 제커는 맥글레인에게 다시 지시를 내렸다.

"곧 헬기들이 당도할 테니 철수를 할 수 있도록 준비를 해라. 캐나다 군의 수색이 개시되기 전에 일단 이곳을 뜬다."

"죄송합니다, 대령님!"

"실패할 수도 있는 일이었다. 그런데 놈들에게 흔적을 남긴 건가?"

"다행히 죽이지는 못했지만 저격은 성공한 것 같습니다. 시간이 지나더라도 추적은 할 수 있을 겁니다."

"그럼 됐다. 반 정도 성공한 것이니 자책할 필요는 없다. 나머지는 나에게 맡겨두고 X—9의 후유증을 최소화해야 하니 곧바로 이동해 휴식을 취하도록!"

"알겠습니다."

제커 대령의 지시를 받은 맥글레인은 안도하는 표정으로 대답을 했다. 적을 추적하는 두 가지 계획 중 한 가지는 성공해 제커 대령을 안심시켰기 때문이다.

맥글레인은 생존한 수하들에게 명령을 내려 죽은 수하들을 헬기에 싣도록 했다.

눈사태로 인해 부서지고 고장난 장비들도 치누크 헬기에 옮기고 난 후, 제커 대령을 비롯한 일행은 곧바로 현장을 떠났다.

목적지로 이동하는 도중 게링으로부터 폭파 장치가 가동하지 않는다는 보고를 받았지만, 맥글레인으로부터 바이크가 폭파되었다는 이야기를 들었던 터라 제커는 게링의 이야기를 흘려듣고 말았다.

부우우웅!!

치누크 헬기가 눈사태 현장을 떠나고 얼마 뒤 눈 속에서 무엇인가 튀어나왔다. 제커 대령 등이 폭파된 것으로 생각한 제트바이크 한 대였다.

교전이 시작된 후, 멀리 떨어진 곳에 감추어진 제트바이크를 재빠르게 훔쳐 낸 후 눈 속에 은신해 있던 두영이 움직이기 시작한 것이었다.

두영은 제커 일행이 떠난 후 주위에 아무도 없다는 것을 확인하고 듀크가 있는 곳으로 향했다.

CHAPTER 07
미래에서 온 기술들

TIME
SLICE 타임 슬라이스

나에게 있어 마스터의 수하들을 추적해 온 자들이 있었다는 것은 시간을 벌 수 있기에 무척이나 다행스러운 일이었다.

흔적을 완전히 지우느라 가지고 있는 힘을 대부분 소모한 터라 얼마 있지 않아 붙잡힐 수도 있었기 때문이다.

위장된 완전 군장에 초기 형태의 레일건까지 완비한 것으로 보아 미군에서 운영 중인 특수부대원이 분명했다.

정확하게 마스터의 수하들을 찾은 후 매복을 하는 것을 보면 그들은 인공위성을 이용한 위치 추적을 사용하는 것이 틀림없었다.

그들이 매복을 완료하고 마스터의 수하들을 기다리는 사이 내가 노린 것은 매복한 자들이 타고 온 것들이었다.

매복한 자들이 상당한 거리를 두고 숨겨놓은 터라 쌍방 간에 전투가 일어나면 곧바로 탈취해 도주하면 상당히 도움이 될 것 같았다.

은밀히 신형을 감추고는 천천히 접근을 했다.

저격조라 그런 것인지 타격 후 곧바로 이동하려는 듯 시동 장치를 끄지 않고 있어 기회만 잘 탄다면 쉽게 탈취할 수 있을 것 같았다.

지키고 있는 자는 한 명뿐이었다. 반쯤 파묻힌 눈 속에서 후방을 감시하며 매복한 자들을 보호하는 역할을 맡은 것 같았다.

숨어서 주변을 살피는 자는 아직도 눈이 내리는 터라 내가 접근하는 것을 알아차리지 못했다.

푹!

바로 뒤에까지 다가간 후, 눈 속으로 실체화된 기운을 찔러 넣었다.

호령무를 통해 얻은 영혼 전사들의 힘이 얼마 남지 않아 아껴 써야 하는 처지지만 지금은 그럴 상황이 아니었기에 있는 대로 쏟아냈다.

눈 속을 뚫은 기운은 숨은 자의 연수 부분에 충격을 주었다. 잘 단련된 전사 같았지만 충격을 견디지 못하고 이내 정신을 잃었다.

일단 목적한 바를 달성했기에 소형 비행정 같은 제트 바이크에 올라타고 일이 터지기를 기다렸다.

슈슈숭!

바람을 가르는 소리가 눈보라를 갈랐다. 저격이 시작된 모양이었다.

콰콰쾅!!

마스터의 수하들에게서 기운이 팽배해지는 것이 느껴지고 난 뒤 거대한 폭발이 일어났다.

부아아앙!

콰쾅!! 콰콰콰쾅!!

오토바이와 작동하는 법이 비슷했기에 그대로 액셀을 당겼다. 제트엔진의 소음과 함께 빠르게 소형 비행정이 움직였다.

비행정이 움직이는 소리는 상당히 컸지만 연이어지는 폭발음에 묻혀 버렸기에 내가 탈취한 것을 알아차린 자들은 아무도 없는 것 같았다.

폭발은 한동안 지속됐다.

그리고 얼마 후 우르릉거리는 소리가 산 전체를 울렸다. 산사태가 일어난 모양이었다.

빠르게 북쪽으로 방향을 틀고 전속력으로 달렸다. 듀크가 있는 쪽으로 방향을 튼 것이다.

마스터의 수하들로 보이는 자들이 추적을 중단했는지 동쪽으로 향하는 것을 느꼈기 때문에 진행 방향을 바꾼 것이다.

아마도 나에 대한 추적을 중단한 것은 매복해 있던 자들 때문인 것 같았다.

그런데 문제가 생겼다. 빠르게 자리를 벗어나고자 했지만 재수가 없었는지 2차로 떨어져 내리는 눈사태를 정면으로 마주쳐 버린 것이다.

어쩔 수 없이 찬황기를 사용했다. 많이 부족하지만 살기 위해서는 어쩔 수 없는 일이었다.

찬황기를 이용해 결계를 펼치자마자 바이크와 함께 눈사태에 파묻혀 버렸다. 다행히 첫 번째 눈사태가 있어났을 때 많은 양의 눈이 아래로 흘러내려 간 탓에 충격도 그리 받지 않았고, 깊게 묻히지 않았다.

찬황기로 펼친 결계로 보호를 받을 수 있었기에 눈사태가 가라앉은 후 이동하기로 했다. 몸도 회복하고, 혹시나 있을 감시망을 피하기 위해서였다.

찬황기를 이용한 결계는 함부로 풀 수 없었다. 지금은 살필 수 없지만 내가 타고 있는 기체 어딘가에 위치를 추적하기 위한 장치를 해놨을 것이다. 위성 추적 장치를 가동하고 있는 것이 틀림없었기에 나뿐만 아니라 비행정에서 발생하는 모든 기척을 지워야 하기에 결계는 절대 풀 수 없다.

그렇게 힘겨운 상황에서 몸을 회복하는 가운데 사람들의 기운을 느낄 수 있었다. 마스터의 수하들과 전투를 벌였던 자들의 기척이었다.

저격조를 제외하고는 눈사태가 일어난 아래쪽에서 포위망을 구축하고 있었기에 피해를 입은 것이 분명한데, 상당수의 인원들이 살아 있었던 것이다.

실로 대단한 자들이 아닐 수 없었다. 재앙이라고 할 수밖에 없는 눈사태 속에서도 살아남다니 말이다.

그들 중 몇몇은 활발하게 움직였다. 눈 속에 묻혀 있는 자신들의 동료를 찾는 것 같았다.

신경이 쓰였다. 눈 속에 있는 동료들을 어떻게 찾는지는 모르겠지만 내가 묻혀 있는 곳도 들킬 가능성이 높았던 것이다.

한참 몸을 회복시키며 그들에게 주의를 기울이고 있을 때 헬기 소리가 들렸다. 많은 사람들이 지상으로 내려오고, 그들 중에 익숙한 기운이 느껴졌다.

헬기를 타고 온 제커 대령이 눈사태가 난 현장을 살펴보고 있는 것이 틀림없었다.

결계를 쳐놔서 첩보 위성은 물론, 누구에게도 들키지 않겠지만 그래도 혹시 몰라서 최선을 다해 기척을 감췄다.

그렇게 숨어 있다가 제커 대령이 떠나는 것을 확인한 후에 곧바로 눈 속을 헤쳐 나와 바이크를 몰았다. 움직이면서도 누군가 추적하고 있지 않나 세심한 주의를 기울였다.

마스터의 수하들에게서 흘러나오는 특유한 파장은 전혀 느껴지지 않았다.

놈들이 만든 것을 타면서 느끼는 것이지만 아무래도 이 시대의 기술로는 만들기 불가능한 물건으로 보였다.

오토바이도 아니고, 썰매차도 아닌 특이한 소형 비행정 형태의 이동 수단이었는데, 좀 더 개량한다면 훗날 큰 도움이 될 수도 있어 보였다.

소행 비행정을 타고 이동하는 중이기는 하지만 상당히 힘에 겨웠다. 찬황기를 이용해 펼친 결계를 계속해서 유지해야 했기 때문이다.

듀크가 있는 곳에 도착했을 때는 완전히 녹초가 되어버렸다. 마스터의 수하들을 상대하느라 가지고 있는 힘의 대부분을 쓴 탓도 있어 영혼의 전사들을 통해 얻은 힘은 모두 소진되어 버렸던 것이다.

찬황기도 이제 얼마 남지 않았는데, 입령을 완전히 소화했지만 영혼의 전사들이 가진 힘을 만분의 일도 쓰지 못하는 처지가 답답할 뿐이었다.

"헉! 헉! 듀크, 방어막을 거둬라!"

동굴로 들어선 후 방어막을 해제했다. 상당히 지친 상태라 피곤했지만 후속 조치를 잊지 않았다.

"흔적을 지우고 추적하는 놈들이 없는지 확인을 좀 해봐!"

ー알겠습니다, 주군!

비행정을 타고 듀크의 내부로 들어서자 이내 문이 닫혔다. 듀크는 내 지시를 이행하는지 한동안 말이 없었다.

ー주군, 주변에 추적하는 자들은 없습니다.

"위성도 체크할 수 있나?"

체크가 끝났는지 듀크가 보고를 해왔기에 위성에 대해서도 물었다.

ー지금 이곳 상공에는 지나가는 위성은 물론 정지궤도를 머무는 위성이 하나도 없습니다.

"다행이로군. 일단 난 쉴 테니 이놈에 대해서 한번 조사 좀
해봐."

타고 온 소형 비행정과 실려 있는 장비들을 듀크에게 조사
하게 했다. 앞으로 쓸모가 있을 것이기에 정확한 용도를 알고
싶었던 것이다.

한쪽 구석에서 로봇팔과 각종 탐지기기들이 나와 비행정을
확인하는 것을 보며 신체 재생기 안으로 들어갔다.

어머니가 걱정하실 테니 빠른 시간 내에 회복하고 이모네
집으로 가야 했던 것이다.

신체 재생기 안에서 지친 체력과 주법을 사용할 힘을 회복
할 수 있었다. 간간이 전해지는 듀크의 말로 주변 상황을 파악
할 수 있었다.

잠깐 그쳤었던 눈이 다시 떨어지기 시작했고, 여전히 많이
내리는 중이라고 했다.

네 시간여 동안 집중 치료한 덕분에 몸을 회복할 수 있었다.
몸을 회복한 후 신체 재생기를 나와 듀크의 보고를 들었다.

─주변에 별다른 이상은 없습니다. 주군께서 추적을 따돌리
신 것 같습니다.

"좋아, 그리고 내가 맡긴 것에 대한 정보는?"

─제트엔진을 이용한 바이크에 대해서는 분석이 모두 끝났
고, 장비 또한 마찬가지입니다.

"설명해 봐."

—제트바이크는 시속 500킬로미터를 낼 수 있고, 엔진은 소형 핵융합로가 쓰였습니다. 사용 가능 시간은 거의 한계가 없어 보입니다. 무엇보다도 놀라운 것은 아직 초보적인 수준이긴 합니다만 반중력 장치를 활용했다는 것입니다.

"반중력 장치를?"

—아마도 마법적인 형태 같습니다.

"으음, 대단하군. 꽤나 어려운 기술인데 마법과 과학을 접목시키다니."

—장비에 대해 설명을 드리겠습니다. 열화우라늄을 개조한 복합총기는 레일건 형태를 취하고 있습니다. 이 또한 마법적인 힘을 사용한 것으로 보입니다. 지금 시대의 지구에서 이런 기술이 적용되고 있다니 저로서도 놀랍습니다, 주군!

듀크의 보고를 들으며 내가 생각한 것이 맞았다는 것을 알았다. 마틴의 수하들과 전투를 벌였던 자들이 사용한 것들은 지금 시대의 것이 아니었다. 앞으로 100년 후에나 세상에 나올 장비였던 것이다.

아마도 나처럼 타임 슬라이스를 통해 이 시대로 온 자들이 있는 것이 틀림없었다.

"좋아, 어찌 된 일인지 알아보면 될 것이고, 이걸 가지고 왔는데 어떤 것인지 확인을 해봐."

미래 기술을 가지고 있는 자들에 대해서는 나중에 알아봐야 할 것 같기에 원탁이 변한 원반을 품에서 꺼내 내밀었다. 마틴의 수하들이 이것을 이용해 블랙노바를 만들어냈기에 정확한 용도를 알고 싶었던 것이다.

기계 팔이 나와 원반에 접촉을 시작했다.

원반을 분석하는 데 오래 걸리는 것인지 듀크의 보고는 상당한 시간이 지난 뒤에 이루어졌다.

─흥미로운 에너지를 내포하고 있습니다. 주군께서 가지고 계신 기운과 상당히 흡사한 에너지 파장입니다.

"그래?"

듀크의 말에 흥미가 동했다. 불완전한 몸을 완성할 수 있는 단서를 얻을 수 있을지 모르기 때문이다.

─주군께서 뭘 기대하시는지 압니다만, 이 안에 담겨 있는 에너지로는 주군의 몸을 완벽하게 할 수는 없을 것 같습니다. 파장은 비슷하지만 일치하지 않기도 하고, 주군께서 가지고 계신 문제의 근본적인 원인은 에너지 문제가 아니니까 말입니다.

"아깝군."

듀크의 말에 솔직히 안타까웠다. 이번 일에서도 몸이 완전하지 않다는 것이 무척이나 아쉬웠었다.

혹시나 했던 기대감이 무너졌기에 실망하지 않을 수 없었다.

─그렇다고 실망하실 필요는 없을 것 같습니다. 이 안에 담긴 에너지라면 제가 가지고 있는 기능을 전부 발휘할 수 있을 것 같으니 말입니다. 에너지 생산 장치를 가동할 수 있는 것은

물론, 업그레이드까지 가능하니 말입니다.

"그래? 나에게 소용이 없어 내심 아쉬웠는데, 그런 용도로 활용할 수 있다니 정말 잘됐군."

─그렇지만 몇 가지 조치가 필요합니다. 지금 제게 주신 원반에 추적 장치가 붙어 있는 것 같으니 말입니다.

"추적 장치가? 그렇다면 큰일이군."

추적 장치가 붙어 있다면 듀크가 있는 곳을 들킬 가능성이 크기에 문제가 컸다.

─걱정하지 마십시오. 공간을 나누어 바깥세상과 단절시켜 놓은 곳이라 추적은 없을 겁니다. 추적 장치도 금방 해제할 수 있을 것이니 이곳을 들킬 염려는 없을 겁니다.

"그렇다면 다행이다. 괜히 떨었군."

─참고로 바이크에 장착되어 있는 원격 장치들도 제거했습니다.

"원격 장치?"

─원반과 마찬가지로 추적 장치는 물론, 폭파 장치가 있어 해제했습니다.

"결계를 펼치지 않았으면 죽을 뻔했군."

눈 속에 숨어 있는 동안 이상 신호가 몇 번 잡혔는데, 추적 장치나 폭파 장치를 가동시키는 신호였던 것 같다. 찬황기로 펼친 결계가 아니었다면 죽었을 것이라는 생각에 가슴을 쓸어 내렸다.

─그런데 곧바로 숙소로 가실 겁니까?

"그래야겠지. 어머니가 걱정하실 테니까."

―그럼, 조금만 기다려 주십시오. 밖에 아직도 눈이 오고 있는 상태니 이 원반에 있는 에너지를 흡수하면 주군을 이동시키는 것이 훨씬 수월할 것입니다.

"단거리 텔레포트도 가능하다는 건가?"

예전 메인타워를 이용할 때 간혹 사용하던 것이 생각나 듀크에게 물었다.

―전 대행성 전투용 메인타워입니다. 단거리는 물론, 같은 행성 내에서는 사용자를 어디든지 이동시킬 수 있습니다.

"좋아. 그것참 편리하군."

그런 기능이 있다는 이야기는 들었지만 예전에 사용한 것보다 훨씬 기능이 뛰어난 것 같아 기분이 좋아졌다.

듀크가 원반에서 에너지를 전부 흡수한 것은 다섯 시간이 지났을 때였다. 제 기능을 완전히 회복한 듀크는 말한 대로 나를 단번에 이모네 집 앞으로 텔레포트시켰다.

탐색 범위가 넓어진 탓에 이모 집 근처에 사람들이 없는 장소를 골라 이동을 시킨 것이다.

이모 집까지 걸어가는 동안 핑계를 만들어야 했다. 내가 사라져 걱정이 많았을 테니 말이다.

저녁 시간이라 그런지 이모 집에서 사람들의 기운이 느껴졌다. 문을 열고 들어가니 가족들이 모두 모여 있었다.

"이제 오니?"

어머니가 나를 맞으셨는데 걱정하는 기운이 하나도 없다. 꼬박 하루를 넘게 사라졌었는데 어찌 된 일인지 모를 일이었다.

"걱정하셨지요?"

"메우가 그러는데 수련을 하기 위해 갔다고 하더라. 눈이 많이 오기에 걱정이 들기는 했지만 네가 누구냐? 메우도 이런 눈 정도는 아무것도 아니라고 해서 걱정하지 않았다."

"그랬군요."

식당 쪽으로 향하며 메우 형이 윙크를 한다. 형이 가족들을 안심시킨 모양이다.

"어서 들어가자. 마침 저녁을 먹으려고 하던 중이었다."

"예, 엄마."

식당으로 가니 이모부 내외와 동생들, 그리고 성준이, 메우 형이 식탁에 앉아 있었다. 어머니와 나도 자리에 앉았다.

"눈이 많이 왔는데 괜찮았니?"

"보시다시피요. 마침 동굴이 있어 눈을 피해 명상을 좀 했습니다. 시간이 이렇게 지났을 줄은 저도 몰랐습니다."

옷가지는 듀크를 통해 세탁을 끝낸 터라 텔레포트 후 약간의 눈을 맞은 것이 전부였다.

고생한 흔적은 나타나지 않을 것이기에 이모에게 대충 설명했다.

"상당하구나. 명상을 그토록 오래 했다니, 보통 사람이면 그렇게 오래 할 수 없는데 말이다."

성준이가 궁금한 눈빛을 흘리며 말했다.

"어려서부터 하던 수련이라 깊이 빠져들면 하루 정도는 금방 지나간다. 학교에 다니는 동안은 시간이 나지 않아 잘 하지 못해서 조금 깊이 빠졌나 보다."

"그러냐?"

대충 말해준 탓에 성준이가 무척이나 궁금한 눈빛이었지만 있었던 일을 이야기해 줄 수는 없는 노릇이다.

"자자, 이야기는 나중에 하고 식사부터 하자. 오늘은 내가 준비했으니 다들 맛있게 먹자."

궁금한 것이 많은 눈빛이셨지만 성준이의 질문에 곤란해할 것 같아 보였는지 어머니가 이야기를 중단시켰다.

"엄마가요? 맛있겠네요."

어머니가 준비하셨다니 입맛이 돌았다.

아니, 배에서 요동을 쳤다. 하루를 내리 굶었으니 어서 빨리 음식을 들이라고 난리였다.

이모부가 수저를 들고 난 후, 다들 식사를 시작했다. 따뜻한 김치전골과 여러 가지 밑반찬들이 입맛을 돋웠다.

그렇게 식사를 마치자 어머니가 간단한 다과를 준비했다. 이런 시간을 갖는 것이 즐거운 듯 성준이가 과일을 담은 접시를 들고 분주하다.

응접실에서의 대화 내용은 주로 내 수련과 관련이 있는 것이었다. 이런 일이 있을까 봐 예전부터 메우 형과 입을 맞추어 놓은 상태라 이야기하기는 쉬웠다.

　메우 형의 부족에서 전해지는 고유한 무예를 익힌다는 것을
골자로 몇 가지를 각색한 시나리오를 들려주자 다들 이해하는
눈빛이었다.

　현 격투기 세계 챔피언이 도와주니 내가 삼묘족의 진전을
이은 것을 알고 있는 어머니를 제외하고는 모두 믿는 눈치였
다.

　이런저런 이야기꽃을 피우다 다들 일찍 잠자리에 들었다.
산간 지역이라 다른 곳과 비교해 밤이 더욱 깊었기 때문이
다.

　"두영아, 그거 말이다.

　함께 방을 쓰는 터라 침대에 눕자 성준이가 이야기를 꺼냈
다.

　"뭐?"

　"메우 형하고 네가 수련하는 거 말이다."

　"호령무 말이야?"

　"그래, 그거! 옛날부터 전해져 내려왔다고 했는데 무협지에
나오는 것처럼 그런 거냐?"

　자식이 능청이었다. 자신이 익히고 있는 것도 범인이라면
상상도 할 수 없는 거면서 말이다.

　"하하하, 녀석! 그런 것은 아니다. 무에타이의 일종으로 신
체를 단련하는 거다. 태국이라는 나라가 원체 사원이 많은 나
라가 아니냐. 불교의 영향을 받아 명상을 중요시해서 호령무
도 명상 수련법이 주를 이룬다."

"그래……."

조금 실망하는 눈치였다.

뭔가 원하는 것이 있는 것 같은데 물어보기는 그랬다. 녀석이 터놓고 말해주지 않으니 말이다.

"너도 가르쳐 줄까?"

"아니다. 나 같은 샌님이 뭘. 그만 자자."

한번 떠봤는데 대번에 거절이다. 녀석이 익히고 있는 것과 관련이 있는 모양이다.

상단전만 특성화시키는 수련을 하고 있으니 신체를 단련하는 것과는 맞지 않는 모양이었다.

잠시 후, 코를 고는 소리가 들렸다. 금방 잠에 빠져드는 것을 보니 수련을 시작한 모양이었다.

언제나 봐왔지만 참으로 특이한 수련이다.

잠을 자면서 뇌를 단련시키는 수련이라니 말이다.

어쩌면 성준이도 술자 가문 출신인지도 모르겠다. 상단전을 활용한 술법은 술자 가문의 특기니 말이다.

'그나저나 심상치가 않다. 뭔가 벌어지고 있는 것은 틀림없는데…….'

성준이의 수련을 지켜보며 조용히 생각에 잠겼다. 진행되는 상황이 조금 심각해 보였기 때문이다.

'모든 것은 마스터가 하는 연구에서 비롯된 것 같은데, 랜스를 통해서도 자세히 알기 어려우니…….'

자신이 의식을 통제하고 있는 랜스에게도 비밀로 하는 것을 보면 무척이나 중요한 일인 것이 분명했다.

스피릿아머를 만드는 것이라면 충분히 가능한 일이었지만, 그것만으로는 조금 부족했다. 뭔가 다른 것이 있는 것이 분명해 보였다.

'아직은 섣불리 뛰어들 수 없는 일이다. 일단, 써니 다이를 통해서 알아보고, 듀크가 이제부터 제 기능을 발휘할 수 있을 테니 준비가 되면 어찌 된 일인지 본격적으로 확인해 보자. 그나저나 이제부터 듀크를 제대로 써먹어야 하는데 내 몸이 신통치가 않으니…….'

이번 일에서 얻은 수확은 듀크가 제 기능을 발휘할 수 있게 된 것이다.

지금 시대의 자세한 정보를 수집하고, 지구를 탐사할 수 있는 장비를 갖추는 일만 끝나면 막강한 지원 시스템을 얻을 수 있는 것이다.

그리고 무엇보다 중요한 것은 충분한 에너지를 확보할 수 있어 이제는 어디든 이동이 가능하다는 것이다. 많은 준비가 필요해 아직은 위성 시스템을 활용할 수 없는 상태이기에 듀크의 이동성은 무척이나 중요했다.

연구진에 합류한 터라 이면 세계의 일에 본격적으로 개입했다고 할 수 있으니 말이다.

'듀크, 얼마면 이동이 가능할까?'

듀크의 상태를 알아보기 위해 텔레파시를 보냈다.

―주군께서 계시는 곳을 중심으로 반경 1킬로미터 안에 머

물려면 추가적인 장비가 필요한 상태입니다. 인식 제어 장치와 공간 왜곡 장치의 개조가 완료되는 이틀 후면 어디든지 이동이 가능합니다.

'좋아, 앞으로 잘 부탁해. 준비에 차질이 없도록 하고.'

—얼마 만에 활동하는 것인지 저 또한 기대가 큽니다.

자아를 가지고 있는 인식체답게 듀크도 조금 흥분한 것 같아 보였다.

'그럼, 이만 끊을게.'

듀크와의 통신을 끝내고 눈을 붙였다. 이제부터는 새로운 날이 펼쳐질 것이다.

삼묘족의 비원을 풀고, 안젤라가 얽힌 일을 해결하기 위해서는 나도 많이 변해야 할 것이기 때문이다.

듀크의 가동이 끝나고 이틀 후 곧바로 보스턴으로 향했다.

어머니의 미주 여행은 이모 집이 끝이었다. 어머니는 보스턴에 도착한 후 아버지의 연락을 받고 태국으로 돌아가셨다.

나는 방학 기간이 많이 남아 여러 가지 일로 분주했다.

듀크의 활동을 위해 각종 데이터를 수집하는 일을 도와야 했고, 써니 다이를 통해 마스터와 제레미, 그리고 제커 대령에 대한 조사를 진행시켜야 했기 때문이다.

듀크의 데이터를 채우는 것은 그다지 어렵지 않았다. 도서관의 데이터망을 접속하는 것은 일도 아니었거니와 마이크로

로봇을 통해 소장된 책들을 검색하면 되었기 때문이다.

문제는 써니 다이를 통해 조사를 의뢰한 것이었는데, 세 사람에 대한 조사가 그다지 신통치 않다는 것이었다.

마스터는 멀티온 시스템의 창업주라는 것과 일반적으로 사회에 알려진 것 이외에는 거의 다른 것이 없었다.

제레미라는 연구원은 하버드 출신으로, 재학 당시 그다지 특출나지 않은 학생이었다는 것 이외에는 정보가 없었다.

특이한 것은 두 사람 모두 가족이 없다는 것이었다.

그나마 성과가 있는 것은 제커 대령이었다. 펜타곤 내의 비밀 조직인 네오클래스에 속해 있다는 것이었다.

오래전부터 네오클래스에 대해 관여해 왔다는 것이 써니 다이의 설명이었다.

하지만 제커 대령이 현재 네오클래스에 속해 있다는 것을 알아낸 것 이외의 다른 정보는 거의 없었다.

네오클래스가 정확히 무엇을 하는 곳인지는 알아내지 못한 것이다.

네오클래스에 대해서는 워낙 보안이 철저한 터라 더 이상 알아내려 하다가는 문제가 생길 것을 우려해 조사를 중단했다는 것이 써니 다이의 설명이었다.

네오클래스에 대해서는 알아내지 못했지만 써니 다이는 한 가지 단서를 제공했다.

제커 대령이 오래전부터 해왔던 일에 대한 것이었다.

그가 네오클래스에 들어가기 전에 주도했던 일에서 그가 현재 무엇을 하고 있는지 단서를 찾아낸 것이다.

써니 다이가 알아낸 바로는 제커 대령은 초능력을 이용한 특수부대 양성과 적 초능력자들에 대한 방어 대책을 만드는 프로젝트에 관여했었다고 한다.

아마도 네오클래스에서도 그에 관한 일을 하고 있을 것이 분명했다.

이 정도까지 알아낸 것도 써니 다이가 워마켓의 일에 관여하고 있어서였다.

그렇지 않았다면 그저 펜타곤에 근무하는 흔한 군인으로 여겼을 터였다.

오늘은 그동안 써니 다이가 모아온 정보를 전해 받았다. 예상한 대로 별다른 정보는 없었지만 그나마 여러 가지 단서를 얻었다.

"이런, 시간이 벌써 이렇게 되었군. 이모부가 기다리시겠다."

써니 다이가 준 자료를 읽다 보니 시간이 많이 지나 있었다 오늘 중요한 모임이 있다는 것을 깜빡 잊어버린 것이다.

서둘러 도서관을 나와서 이모부 관사로 향했다. 이번에 프로젝트에 참여하게 된 교수들을 만나는 자리가 마련되어 있기 때문이다.

관사로 가 문을 열자 응접실에 여러 사람들이 보였다. 성준이를 비롯해 낯이 익은 교수들이 서로 대화를 나누고 있었다.

'저 양반도 참여한 모양이로군.

전에 면접 시험에서 보았던 마이클 제니언 교수가 성준이와 진지하게 대화를 나누고 있었다. 유전공학을 전공한 교수라서 그런지 이번 프로젝트에 참여하는 모양이었다.

내가 들어서자 제니언 교수가 가볍게 고개를 끄덕이며 인사를 대신했다.

이번 프로젝트 모임은 이모부와 제니언 교수, 그리고 다른 교수 두 명까지 총 네 명의 교수가 정식 책임연구원으로 참여하는 것이다. 나와 성준이는 객원연구원으로 참여하는 상황이었다.

성준이는 제니언 교수 곁에 앉아 있었다가 나를 보며 반가워했다.

"왔냐?"

응접실로 들어서자 성준이가 나를 맞아주었다.

"약속이 있어서 조금 늦었다."

"늦기는, 아직 시작도 안 했다."

"자네도 합류한다는 소식을 들었네. 암, 주인공이 빠지면 회의가 되지를 않지."

제니언 교수도 나를 반겨주었는데 모를 말을 하고 있었다.

"이런 문 교수님이 이야기하지 않았나 보군."

"무슨 말씀이십니까?"

"일단 자리에 앉게. 설명을 해줄 테니."

제니언 교수가 자리를 권했다.

자리에 앉자 이모가 차를 내왔고, 이모가 자리를 뜬 후 제니언 교수가 이야기를 시작했다.

"이번 프로젝트는 전적으로 자네가 입학 전에 제출한 논문 때문에 만들어진 것이네."

"제 논문 때문에요?"

제리미 연구원의 말을 듣고서 어느 정도 예상은 했지만 제니언 교수가 논문을 어떻게 한 모양이었다.

"난 자네 논문을 지인에게 보여준 적이 있었네. 그는 국방부에서 생화학 공격에 대비한 연구를 하는 양반이었는데, 아주 놀라워하더군. 그동안 막혀 있던 여러 연구에 자네의 논문이 단서를 제공했다고 말이야. 그리고 그냥 잊고 있었는데 그것 때문에 문 교수님을 통해 연구 제안이 들어왔네. 자네를 포함해 프로젝트팀을 꾸며달라고 말이야. 이번 연구는 기대가 크네. 연구비도 연구비지만 연구 성과도 획기적으로 나올 수 있을 것이라 생각하고 있으니 말이야."

"그렇군요."

"두영아, 나도 어제서야 알았다. 이야기를 해주려고 했는데 기숙사에 없더구나."

옆에 앉아 있던 이모부가 이야기를 거들었다. 이모부도 모르고 있던 것을 보면 제니언 교수에 의해 이번 연구가 극비리에 진행된 것이 틀림없었다.

'말은 저렇게 하지만 제니언 교수도 네오클래스와 어느 정도 연관이 있을 것이다. 네오클래스에 소속된 자들은 군인뿐

만이 아니라고 했으니까.'

제니언 교수를 바라보며 일이 재미있게 진행된다는 생각이 들었다. 모든 일의 시작은 내가 학교에 제출한 연구 논문에서 부터였고, 제니언 교수도 그들과 상당한 관련이 있는 것을 보면 말이다.

"학교에서도 전폭적으로 지원을 해주기로 했네. 우리야 학교를 떠나 실리콘밸리로 가게 되겠지만, 자네와 왕성준 군은 이곳에 남아 관련 연구를 하게 될 걸세. 물론, 연구실은 별도로 만들어줄 예정이네."

"별도의 연구실을 말입니까?"

"그렇네. 학업도 걱정하지 말게. 자네야 전공을 유전공학으로 잡았으니, 이번 연구가 자네의 졸업을 결정하게 될 걸세. 교양 분야는 별도로 수업을 들어야 하겠지만 말이야."

"정말 고마운 일이로군요. 내심 걱정했는데 말입니다."

학위까지 인정을 해주겠다니 상당히 파격적인 조치였다.

어느 정도 내 실력을 인정한다는 소리였고, 이번 프로젝트가 그만큼 중요하다는 소리이기도 했다.

"왕성준 군도 같은 혜택을 받게 될 걸세. 두 사람 다 박사학위 정도는 받을 수 있을 걸. 그러니 교양 수업이나 전공과는 다른 수업이 뒤쳐지지 않도록 신경을 쓰게."

"교수님, 신경 써주셔서 감사합니다. 열심히 하겠습니다."

성준이도 기분이 좋은 모양이었다. 기숙사에 돌아온 후 연구로 인해 학업에 지장이 있으면 어쩌나 걱정을 많이 했기 때문이다.

"자, 그럼 구체적인 논의를 해볼까!"

일반적인 이야기를 다 한 것인지 제니언 교수가 조그만 가방에서 서류들을 꺼냈다. 프로젝트의 전반적인 계획서와 각자 맡은 분야에 대한 간단한 설명이 들어 있는 서류였다.

"천천히 훑어보게. 뭔가 빠진 것이 있으면 말하게. 연구를 진행하는 동안 부족한 것이 없도록 말이야."

"알겠습니다."

연구 계획서를 훑어보았다. 내용대로라면 상당한 지원이 계획되어 있었다. 막대한 연구비뿐만 아니라 연구에 참여한 자들에게는 상당한 양의 금전적 보상이 있을 것 같았다.

거기다 국가 기관이나 학교의 모든 실험 기자재를 사용할 수 있도록 조치까지 해놓은 상태였다.

'생체기갑병기가 이토록 중요한 것이었나?

이상한 일었다. 마스터에 의해 생체기갑병기는 대부분 완성이 된 상태였다. 구성 소재와 신경회로망을 대체하는 연구라지만 이건 정말 과한 지원이었다.

이번 연구에 우리가 모르는 다른 비밀이 숨어 있는 것이 확실했다.

"어느 정도 읽어보았으니 설명을 하겠네. 이번 연구는 유례없이 많은 지원이 이루어질 것이네. 그만큼 여러 분야에서 활용이 가능한 연구이기 때문이지. 연구실이 이원화될 것이네. 하나는 실리콘밸리에, 하나는 이곳에 말이네. 연락은 별도의 보안회선이 마련되네. 인터넷을 통해 연락을 취하게 되네만 화상이 같이 연결된 것이라 의사소통에는 문제가 없을 것이네.”

“이미 준비가 끝난 상태군요.”

“학기 초부터 시작된 것이라 이제 거의 끝이 났네. 자네들의 연구실도 삼 일 후면 사용할 수 있을 거네. 보안 때문에 그러니 내일은 학사 관리실로 가보게. 인식 절차를 거치고 보안카드를 줄 테니.”

“내일이요?”

“뭐 문제라도 있나?”

“아닙니다.”

“이제 계획서를 다 봤으면 돌려주게. 보안이 걸린 것이라 나누어주지 못하니 양해하게.”

내용은 이미 완전히 파악한 터라 제니언 교수에게 계획서를 돌려주었다.

제니언 교수가 또 다른 서류를 꺼냈다. 서류를 받아보니 연구 계약서였다. 이번 연구에 참여할 자들에게 사인을 받아야 하는 것들이었다.

계약서를 읽어보며 맨밑에 있는 서명란에 사인을 하려는데 문득 이상한 기분이 들었다.

‘후후, 재미있는 장난을 쳐놨군.’

서류의 재질은 언뜻 종이로 보이지만 아니었다. 특수한 재질로 만들어진 것이 분명해 보였다.

거기다가 특이한 에너지 파장이 느껴졌다. 마법적인 힘이 내재된 것이 분명했다.

혹시나 하는 생각에 다른 이들의 서류도 유심히 살폈다. 마찬가지로 에너지 파장이 느껴졌다.

'이자들이 원하는 것이 무엇인지 모르겠군.'

계약을 유지하기 위해 마법적인 힘을 사용한다는 이야기는 들은 적이 있었다. 계약을 파기하는 순간, 금제가 작동해 계약자를 죽음으로 몰아넣는다는 그런 것 말이다.

일단은 서류에 담겨 있는 마법적인 에너지 파장을 없애야겠다는 생각이 들었다.

'응? 이모부도 그렇고, 성준이도 이 서류가 이상하다는 것을 알아차린 건가?'

이모부는 검지로 서명란을 살살 문지르고 있었고, 성준이는 사인을 하며 서류에 담겨 있는 에너지 파장을 변화시키고 있었다.

특이한 수련을 하고 있는 성준이는 그렇다 쳐도 이모부마저 마법적인 에너지를 자유자재로 다룰 수 있다니 상당히 의외였다.

두 사람 다 아주 효과적으로 에너지를 해제하고 자신의 힘을 끼워 넣고 있었다. 아마도 자신들이 서류에 담기 에너지 파장을 조작했다는 사실을 알리고 싶지 않은 것 같았다.

계약 내용을 꼼꼼히 읽어보았다. 내용은 그다지 문제가 될 것이 없어 보였다.

이모부와 성준이, 그리고 이번 연구에 함께 참여하게 될 소재공학 전공의 레번 교수와 테른 교수도 서명을 하고 있었다.

'저 두 사람은 내가 해결을 해주어야겠다.'

서류에 담긴 에너지 파장을 변화시키고 난 뒤, 계약서를 거두는 척하며 이번 연구에 참여하는 교수들의 서류도 변형시켰다.

순순하게 연구에 참여하는 교수들이 음모에 희생되는 것을 원치 않기 때문이다.

일일이 계약서를 확인한 후 자신의 가방에 넣은 제니언 교수가 기분이 좋은지 미소를 짓고 있었다.

무슨 음모를 꾸미는지 모르겠지만 뜻대로는 되지 않을 것이기에 지켜보기로 했다.

"계약서에 서명을 받았으니 난 이만 가봐야겠네. 곧바로 전해주기로 해서 말이야. 그럼, 내일 학교에서 보세."

"식사나 하고 가시지 않고요."

"아닙니다, 문 교수님. 나중에 시간을 내도록 하지요. 국방부 관계자와 조금 있다가 사무실에서 만나기로 해서요. 대접은 받은 것으로 하겠습니다."

제니언 교수가 정중히 사양을 하고 자리에서 일어났다.

"알겠습니다. 그럼 할 수 없지요."

이모부는 아쉬워하며 제니언 교수를 배웅했다. 우리 모두 자리에서 일어나 같이 배웅했다.

'듀크, 제니언 교수를 감시할 수 있을까? 만나는 자가 누구인지도 말이야.

─학교에서 만나기로 했다면 충분히 가능합니다.

'다행이로군. 그럼, 누구와 만나는지, 그리고 무슨 이야기를 하는지 알아봐 줘.'

─알겠습니다, 주군.

'그런데 불편하지 않아? 장소가 그다지 넓지 않을 텐데 말이야.'

듀크는 현재 학교 옆을 흐르는 강물 속에 은신해 있는 상태다. 공간의 이면을 활용하도록 만들어진 것이라 큰 문제는 없지만 걱정이 되어 물었다.

─괜찮습니다. 가끔 지나가는 배들 때문에 신경이 쓰이기는 하지만 말입니다.

'그래, 수고해 줘.'

듀크에게 당부를 하고 텔레파시를 끊었다.

제니언 교수를 감시할 수 있어 다행이었다. 잘하면 네오클래스에 대한 단서를 얻을 수도 있을 것 같기 때문이다.

＊　　　＊　　　＊

문광열 교수의 관사를 나선 제니언은 곧바로 자신의 사무실로 향했다. 국방부에서 나와 있는 사람에게 계약 서류를 건네주기 위해서였다.

그가 이렇게 번거롭게 계약을 한 것은 국방부의 요청에 의해서였다. 문광열 교수를 잘 알고 있는 국방부 관계자가 직접적인 만남을 꺼려했기에 별도로 계약을 하고 이렇게 따로 계약서를 건네주기로 한 것이다.

사무실로 들어서자 검은 신사복을 입고, 선글라스를 끼고 있는 이가 보였다.

"많이 기다리셨습니까?"

"얼마 되지 않았소. 그런데 서류는?"

"여기!"

제니언 교수가 계약서를 꺼내 사내에게 건넸다.

"문 교수나 다른 사람들이 이상하게 생각하지 않던가?"

"자세히 설명했고, 연구 계약 양식을 빌렸던 터라 이상하게 생각하지 않았습니다."

"다행이로군. 그런데 연구 준비는 어떻게 진행이 되었나?"

"차질없이 진행되고 있습니다. 일주일 후부터는 본격적인 연구가 진행될 것입니다."

"이번에 벤프 쪽에서 문제가 생겼다."

"그쪽에서요?"

제니언이 의문스러운 표정으로 물었다.

"함정을 팠는데 광염의 원탁만 날렸다. 추적마법도 실패한 것 같다."

"하면 그자가?"

"아니, 우리가 함정을 팠다는 것을 모르는 눈치였다. 놈의 수하들로 보이는 자들 이외에 다른 자가 있었던 것 같은데, 아직 신원을 파악하지 못하고 있는 중이다."

"다른 자가 나타났다는 말씀입니까?"

"그래. 그것 때문에 상부에서 골치를 앓고 있는 실정이지. 술자 가문에서 개입한 것 같은데 수법의 원류를 파악할 수 없어서 말이야."

"문제로군요."

"그다지 문제 될 것은 없다, 이미 놈들의 본거지를 알아낸 상태니까. 광염의 원탁이야 그때 회수해도 늦지 않으니까. 넌 이번 프로젝트만 제대로 진행시키면 된다. 놈들이 만들고 있는 스피릿아머를 제대로 활용하려면 이번 연구가 무엇보다 중요하니까 말이다."

"염려하지 마십시오. 계획한 시간 내로 만들어낼 수 있을 겁니다."

"서둘러야 할 것이다. 생각보다 시간이 얼마 없다. 아무리 늦어도 3년 이내에 성과를 보여야 할 것이다. 그때까지는 최대한 지원을 아끼지 마라."

"그렇게 하도록 하겠습니다."

"그럼, 이만 가보도록 하겠다. 연구가 진행되는 동안 연구진들을 잘 감시해라. 금제를 가하기는 했지만 예상외의 변수가 발생할지도 모르니까."

"놈들이 손을 쓸 수도 있다는 말입니까?"

"가능성이 매우 높다. 어찌 되었든 놈들에게도 무척이나 필요한 것들이 될 테니까."

"염려 마십시오. 충분히 대비하겠습니다."

사내는 제니언 교수에게 당부를 하고 사무실을 떠났다. 그가 향한 곳은 공항이었다.

공항에는 이미 출발 준비를 마친 개인용 제트기가 대기하고 있었다.

제트기에 올라타고 이륙을 끝내자 그는 비행기 안에 마련된 간이 바에서 브랜디 한 잔을 따라 들고는 자리에 앉아 제니언 교수에게서 건네받은 서류가방을 열었다.

그는 좌석 앞에 마련된 탁자 위에 다섯 장의 계약서를 늘어놓더니 오른손을 들어 손바닥을 폈다.

"바이하 네모 싸인 드 페로! 영원의 약속을 증명하는 증표여! 그 진실한 모습을 드러내라!

마법의 주문 같은 것을 외우고 나자 그의 손에서 푸른 기운이 뻗어 나와 계약서에 머물렀다.

푸른 기운이 계약서를 덮고 나자 인쇄되어 있는 글자들이 사라지며 새로운 글자들이 나타났다. 그것은 현존하는 글자가 아니었다. 기하학적인 도형이 어우러진 이집트의 상형문자 같은 것이 계약서 위를 가득 덮고 있었다.

모두 변했지만 변하지 않은 것이 있었다. 이번 연구에 참여하는 자들이 남긴 서명이었다. 각자가 남긴 서명에는 보통 사람의 눈에는 보이지 않는 푸른 기운이 감돌고 있었다.

금제의 활성화가 이미 끝났다는 증거였다.

"음, 금제는 확실하게 된 것 같군."

금제를 확인한 사내는 계약서를 다시 챙겨 좌석 옆에 놓여져 있는 다른 서류가방에 넣었다. 금속 케이스로 된 것인데 전자 암호키가 달려 있는 것이었다.

"놈들이 수작을 부린다고 해도 어느 정도는 막아줄 수 있을 것이다. 그렇지만 허무하게 잃을 수도 있으니 조심은 해야겠지."

이번에 마련된 금제는 죽음을 담보로 하는 마법계약이었다. 단순하지만 매우 강력한 금제가 작용하는 것이었다.

자칫 방심해 마틴 회장 측에서 연구진들에게 손을 쓰는 것을 막지 못하면 금제로 인해 이번 프로젝트에 참여하는 연구진들이 모두 죽을 수도 있었다.

금제만 믿고 방치했다가 낭패를 보지 않으려면 지속적으로 감시하고 보호해야만 했다.

"제니언이 알아서 하겠지. 그만한 능력은 가진 자니까."

MIT의 교수로서 평상시에는 활동하지 않지만 특수한 경우 일을 맡겨온 제니언이었다.

학자 출신답지 않게 일에 대한 과감성과 꼼꼼함을 두루 갖춘 사람이었다. 그런 제니언이라면 연구가 완성될 동안은 충분히 마틴 회장의 의도를 막아낼 수 있기에 사내는 브랜디를 음미하며 좌석에 몸을 기댔다.

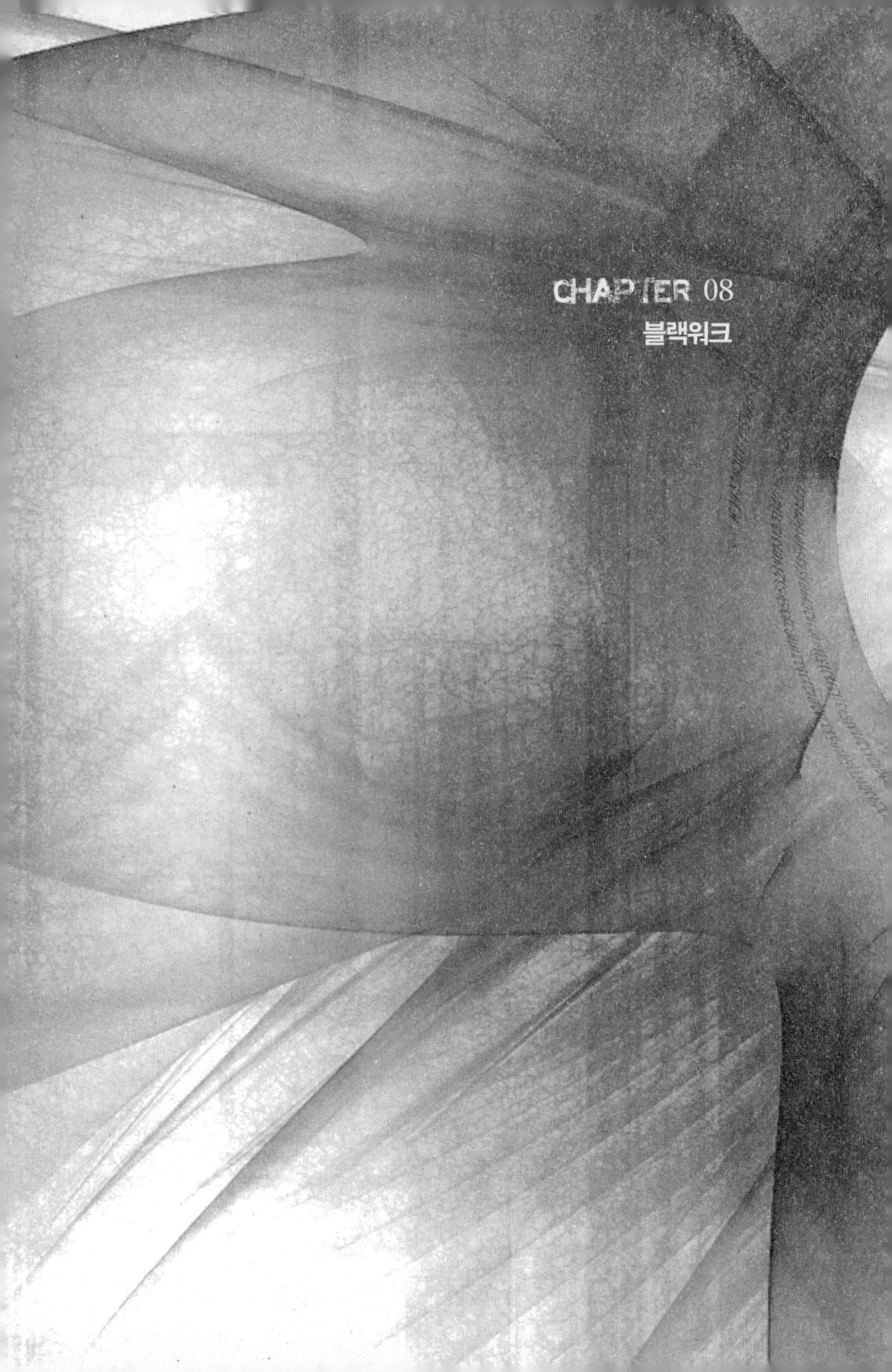

CHAPTER 08
블랙워크

TIME
SLICE 타임 슬라이스

　듀크가 제니언에게 붙여놓은 패밀리어를 통해 마법이 발현
되는 모습을 지켜볼 수 있었다.

　"역시, 누구인지 모르지만 상당한 마법적인 능력을 가지고
있는 자다. 네오클래스라는 조직이 무엇을 하는지 모르지만
앞으로 조심해야겠다."

　계약서에 수작을 부린 이는 만만치 않은 자였다. 패밀리어
를 통해 측정해 본 결과로는 상당한 힘을 감추고 있는 것으로
보였다.

　준비가 철두철미하게 되어 있었다지만 다섯 장의 계약 서류
에 동시에 마법을 건다는 것은 참으로 어려운 일이기 때문이
다.

'듀크, 놈에 대한 추적은 어디까지 가능한 거지?'

―지구를 떠나지 않는 한 추적 범위에서 벗어나지는 못할 겁니다.

'그렇다면 안심이지만 최대한 조심하도록 해. 현 시대의 보안 기술도 무시하지 못하니까 말이야.'

현 시대의 보안 기술은 상당한 편이다. 개인에 대한 식별은 물론, 외부 도청 장치에 대한 보안 검색 기술은 충분히 주의를 기울여야 했다.

―지금 감시하고 있는 패밀리어는 적외선 및 엑스선 등 외부 장치에 대한 모든 파장 검색을 통과할 수 있는 성능을 가지고 있으니 말입니다.

듀크가 자신하는 것을 보니 안심이 되었다. 이번에 듀크가 사용한 패밀리어는 모두 일곱 대다. 총 열 대를 만들어 연구진과 제니언 교수, 그리고 의문의 사내를 감시 중이다.

크기는 마이크로 규모지만 성능은 가히 소규모 로봇을 능가하는 것이다. 고성능 카메라와 음성 녹음 기능, 그리고 데이터 통신 기능까지 갖춘 것이었다.

'그 정도라니, 알았다. 놈에 대한 감시는 한순간도 놓치지 않도록 해줘. 다른 사람들도 마찬가지고.'

듀크에게 감시를 맡기고 이모부에 대해 생각을 했다. 그저 가족이라고 생각했는데 예상외의 능력을 가지고 있으니 말이다.

어머니에게 쩔쩔매는 것과는 전혀 다른 모습을 보았으니 궁금하지 않을 수 없었다.

사용한 힘의 파장으로 봐서 아무래도 이모부는 술자 가문의 사람이 틀림없었다. 손쉽게 마법적인 힘을 무력화시키는 것을 보면 가지고 있는 능력이 상당한 경지에 이른 것이 분명했다.

'이모부가 이번 연구에 참여한 것도 뭔가 이유가 있을 것이다. 계약서에 서명하기 전에 이미 금제 같은 것이 있다는 것을 알고 있었던 눈치니까.'

이모부를 제외한 다른 교수들의 계약서에 걸려 있는 금제에 대해 내가 손을 쓰고 난 후에 이모부도 별도로 뭔가를 하는 것 같았다.

제니언 교수를 배웅하며 그가 들고 있던 가방에 이모부의 손이 스치며 알 수 없는 기운이 스며들었다. 가방 안에 들어 있는 계약서의 기운이 변했던 것을 보면 금제를 해제하기 위한 것이었다.

"후후후, 재미있게 되었군. 이번에는 술자 가문이라… 이모부가 세심하게 신경을 쓰는 것을 보면 우리를 위험에 들지 않게 하실 것 같으니 내가 가지고 있는 힘을 직접적으로 내보일 필요는 없을 것이다. 위험할 때는 바로 나서야겠지만, 난 지켜보기만 하면 되겠다.'

발을 깊숙이 담그게 됐지만 주법과 소울컨주리를 제대로 쓰지 못하는 것에 부담스러운 면이 없지 않아 있었다. 듀크만으로는 모든 상황을 감당하기 힘들 수도 있기 때문이다.

그런데 술자 가문 출신인 듯한 이모부가 뭔가를 하고 있었다.

처음부터 관여가 되어 있는지도 모른다. 어쩌면 네오클래스가 무엇을 하려는지 알아보려는 것일 수도 있다.

이모부가 무엇을 위해 일하는지 모르겠지만 조카인 나를 위험에 처하게 하실 분이 아니기에 어느 정도 안심이 되었다.

직접적인 도움을 받을 수는 없지만 어찌 되었든 나에게 상당한 도움이 될 것이니 말이다.

가족이기는 하지만 이모부에 대해서도 알아둘 필요가 있을 것 같다. 패밀리어를 붙인 이유도 그 때문이다.

이모부가 계획하고 있는 것을 알지 못한 채 잘못 움직였다가는 문제가 될 소지가 있기에 알아보려는 것이다.

'으음, 그러면 성준이도 술자 가문 출신인가? 기운이 이모부가 가지고 있는 것과 비슷했는데…….'

이모부에게서 시선을 돌려 성준이를 바라보다 의심스러운 것이 생각났다. 사람은 다르지만 성준이와 이모부의 기운이 비슷한 느낌을 준다는 것이었다.

'어쩌면 같은 것일 수도 있다. 성준이는 상단전을 개발하는 것이고, 이모부는 중단전을 활용하는 것이지만 기운의 파장이 거의 비슷한 것이었으니까.'

술자 가문에서 익히는 것들은 무척이나 많지만 대부분 공통의 원류를 가지고 있는 것이 일반적이다.

술법의 종류가 다르다고 하지만 나타난 결과로 따지고 보면 매한가지나 마찬가지인 경우가 대부분이다.

특히 모든 술법의 원천이 되는 기운을 축적하거나 쓰는 법은 가짓수가 많다고 해도 술자 가문의 특성상 기운은 거의 하나의 색체를 띠게 된다.

'그러면 이모부가 처음부터 성준이를 돌봐왔다는 이야기인데…….'

나와 같이 입학을 했지만 이모의 말로는 성준이가 이모부의 수제자라고 했다. 쟁쟁한 그 많은 학생들을 제치고, 새로 들어온 신입생인 성준이가 수제자라 칭해질 때는 이유가 있을 것이 분명했다.

어쩌면 학생과 교수 이전에 다른 관계를 가지고 있을지도 모르는 일이었다.

'녀석에게 무슨 일이 있는 거지? 생활하는 것을 보면 노출을 극도로 꺼리는 것 같던데 말이야. 특허를 이용한 사업도 다른 사람 명의로 하는 것 같고…….'

어쩌면 위험을 피해 미국으로 온 것일 수도 있겠다는 생각이 들었다. 그래야 이야기가 맞아떨어지기 때문이다.

위험을 피해 미국으로 도주하고, 그를 알게 모르게 돌봐준다는 이야기가 성립하는 것이다.

'어쩌면 성준이가 수련하는 것에 대해 알 수 있는 기회가 있을지도 모르겠구나. 듀크를 통해 어떤 것인지 대략이라도 알아보도록 해야겠다. 호흡을 통해서 하는 것이라면 내기의 흐름을 관측할 수도 있을 테니까.'

이모부도 비슷한 것을 수련하고 있다면 내게도 전해질 가능성이 충분했다. 이모부와 조카라고는 하지만 그래도 가족이니까 말이다.

앞으로 주의 깊게 살펴볼 필요성을 느꼈다.

*　　　*　　　*

사내를 실은 비행기가 도착한 곳은 뉴욕이었다. 공항에 도착하자 검은색 벤츠 한 대가 사내를 싣고 마천루가 즐비한 번화가로 향했다.

사내는 이러한 일정이 익숙한 듯 뒷좌석에 파묻혀 거리의 불빛을 바라보고 있었다.

띠리리!

운전석 뒤편에 마련된 콘솔 박스에서 전화기가 울렸다. 차량용 핫라인이었다.

사내가 전화기를 들자 굵직한 목소리가 흘러나왔다.

"타이너, 예정대로 진행이 됐나?"

"준비가 끝났습니다."

"문광열은?"

"혹시나 몰라 접촉을 피했습니다. 전반적인 일은 제니언이 마무리를 했습니다."

"그럼, 정보를 차단하는 일만 남았군."

"그렇지 않아도 마무리를 하기 위해 블랙워크를 방문하려고 합니다."

“블랙워크? 너무 자주 일을 맡기는 것 아닌가?”

“그들만큼 확실히 처리하는 조직도 없습니다. 돈만 주면 어떤 일인지 묻지도 따지지도 않으니까요.”

“그렇다면 할 수 없지만, 앞으로는 별도의 조직을 만들 구상을 해보게. 우리가 드러날 수도 있는 일이니.”

“그렇지 않아도 준비 중에 있습니다. 이번 일이 마무리될 때쯤이면 어느 정도 조직 체계가 설 수 있을 것 같습니다.”

“자네가 하는 일이니 어련히 알아서 하겠지만 이왕 만든다면 최정예로 양성하게. 요즘 시기가 영 불안해서 말이야.”

“알겠습니다.”

“그나저나 마틴 쪽의 상황은 어떤가? 트랩을 걸었다고 보고를 받았네만.”

“아직 추적은 개시하지 않고 있습니다. 마틴이 눈치를 챈다면 뒤에 숨어 있는 놈들이 모두 숨어들 수 있어서 시간이 좀 지난 뒤에 추적을 개시하려고 합니다.”

“하긴, 눈치가 비상한 자이니.”

“놈들을 찾아낼 준비는 끝내놓고 있으니 좋은 결과를 얻으실 수 있을 겁니다.”

“알았네. 위원회에서도 기대를 걸고 있는 사항이니 좋은 결과를 내기 바라네. 블랙워크로 간다고 하니 이만 끊겠네.”

“들어가십시오. 일을 끝낸 후 찾아뵙겠습니다.”

“아니, 찾아올 필요는 없네. 이번에 아내하고 휴가를 떠나기로 해서 말이야. 필요한 사항은 말콤을 통해 보고를 하도록 하게.”

“알겠습니다. 휴가 잘 보내십시오.”

타이너는 수화기가 떨어지는 소리를 듣고 난 후 전화기를 내려놓았다.

‘마담 Q에게 연락을 해 오늘 밤은 질펀하게 회포를 풀어야겠군.’

보고를 마쳤으니 큰일은 거의 끝난 것이나 마찬가지였다. 블랙워크를 만나 보안 조치를 취하고 나면 오랜만에 마담 Q를 불러야겠다고 생각했다.

뉴욕의 매춘 조직을 장악하고 있는 마담 Q라면 지금까지와 같이 자신의 취향에 맞는 여자를 불러줄 수 있을 것이라 기대한 것이다.

월가를 중심으로 뻗어 있는 마천루들은 부를 상징한다. 전 세계의 돈을 좌지우지하는 금융 회사들과 큰손들이 머무는 곳이기 때문이다.

그중 중견 금융사가 입주해 있는 버펄로 빌딩은 월가 한쪽 구석에 있는 작은 건물이지만 문화재로 거론될 정도로 꽤나 오래전에 지어진 것이었다.

타이너는 버펄로 빌딩에 도착한 후, 엘리베이터를 타고 맨 꼭대기 층인 15층으로 올라갔다.

바로 블랙워크의 사무실이 있는 층이었다.

블랙워크의 총수이자 전쟁용병들 사이에서 미친 살육자라

불리는 워커는 창문으로 월가를 바라보며 시가를 피우다가 벽
에 걸린 시계를 바라보았다.

"손님이 오실 시간인가?"

워커는 언제나 약속 시간 정각에 도착하는 중요 고객을 맞
을 준비를 했다.

준비라고 해봐야 오늘 오기로 되어 있는 고객이 좋아하는
브랜디를 꺼내오는 일이었다.

"타이너 씨께서 오셨습니다."

"들어오시도록!"

"알겠습니다, 보스!"

인터폰이 울리고 난 후 타이너가 들어왔다.

'역시나, 철두철미하군.'

시계를 보니 약속한 시간이었다.

"오랜만이오."

"오랜만이군."

"한잔하시겠소?"

"브랜디인가?"

"오실 것 같아 준비를 했소."

타이너는 워커가 건네주는 브랜디 잔을 받아 들었다. 싸한
술 향기를 맡으며 타이너가 소파에 몸을 묻었다.

"의뢰는 잘 받았소. 하지만 제시한 금액 정도로는……."

타이너가 질질 끄는 것을 싫어하는 스타일이라 워커는 곧장
용건을 꺼냈다.

"제시한 금액은 계약금이다. 같은 금액을 더 주도록 하지. 그리고 의뢰가 성공하면 중동 쪽에 일거리를 맡기겠다."

"하하하, 그렇게 하신다면야."

대박인 거래였다. 계약 금액 정도를 더 준다는 것보다 중동 쪽 일거리를 준다는 것이 더 구미가 당겼다.

일을 맡기만 한다면 이번 건과는 비교도 할 수 없을 만큼 큰 부를 거머쥘 수 있기 때문이었다.

"언제까지 가능하지?"

"이미 준비를 끝냈소. 원하기만 한다면 일주일 내에 모두 마무리 지을 것이오."

"그럼, 이번 일은 그렇게 마무리 짓는 것으로 하고. 전에 부탁한 일은 어떻게 됐나?"

워커는 타이너의 부탁을 상기했다. 보기보다는 까다로운 의뢰였기에 지금까지 고민을 하고 있는 일이었다.

"사람들을 모집하는 것이 쉽지가 않아서 부탁한 인원을 절반도 채우지 못했소. 워낙 기준이 까다로워서 말이오."

"돈이 얼마가 들어도 상관없다. 기간도 앞으로 3년 정도 남았고, 그 안에 인원을 다 채워주면 고맙겠군."

"알았소. 그 정도 시간이면 얼추 채워질 것이오."

"두 가지 일을 완수하면 보너스가 있을 것이니 잘해주기를 바란다. 그리고 경고하지만 이번 의뢰는 어둠에 묻도록!"

타이너는 워커에게 경고한 후 잔에 든 브랜디를 단숨에 비웠다.

“어련히 알아서 할까 봐. 우리에게 침묵의 율법은 최우선이
오.”

워커 또한 브랜디를 단숨에 비웠다.

“연락은 이것으로 끝이니, 일이 실패했을 때만 연락하도
록.”

용무를 마친 타이너는 자리에서 일어나 곧바로 워커의 사무
실을 나섰다.

“쌀쌀맞기는, 국방부의 의뢰를 에이전트하는 주제에…….”

고압적인 자세만 유지하다가 나간 타이너였다.

평상시에도 마음에 들지 않는 그였지만 조직을 키우기 위해
서는 적극 협조해야 할 대상이었기에 워커는 끓어오르는 분노
를 술로 식혔다.

“뭔가 만들려고 하는 모양인데, 그렇게는 안 될 것이다. 네
놈의 의뢰는 아직까지 우리 조직을 키우는데도 도움이 되니
일단 원하는 인원수는 채워주마. 내가 원하는 것은 특급 중에
특급들뿐, 쭉정이만 넘기고 빼돌리면 그만이니까.”

전사의 기질을 찾는 의뢰는 예정대로 수행해 줄 터였다.

계획하고 있는 조직을 양성하려면 자신도 인재들을 찾아야
했기 때문이다.

“그럼, 떠벌릴 가능성이 있는 놈들 입만 막으면 되는 건가?”

워커는 자신의 책상으로 다가가 서랍 속에서 파일을 꺼냈다.
이번 의뢰의 목적물들에 대한 자료가 들어 있는 파일이었다.

“후후후, 한동안 시끄럽겠군. MIT의 학장을 포함한 유명인

사들이니……."

그가 꺼낸 파일 속에는 두영의 면접을 담당했던 교수들이 모두 있었다.

학장인 피트 루이스를 비롯한 입학사정관들에 대한 파일이었다.

"블랙캣이면 소리 소문 없이 일을 처리할 수 있겠지."

유명인사들이었기에 저격보다는 암살자가 좋았다. 블랙워크 사상 최고의 암살자라고 할 수 있는 블랙캣이 떠올랐다. 자신의 애인이자 동반자인 블랙캣이라면 자연사로 위장해 모두를 처리할 수 있을 터였다.

"레이나, 업무도 끝났는데 한잔할까?"

워커는 인터폰을 켜고 비서를 불렀다.

"오랜만이군요. 알았어요, 워커!"

인터폰이 끊어지고 잠시 뒤에 은색의 긴 머리가 매력적인 레이나가 사무실로 들어왔다.

그녀가 바로 워커의 애인이었다.

*　　　*　　　*

블랙워크와의 용무를 마친 타이너는 벤츠에 몸을 싣고 펜트하우스로 향했다. 마담Q를 통해 예약해 놓은 여자가 얼마 안 있으면 오기 때문이다.

"후후후, 매력적인 계집이긴 한데, 가시가 너무 많아."

타이너는 워커의 비서인 레이나를 떠올렸다.

워커의 정부이자 블랙워크가 자랑하는 암살자인 그녀에게 매력을 느끼는 그였으나 쉽게 건드릴 여자가 아니었다.

건드리는 대가로 목숨을 걸어야 할지 모르기 때문이다.

"워커, 네놈 뜻대로는 되지 않을 것이다. 네놈이 밥상을 차리면 내가 먹어줄 테니……."

워커가 부리는 수작을 알아차리지 못할 자신이 아니었다. 조직을 확장하고 싶어하는 워커의 속셈을 진즉에 눈치챘지만 그냥 내버려 두었다. 그래야 좀 더 적극적으로 의뢰를 수행할 것이기 때문이다.

뒤통수를 치려 하겠지만 그것도 이미 계산에 들어가 있는 일이었다. 자신의 노후를 보장해 줄 먹이를 놓칠 타이너가 아니었다.

"블랙, 놈에 대한 감시는 어떻게 됐나?"

타이너는 운전을 하고 있는 기사에게 물었다. 어려서부터 키우다시피 한 수족인 블랙이었다.

"수하들을 몇 잠입시켰습니다. 어느 정도 자리를 잡았으니 조만간 일거수일투족을 알 수 있으실 겁니다."

"실수가 없도록 단속을 잘해. 그 계집년 눈치가 비상하니까 말이야."

"제거할까요?"

"아니, 쓸모가 많은 계집이다. 워커를 제거한 후에도 요긴하게 써먹을 수 있을 것 같으니까, 그냥 놔두도록."

"알겠습니다, 보스."

"블랙, 이번 일을 블랙워커에 맡겨서 서운한가?"

"아닙니다. 전 보스의 뜻만 따를 뿐입니다."

"서운해하지 말도록. 블랙, 자넨 앞으로 블랙워커를 움직일 사람이니까 말이야."

"감사합니다, 보스."

"오늘은 자네도 좀 쉬게. 자네 여자도 부탁해 놓았으니까."

"전 별로 생각이 없습니다. 보스도 지켜 드려야 하니까 그냥 옆방에 머물겠습니다."

"하하하, 자넨 정말 재미없는 친구야."

임무가 맡겨지면 언제나 철두철미하게 처리하는 블랙이 믿음직스럽지만 인간적으로는 재미가 없다는 생각이 든 타이너가 웃음을 터뜨렸다.

자신도 그렇지만 쉴 때는 쉬어주어야 일의 능률이 오르는 법이다. 언제나 긴장만 해서는 일이 어려워질 수도 있기 때문이다.

'그럼, 당분간 모든 것을 잊고 즐겨보도록 할까. 후후후.'

오랜만에 가져 보는 여유였다. 며칠 푹 쉬기로 한 타이너는 펜트하우스에 도착하자 곧바로 여자가 머물고 있는 곳을 찾았다.

*　　　*　　　*

'후후후, 자식! 킬러 기질을 가지고 있으면서도 여유를 가지

고 있다니 재미있는 놈이로군. 듀크, 이제부터 놈에 대한 감시
는 네가 맡아.'

　미모의 금발과 질펀하게 정사를 벌이는 모습을 끝으로 타이
너란 놈의 감시를 듀크에게 넘겼다.

　쉬기로 작정을 했으니 놈이 움직이지 않을 것이기 때문이
다.

　―알겠습니다, 주군. 그런데 블랙워크는 어떻게 할까요?

　'놈들에게도 패밀리어를 붙일 수 있겠나?'

　―가능은 합니다만 주의를 좀 해야 할 것 같습니다.

　'주의?'

　―블랙캣이란 여자가 아무래도 ESP인 것 같아서 말입니다.

　'패밀리어가 발각될 수도 있다는 것인가?'

　―그렇습니다. 고도의 감각을 가지고 있는 것으로 판단됩니
다. 얼마간은 속일 수 있겠지만 장기적인 감시는 곤란합니다.

　'그건 좀 곤란한데, 의뢰 대상이 누구인지 아직 알아내지 못
했는데 말이야.'

　―걱정 마십시오. 타이너란 자가 노리는 것이 무엇인지는
알아냈습니다. 책상 위에 있는 파일을 분석한 결과, 주군께서
다니는 MIT의 학장을 비롯한 교수들이었습니다. 학장을 비롯
해…….

　듀크가 나열하는 이름을 들어보니 모두 내가 입학을 위한
면접 때 만났던 제니언 교수를 제외한 입학사정관들이었다.

　그들을 제거하려는 것을 보면 내 논문 때문인 것 같았다.

'교수들에 대한 보호는 가능한가?'

—아직은 불가능합니다. 하지만 몇 가지가 준비된다면 어떻게 막아볼 수도 있을 것 같습니다. 하지만 구한다고 해도 문제일 겁니다. 타이너란 자가 가만있지 않을 테니까 말입니다.

'그것도 그렇겠군. 지금으로서는 그자를 처리할 수 없으니까 말이야.'

듀크의 말이 맞는 소리였다. 지금 상태로는 막는다 해도 그저 미봉책에 불과할 뿐이었다.

—그냥 빼돌리는 것은 어떻습니까? 어차피 암살 대상이니 약간의 정신 조작과 함께 빼돌리면 위험을 벗어나게 할 수도 있을 것 같습니다만.

'문제가 되지 않을까?'

—다행히 네 명은 미혼이고, 한 명은 사별한 상태라 가족이 없습니다. 정신 조작을 한 후 빼돌린다면 그다지 큰 문제가 없을 겁니다. 놈들은 그들이 죽었다고 알게 될 테니 말입니다.

'연극을 하자는 말이로군.'

—예, 그러기 위해서는 써니 다이의 도움이 필요합니다. 그들이 나선다면 완벽하게 빼돌릴 수 있을 겁니다. 그리고 무엇보다도 주군의 신체를 활성화하기 위해서도 필요한 인재들입니다.

'그들에게는 미안한 일이지만, 그렇다면 이대로 해야겠군. 써니 다이에게는 내가 연락을 해놓을 테니 빼돌릴 준비를 좀 해줘.'

―알겠습니다, 주군.

듀크의 통신을 끝으로 연락을 끝냈다. 듀크가 장담한 대로라면 교수들을 무사히 빼낼 수 있을 터였지만 걱정이 되지 않을 수 없었다. 타이너로부터 암살을 의뢰받은 자들이 블랙워크였기 때문이다.

제로나인, 사령사와 더불어 전쟁의 향방을 좌지우지했던 블랙워크는 무자비함으로 흉명이 자자한 단체였다. 거기다가 특급 암살자들이 여럿 있어 증거를 남기지 않는 완벽한 암살을 하는 탓으로, 침묵의 난폭자들이라는 별칭으로 불리기까지 했다.

거기다가 이번에 동원되는 블랙캣이라는 암살자가 ESP라서 더욱 걱정이 되었다. 이능력을 지닌 존재들은 막아내기 상당히 곤란한 존재들이기 때문이다.

써니 다이와 그녀의 수하들도 능력자들이기는 하지만 듀크가 민감하게 반응할 정도로 블랙캣의 초능력 지수가 높게 나왔다면 방어하기에 어려움이 있을 것이라는 것은 자명한 일이었다.

'어쩌면 써니 다이와 그녀의 수하들이 가진 능력을 향상시켜야 할지도 모르겠다.'

지금 완벽한 힘을 발휘할 수 없는 상태라지만 다른 이들의 능력을 향상시키는 것은 충분히 가능했다.

내가 가진 능력을 활성화시키는 것을 조금만 늦춘다면 말이다.

어차피 찬황기는 진전이 지지부진했다. 이런 시기에 내가 직접 나서는 것보다는 써니 다이 등을 이용하는 것이 좀 더 나을 것 같다는 생각이 들었다.

'한번 만나러 가야겠다. 어차피 얼마간 시간이 있을 것 같으니까.'

내가 들은 대로라면 암살은 곧바로 실행되지 않을 것이 틀림없었다. 적어도 오늘 밤은 그럴 것이다.

밤이 늦었지만 써니 다이를 만나야 할 것 같다.

성준이의 코 고는 소리가 깊어지는 것을 확인하고 기숙사를 나섰다. 수련하는 중이라 내일 아침까지는 세상 모르고 잘 것이기에 그사이 다녀올 생각이다.

이번에 근거지를 옮겨 학교와는 그다지 멀지 않은 거리에 그녀의 아지트가 있었다.

택시를 잡고 써니 다이가 머물고 있는 곳으로 갔다.

*　　　*　　　*

두영에게 굴복한 후 써니 다이는 바쁜 나날을 보내고 있었다. 조직을 새로 정비하고 무력을 강화할 준비를 하고 있었다.

그녀가 보는 두영은 무척이나 강한 사람이었다. 끝을 알 수 없는 강함을 내면 깊숙이 간직하고 있는 것을 느꼈기에 수하가 되기를 자처한 그녀였다.

“할아버지 말씀대로 그는 우리가 기다려 온 사람일 것이다. 할아버지는 내 가슴을 떨리게 하는 사람이 바로 내 주인이 될 사람이라고 했으니까.”

문을 닫은 레스토랑에서 와인 잔을 닦고 있던 써니 다이의 얼굴이 조금은 붉어졌다.

언제나 차갑고 냉정함을 온몸으로 풍기는 그녀였기에, 그녀의 수하들이 이런 모습을 보았다면 무척이나 놀랐겠지만 지금은 그녀가 내린 명령을 수행 중이라 아무도 없는 것이 다행이었다.

딸랑!

“영업 끝났…….”

영업이 끝났음을 알리려 고개를 돌리던 써니 다이가 입을 다물었다. 두영의 모습을 본 까닭이다.

“나야.”

“이런 시간에 웬일이에요?”.

“후후후, 오면 안 되나?”

자신보다 나이가 훨씬 어린 사람이었지만 써니 다이는 그런 생각이 전혀 들지 않았다. 마치 오래전부터 알아온 오빠를 보는 듯한 느낌이 들었다.

“그럴 리가요. 저녁 식사는 한 건가요?”

“먹기는 했는데 배는 조금 고프군.”

“조금만 기다려요, 요기할 것을 만들어 드릴 테니.”

“고마워.”

써니 다이는 급히 주방으로 들어가 오믈렛을 만들었다.

그녀가 만들 수 있는 요리 중 가장 빨리 되는 것이기도 하지만 가장 자신있어 하는 요리이기도 했기 때문이다.

"꽤, 맛있군."

미소를 지으며 정말 맛있어하는 표정을 보이는 두영을 바라보던 써니 다이의 가슴이 뜨거워졌다.

'후우, 내가 왜 이러지?'

냉철한 이성과는 달리 가슴은 안아주고 싶은 심정이다.

여자는 자신의 요리를 잘 먹어주는 남자에게 끌린다고 하더니 정말인 모양이었다.

"수하들은 어디로 갔나?"

"정보 수집 중이에요."

"으음, 이곳으로 호출하면 얼마나 걸릴까?"

"대략 두세 시간은 걸릴 텐데, 무슨 일이 있는 건가요?"

써니 다이는 긴장감이 들었다. 늦은 밤 찾아와 수하들을 찾는 것을 보면 일거리가 떨어질 가능성이 높기 때문이다.

"시간이 얼마 없을 것 같군. 빨리 좀 호출해 줄래?"

"알았어요. 잠시만 기다려요."

써니 다이는 서둘러 주방으로 갔다.

앞에서 호출을 해도 되지만 텔레파시를 사용하는 모습을 두영에게 보이고 싶지 않았기 때문이다.

초능력자라면 배척하고, 괴물 취급하는 세상이라 두영에게 호감이 있는 그녀로서는 선입견을 심어주고 싶지 않았던 것이다.

"연락을 했어요. 최대한 빨리 온다고 했으니 두 시간 후면 모두 이곳에 도착할 거예요."

주방에서 나온 써니 다이가 말했다.

"후후후, 임무도 임무지만 내가 지금 호출하는 것은 써니와 써니의 수하들의 실력을 높여주려고 부른 거니까 너무 긴장할 것 없어."

"우리들의 실력이요?"

실력을 높여준다는 말보다는 써니라 불러준 것이 더 크게 다가왔지만 구인회를 이끌고 있는 여인답게 침착하게 되물었다.

"써니를 비롯해 아홉 명 모두 ESP 능력을 가지고 있다는 것을 알아. 하지만 그 정도의 능력으로는 나를 도와주기가 힘들 것 같아서 말이야. 이번 기회에 아홉 사람의 능력을 향상시켜 주려고 해."

"그것이 가능한 일인가요?"

보통 능력도 아니고, 초능력이다. 선천적으로 타고난 능력을 향상시켜 준다니 써니 다이는 믿을 수가 없었다.

"조금 있으면 알게 될 거야. 그러니 믿어보라고. 난 이것을 마저 먹을 테니까."

두영이 다시 수저를 들고 오믈렛을 먹기 시작했다. 써니는 의문이 가득했지만 물어볼 수가 없었다.

동양, 특히 한국에서는 여자가 남자의 일에 대해 이러쿵저

러쿵 따지는 것을 금기로 한다는 것을 알고 있었기 때문이다.

두영이 식사를 끝내자 써니는 페퍼민트 차를 내왔다.

화한 향기와 맛이 심신을 상쾌하게 하는 것이라 술을 권할 수 없는 두영에게도 좋을 것 같았기 때문이다.

탁자에 서로 마주 앉아 차를 마시면서 써니는 두영의 눈에 발가벗겨지는 듯한 느낌을 받았다.

마치 옷을 뚫고 자신을 쳐다보는 듯한 느낌이 들었던 것이다.

"아아아! 몸이 뜨거워……."

갑자기 몸에 열이 나기 시작했다. 그것은 꺼지지 않는 욕망의 불꽃이었다.

헤픈 것처럼 굴었지만 써니는 순결한 아가씨였다.

태어나 한 번도 느껴보지 못한 감각에 어쩔 줄을 몰라 하며 몸을 가눌 수가 없었다. 당장에라도 일어나 두영의 품에 안기고픈 심정뿐이었다.

*　　*　　*

"이런!"

의식을 살펴본다는 것이 잘못해 욕망의 근원을 건드려 버렸다. 오욕칠정의 감정을 자극한 탓에 제대로 의식을 통제할 수 없는 상태가 되어버린 것 같다.

"할 수 없다, 지금 바로 시작하는 수밖에."

자리에서 일어나 문을 닫았다. 방해가 있으면 곤란하기 때문이다.

감정의 뿌리를 건드린 탓에 지금 써니 다이는 동물적 본성만 남은 상태였다. 제대로 수습하지 않는다면 못 볼 꼴을 볼 것이 분명했다.

자리에서 일어나며 윗옷을 벗어버리려 하는 써니 다이를 강제로 자리에 앉히고 백회혈에 손을 얹었다.

백선기와 흑요기를 이용해 그녀의 능력을 향상시키면 감정의 소용돌이도 가라앉을 것이기에 서둘렀던 것이다.

먼저 흑요기를 통해 그녀가 가진 감정을 전부 끌어올렸다. 극한까지 끌어올려진 감정으로 인해 써니 다이의 얼굴이 일그러졌다.

고통과 환희, 슬픔과 번민들이 어우러진 써니 다이의 표정은 인세에 다시 볼 수 없는 묘한 모습이었다.

감정의 폭발로 혈맥이 꿈틀거리기 시작했다.

뇌로 공급되는 혈류들이 팽창하기 시작했고, 경락을 따라 흐르는 기운이 폭발적으로 증가했다.

휘몰아치는 기운들을 감당하기가 버거웠다. 써니가 가진 ESP의 힘이 팽창하는 기운을 배가시켰던 것이다.

'크윽, 예상외로 강력한 힘이다. 역시, 제로나인의 수장이라는 건가?

써니 다이의 의식 속으로 밀어 넣던 흑요기가 밀려 나오기 시작했다.

본신의 힘이 이질적인 힘을 거부하기 시작한 것이다.

"차앗!!"

흑요기로는 더 이상 버티기 힘든 수준에 도달한 순간, 백선기를 끌어올렸다.

이미 만반의 준비를 한 탓에 천천히 집어넣었던 흑요기와는 달리 백선기는 폭발적으로 써니 다이의 의식 속으로 밀려들어갔다.

'입을 다물고, 정신 차려!!'

극한까지 끌어올려진 오욕칠정이 백선기로 인해 순식간에 잦아들자, 써니 다이가 의식을 잃으려 하기에 텔레파시를 통해 정신을 일깨웠다.

'이런, 너무 강력했다.'

너무 큰 자극인지 정신을 차리지 못했다. 예정과는 달리 찬황기까지 사용해야 할 것 같았다.

찬황기를 사용하게 되면 신체를 활성화시키는 일은 또다시 뒤로 미뤄져야 했지만 지금은 그런 것을 따질 시기가 아니었다.

찬황기로 의식을 다스릴 시기를 놓치면 써니 다이는 백치가 되어버리기 때문이다.

천천히 찬황기를 운용해 써니 다이의 의식을 다독였다. 스스로 다스리는 것이 좋지만, 의식이 없기에 내 의지대로 다스리는 수밖에는 방법이 없었다.

써니 다이의 표정이 점차 안정되어 갔다.

'요물이로군.'

반쯤 벗겨진 그녀의 눈부신 상체와 함께 편안해 보이는 미소는 가슴을 울렁거리게 만들었다.

삼묘족의 진전을 이어받아 심적인 동요가 거의 없는 내가 흔들릴 정도로 써니 다이의 모습은 고혹적이었다.

어쩌면 제로나인의 신화는 써니 다이의 이런 모습에서 시작됐는지도 모를 일이었다.

제로나인에 소속되어 있는 자들 대부분이 목숨을 돌보지 않고 주어진 명령을 끝까지 완수하는 것으로 명성이 높았으니 말이다.

찬황기를 끌어올려 마음을 안정시켰다.

써니 다이를 안정시키느라 많은 힘을 소모했지만 어느 정도 심적 동요를 안정시킬 수 있었다.

써니 다이를 제외한 구인회의 구성원들이 모두 모였다.

써니 다이의 능력을 향상시키는 일이 끝나고 나서 얼마 지나지 않았을 무렵이었다.

다른 자들보다 먼저 와 있던 이들도 있었지만 써니 다이에게 중요한 일이 있음을 짐작한 그들은 주변을 경계하며 아지트를 보호하다 상황이 종료되자 안으로 들어온 것이다.

모두 모인 후, 능력 향상 작업에 들어갔다.

써니 다이와 같이 ESP들이지만 준비를 하고 시작했기에

백선기와 흑요기만으로도 그들의 능력을 향상시킬 수 있었
다.

잠재의식의 활성화를 통해 능력을 향상시키기는 했지만 당
장 사용하기는 무리가 있는 상태였다.

'후우, 다행이다. 힘이 들기는 했지만 성과가 좋다. 하지만
당장 사용하기는 불가능할 것이다.'

얼마 정도 안정화할 수 있는 시간이 필요할 것 같았다. 예정
에도 없이 찬황기를 많이 소모한 탓이 컸다.

찬황기를 통해 안정화시킨 써니 다이는 지금 당장에라도 자
신의 능력을 전부 사용할 수 있지만 다른 이들은 아직 시간이
더 필요했다.

블랙워크에서 교수들의 암살이 진행될지도 모르는데 낭패
감이 들지 않을 수 없었다.

'일단 블랙캣이라는 여인 혼자만 움직이는 것 같으니, 써
니 다이만 나서야겠구나. 으음, 전부 나서야 완벽하게 처리
될 텐데 걱정이군. 할 수 없지. 정 안 되면 나도 나서는 수밖
에.'

암살을 막고, 알아차리지 못하는 상태에서 교수들을 빼돌리
려면 직접 나서는 수밖에 없을 것 같았다.

마음의 결정을 내리고 난 후 수련을 위해 모든 활동을 접고
잠적하라는 명령을 내렸다. 그들은 써니 다이를 통해서 내린
명령을 이행하기 위해 곧장 아지트를 떠났다.

수련법 및 지금까지 사용하던 능력을 접목하는 방법은 의식

안에 심어둔 탓에 한 달 정도 수련을 끝내면 가진 능력을 전부 사용할 수 있을 것이 틀림없었다.

수하들을 보내고 활동을 접기로 한 까닭에 써니 다이는 아지트를 떠나 학교 기숙사에서 가까운 곳으로 옮기기로 했다.

암살을 막기 위해서는 당분간 같이 활동해야 하기 때문이다.

써니 다이가 머무는 곳에 자주 들락거려야 하기에 뭐라고 설명을 해야 할지 몰랐지만 그냥 친구라고 하기로 했다.

능력을 활성화시키면서 신체적인 변화도 찾아와 20대 초반이라고 해도 믿을 수 있을 정도로 써니 다이의 모습이 어려 보였기 때문이다.

끈적이는 눈빛으로 나를 바라보는 것을 제외한다면 써니 다이는 훌륭하게 역할을 소화해 낼 수 있을 터였다.

써니 다이는 워마켓에서 여우라 불릴 정도로 처신에 뛰어났기 때문이다. 아지트에 대한 정리는 별도로 하지 않아도 되었다.

능력자들을 제외한 구인회에 속해 있는 자들 중 레스토랑을 맡길 만한 사람이 있었기 때문이다.

써니 다이가 머물 곳도 이미 마련이 되어 있었다. 레스토랑이 발각될 경우를 대비해 학교 기숙사와 가까운 곳에 집을 구해놓고 있었던 것이다.

써니 다이가 레스토랑에 대한 처리를 끝낸 후, 곧장 자리를 옮겨 제2의 아지트로 옮겼다.

　　써니 다이의 차를 타고 오는 동안 새벽이 가까워 오는 시간이라 거리에 사람이 별로 보이지 않았다.

　　써니 다이가 새로운 아지트에 들어가고, 난 걸어서 기숙사로 돌아간 후 곧바로 침대에 누워 잠이 들었다.

＊　　　＊　　　＊

　　아지트를 옮기고 난 다음날 아침, 써니 다이는 일찍 일어나 냉장고에 있는 재료들을 꺼내 간단한 점심을 만들었다.

　　블랙캣의 암살을 막기 위해 준비를 하자면 여러 곳을 돌아다녀야 하는 까닭에 차 안에서 점심을 해결해야 하기 때문이었다.

　　샌드위치와 간단한 과일뿐이었지만, 입에서 저절로 노래가 흘러나올 만큼 점심을 준비하는 써니 다이는 즐거웠다.

　　두영에게 마음이 가는 것을 일부러 감추고 있었지만, 가로막고 있던 빗장이 풀어져 이제는 그럴 필요가 없었던 것이다.

　　"이제 올 때가 됐는데……."

　　약속한 시간이 가까워져 오자 써니 다이는 준비한 점심을 피크닉 바구니에 담았다.

　　딩동!

　　"잠깐만요. 금방 나가요."

　　초인종이 울리자 써니 다이는 의자에 걸쳐 놓은 가죽재킷을 입고는 피크닉 바구니를 들고 문으로 갔다.

"이제 왔어요?"

"크흠, 준비는 됐나?"

"도시락까지 준비했어요. 이제 가죠."

얼굴을 붉히며 헛기침을 토해내는 두영의 팔짱을 낀 써니 다이는 주차장으로 향했다. 아직 나이 때문에 운전 면허증이 없는 두영은 조수석에 앉았다.

시동이 걸리고 두 사람이 탄 차는 곧장 시내를 향해 달리기 시작했다.

"어디로 가는 거지?"

"블랙캣을 훼방 놓을 수 있는 물건을 만드는 사람이 있어요. 우리 계통에서도 잘 알려지지 않은 사람이지만 실력만큼은 확실해요."

"ESP를 훼방 놓을 수 있는 물건을 만드는 사람이라고?"

"호호호, 가보면 알아요. 아주 재미있는 사람이죠."

궁금해하는 두영의 질문에 대답을 미룬 써니 다이는 자동차의 속도를 높였다.

이제는 자신의 마음을 송두리째 빼앗아가 버린 두영을 한시라도 빨리 소개시켜 주어야 할 사람이 기다리고 있었기 때문이다.

*　　　*　　　*

ESP, 초능력자의 능력을 막을 수 있는 장치를 만들 수 있는 사람이 있다니 놀라운 일이다.

그런 장치가 있다면 상당히 도움이 되기는 하겠지만, 솔직하게 말하면 그다지 기대는 하지 않는다.

이능력을 막을 수 있는 것은 이능력뿐이기 때문이다.

써니 다이가 모는 차는 시내를 벗어나 시외로 향했다. 강변을 따라 한참을 달리던 그녀는 공장으로 보이는 건물이 나오자 차를 주차장에 댔다.

"여기예요. 이곳을 떠나지 않는 사람이죠."

은은하게 매달려 있는 입가의 미소를 보면 마치 고향에 다시 돌아온 사람 같았다. 써니 다이의 기분이 무척 좋은 것 같았다.

공장은 가동하지 않는 것 같았다. 그다지 크지 않는 규모지만 그렇다고 적다고는 볼 수 없는 곳이었다.

주차장에 차를 대고 건물 입구로 다가갔다. 곳곳을 지키는 CCTV가 일제히 움직이며 우리를 향했다.

안에 있는 누군가가 우리를 감시하고 있는 모양이었다.

모든 것이 우리들에게 집중되어 있었지만 써니 다이는 아무렇지 않은 듯 입구에 있는 지문인식기에 손을 가져다 대었다.

지잉!

지문인식이 끝나고 걸쇠가 풀리는 소리가 들리며 문이 자동으로 열렸다.

“들어가요. 기다리고 있을 거예요.”

공장 안은 완전히 비어 있었다.

그저 건물만 덩그러니 지어진 곳으로, 안에는 기계 장치 하나 없는 빈 공장이었다.

“저리로 가요. 그 사람은 지하에 있어요.”

공장 중앙부로 이끄는 써니 다이를 따라 발걸음을 옮겼다.

“놀라지 말아요.”

중앙에 서자 써니 다이가 팔짱을 껴왔다.

우우웅!

찰칵!!

그와 동시에 사방 5미터 정도가 들썩이며 움직이기 시작했다. 지하로 내려가는 엘리베이터가 작동하기 시작한 것이다.

지하에 별도의 시설이 마련되어 있는 것을 보면 보통 공장은 아닌 것 같았다.

엘리베이터는 밑으로 상당히 내려갔다. 대충 지하 30미터 지점에 멈추어 섰다.

팅! 팅! 팅!

어둠이 물든 내부로 서치라이트가 켜졌다.

서치라이트는 나와 써니 다이에게 집중되어 있었다.

‘상당하군, 20센티미터가 넘는 철판으로 주변을 전부 감싸 놓았구나.’

사방이 철판으로 막힌 구조였다.

어디에 있을지 모를 출입구를 열어주지 않는 한 다른 곳으로 가는 것은 불가능한 구조로 보였다.

"어떻게 왔냐?"

웅웅거리는 소리와 함께 스피커를 통해 목소리가 흘러나왔다. 나이가 좀 들어 보이는 목소리였다. 써니의 오빠라는 사람이 분명해 보였다.

"오빠, 동생이 왔는데 얼굴도 안 보여줄 생각이야?"

"일없다. 네 녀석이 찾아올 때는 문제가 있을 때뿐 아니냐? 난 볼일없으니까 어서 돌아가라. 다음부터는 문도 열어주지 않을 거다."

써니 다이의 오빠에게서 축객령이 떨어졌다. 두 사람의 사이가 그다지 좋지는 않는 것 같아 보였다.

"호호호, 그렇다는 말이지. 하면 할 수 없지. 난 어찌 되었든 오빠를 봐야 하니까."

써니 다이도 만만치 않았다, 돌아가라고 했다고 곧바로 능력을 발휘하다니.

써니 다이는 어느새 자신의 주특기인 염동력을 발휘하고 있었다.

그그그긍!

써니 다이가 뿜어내는 염력으로 인해 철골 구조물이 서서히 뒤틀리며 일그러지기 시작했다.

능력을 향상시켰다고는 하지만 놀라운 힘이었다. 20센티미터가 넘는 철판을 구부릴 수 있는 능력이라니 너무 향상시켜 놓은 것은 아닌지 걱정이 든다.

"멈춰, 이 계집애야! 누구 매몰시켜 죽일 일이 있냐? 성격만 못되가지고!"

참지 못하겠다는 듯 고함이 터져 나왔다.

"호호호, 아빠 닮아서 그렇지. 오빠도 만만치 않잖아."

"에휴, 할 말 없다. 핏줄이라는 것이 뭔지! 그런데 어떻게 그런 능력을 가지게 된 것이냐? 10G를 간신히 넘기던 네 힘이 갑자기 200G를 넘기다니 말이다."

"그것 때문에 온 거니까 어서 문이나 열어. 손님도 와 계신데 말이야."

"손님?"

써니 다이의 말에 놀라는 것 같았다.

공장 입구에 들어서면서부터 모습을 보이기 싫어 주법을 통해 스스로를 감추었다.

CCTV나 감지기가 있었지만 눈으로 직접 확인하지 않는 한 기계로는 나에 대해서는 확인할 수가 없었을 것이기에 놀라고 있는 것이 분명했다.

"맞아, 어서 문이나 열어."

"네가 데리고 온 손님도 ESP구나. 내가 개발한 감지기에도 걸리지 않다니, 어서 들어와라!"

지이잉!

　정면에 보이는 철판 구조물이 옆으로 갈라지면서 작은 문이
드러났다.
　환한 빛이 퍼져 나와 안의 모습을 확인하기 힘들었지만 사
람이 머물고 있는 것은 틀림없어 보였다.

『타임 슬라이스』 4권에 계속…

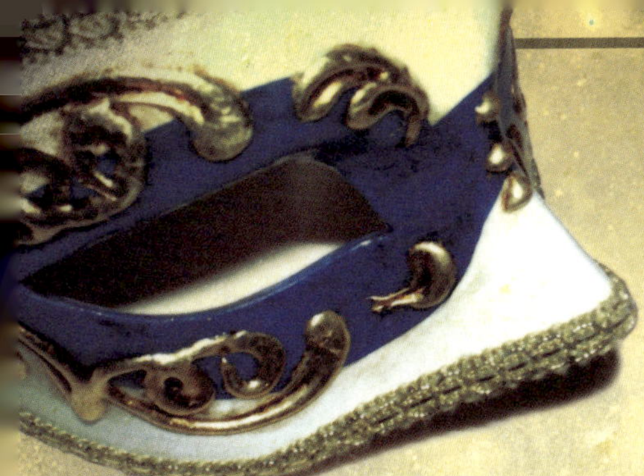

눈매 퓨전 판타지 소설

가면의 레온

**중원을 공포로 떨게 만든 희대의 악마, 혈마존.
그의 영혼이 기억을 잃은 채 차원 이동을 한다.**

한 소년과 몸이 바뀐 후 깨어난 혈마존.
기억은 지워지고 싸가지없는 본성만 남았다!
욱할 때마다 튀어나오는 살벌한 말투와 그의 독자 무공.

'아, 나는 왜 이렇게 성격이 더러운가?
어째서 이리도 잔인한 기술을 알고 있는 것인가? 착하게 살고 싶다.'

살인광이었던 그가 전혀 어울리지 않는 대신관이 되기로 결심한다.
하지만 그 본성이 어디 가나……

"이런 빌어 처먹을 놈들, 신전에서 봉사 활동 안 할래?"

유행이 아닌 자유추구 -
WWW.chungeoram.com

Book Publishing CHUNGEORAM

정봉준 新무협 판타지 소설

『철산전기』의 작가 정봉준!!!
팔선문을 통해 또 다른 유쾌함을 선사한다!!

뛰어난 자질을 갖춘 팔선문의 대제자 유검호,
그의 치명적인 단점은 게으름과 의지박약!

천하제일마두의 기행에 재수없이 동참하게 된 의지박약아.
갖은 고생 끝에 가까스로 고향으로 돌아오다.

"무림? 그딴 건 개나 주라 그래. 나만 안 건드리면 돼!"

시간을 가르는 그의 행보에 무림이 뒤집어진다!!!

War Mage

워메이지

김재한 퓨전 판타지 소설

사람들이 인식하는 상식의 세계 이면,
짙은 어둠이 드리워진 그곳에 사는 괴물들이 있다.

문명이 드리운 그림자 속에서, 전투기계들과
인간의 사념으로부터 태어난 마물들이 격돌한다.
마법과 주술이 난무하는 초현실적인 전장,
소년은 그곳에 서는 대가로 인생을 잃었다.
운명의 노예가 되어 가족과 인성을 잃어버린 소년, 진유현.

총염(銃炎)과 검광(劍光)이 뒤얽히는
어둠의 거리에서, 운명의 족쇄를 끊고 나온
소년의 눈이 살의를 발한다.

유행이 아닌 자유추구 -
WWW. chungeoram.com
Book Publishing CHUNGEORAM